宮下奈都

緑の庭で寝ころんで

完全版

実業之日本社

目次・章扉デザイン／成見紀子
目次・章扉イラスト／おまり

まえがき

胸に隕石が落ちてきたのはいつだったろう。

生きていれば、うれしいことも、悲しいこともある。そんなことはあたりまえなのに、いつのまにか忘れて、無防備に鼻歌なんか歌いながら暮らしてしまう。だから、突然の悲しみが訪れると、隕石に当たったような衝撃を受ける。力なく膝をつき、ただ呆然とするばかりだ。

だけど、よろこびもやってくる。思いがけない出会いも、まばゆいような光も、雲の切れ間から降り注ぐ。ひたひたと迫ってきたり、ふんわりと舞い降りてきたり、予想もしなかったかたちでやってくるのだ。

家族で山の中で暮らすことも、本屋大賞を受賞することも、そもそも自分が子どもを三人生むことや、作家になることとさえ、考えていなかった。後になると、どれもこれも夢のような出来事だったと思う。自分のエッセイがこうしてまた一冊の文庫になることも。

福井新聞社が月に一度発行する情報誌『fu』に、二〇一三年からエッセイを連載してきた。「緑の庭の子どもたち」という、子どもたちがテーマの文章だ。地元の人たちにだけ親しく読んでもらえたらいいと思っていたので、ずいぶんリラックスして書いている。単行本にする時点では完結していなかった連載を、文庫化にあたって最終話まですべて収録した。ほか、いろんな媒体に書いてきたものが挟み込まれて、ちょっと分厚い一冊になった。

読み返してみてしみじみとわかったことがある。隕石の角を丸くしてくれるのは、舞い上がるようなよろこびや、きらめく光だけではない。それよりも、日々に交わすなんでもないほほえみや、静かに広がる夕焼けのようなもの。一枚のはがき、おいしくできたごはん、何度も口ずさむメロディ。そういうものたちこそが、ゆっくりと石を溶かしてくれるんじゃないか。もしかしたら、いつか、時間をかけて磨かれた石が鈍く光り出すこともあるのかもしれない。

寝ころんで読んでもらえるくらいでちょうどいいと思う。おもしろく読んでもらえたらもっといい。それで隕石が消えてくれるわけではないけれど、抱えてしまった私たちの石が軽くなってくれたらいいなあと思うのだ。

もくじ

三章

四章

一章　緑の庭の子どもたち

2013―2015

第1回　ここでしか見られない景色を

　この春から北海道で暮らしている。街ではなく、大雪山(たいせつざん)国立公園の一角に位置する山の中だ。二千メートルを超す山の、だいたい二合目あたりか。森があり、谷があり、野生動物がいて、人間はほんの一握りしか住んでいない。

「どうしてそんなところに引っ越したの？」

　よく聞かれる。どうして、に対する明快な答えはない。暮らしてみたかった、というのがいちばん近いかもしれない。夫が言い出して、すぐに子どもたちが賛同した。「そんなところ」で暮らすのが大変なことは簡単に想像がついたので、最後まで私は躊躇(ちゅうちょ)した。なにしろ晩ごはんの買い物をするにも、ノートを一冊買うにも、車で四十分以上かけて山を下りなければならないのだ。

「羆(ひぐま)は出ない？」

　これもよく聞かれる。はい、出ます。昨夜、家のすぐ前に角の立派な大きなエゾシカが現れて、家族で、おおおお！　と感嘆していたちょうど同じ頃に、家から三百メートルほど離れた小麦畑に羆が来ていたらしい。シカ避けのフェンスを越えて、実りはじめた小麦を食べているところを目撃された。

でも、私たち家族は羆に会ったことはない。羆は怖い。羆も人間が怖い。だから住み分けている。羆の出そうな道や、羆の出そうな時間帯には出歩かない。ううん、羆だけが怖いんじゃない。羆の潜む夜の闇が怖い。闇に息づいている野性が怖い。

北海道へ来るまで、曲がりなりにも街で暮らしてきた。闇、それも真っ暗闇というものを見たことがなかった。木立が風に揺れると、海鳴りにそっくりな音がすることも知らなかった。そんなことは特に知らなくてもいいのかもしれない。だけど、私はわが家の子どもたち――十四歳、十二歳、十歳――をこの広い広い庭で遊ばせることができてほんとうによかったと思っている。

この夏、上のふたりは地区の人たちと登山をしてきた。登りだけで八時間半、山頂で一泊して下りにまた八時間、と聞いて私はあきらめたのだけど。十五キロのザックを背負って元気に下山してきた息子たちは、きっとそこでしか見られない景色を見てきたのだろう。咲き乱れているという高山植物や、岩場のナキウサギ、雲海、頂上での星々。

「荷物が重すぎて、気を抜くと後ろにひっくり返りそうだった」

「ここで踏み外したら確実に助からないだろうって箇所がいくつかあった」

中学生男子ふたりが報告してくれる山の景色は、花よりも、星よりも、切実だった。

「家で寝られるっていうのがどんなに快適なことか、つくづくわかったよ。山ってそのために登るんだね」

それは違うんじゃないかと思ったが、

「来年の夏も、登りたい」

ふたりの意見はそこで一致した。残念ながら、ここには高校がないので、来年はここにはいられない予定なのだけど。

第2回　きらきらしない星

北海道に移って半年になる。初めてここを訪れたときの、息子たちの「絶景だね え！」「神!!」などという、まったくもって風情のかけらもない最大級の賛辞は、そのぶん切実で、ちょっと忘れられない。

美人は三日で飽きる、などという。旅行者として、ひとときだけ訪れる観光客として、切り取る大自然が素晴らしいのはいうまでもない。しかし、その絶景の中で暮らすとなると、どうか。偉大なる山や森や湖は、私たちの目にどう映るようになるか。

風景は不便さに勝てるのか。

今のところ、の答えしか私は持っていない。引っ越してきてまだ半年だ。家族が全員元気であることが大前提の話でもある。その、今のところ、の答え——。

毎朝、起きて窓を開けるたびに、感嘆する。ああ、なんていい天気だろう！

いい天気というのは、雨であっても、曇りであっても、もちろん晴れであってもだ。どんな日でも、いい天気だなあ、と感じている。

晴れた山々は緑が匂い立つようだ。雨に濡れた緑も、曇天の下の木々もまたおかし。それぞれに味わいがあって、「絶景パねえ」「神」なのである。

ところで、十勝晴れ、という言葉がある。十勝の、真っ青に晴れ渡った空を誇る言葉だ。それではさぞかし十勝は晴れるのだろうと期待していたら、これがそうでもない。どちらかというと、春夏は雨が多い。真冬にからっと晴れるのが十勝晴れなのだそうだ。

そのせいだろうか、こんな山奥なのに、なかなか星空が見えない。いや、普通にきれいな星空なら見えるのだけど、なにしろ昼間の目も眩むような眺めを見慣れてしまった者には、不満が残る。こんなもんじゃないだろう、という気持ちだ。

この夏は特に、昼間は晴れていても夕立があったり、夜に霧が出たりすることが多かった。理科の単元で「夏の星座」を学習している四年生のむすめは、星座観察表を手に、曇った夜空を見上げ、がっかりしていたようだ。

さて、さて。秋になり、ようやく晴れた夜空がめぐってきた。

驚いた、というのがいちばん正直な感想だ。満天の星が、森にこぼれてきそうなほどだった。家の灯りに邪魔されるのがもったいなくて、車で少し山を上った。灯りのひとつもない暗闇で空を見上げると——見上げる前から、視界に百万個の星が飛び込んできた。

「きれい！」

便宜上、そう口にしたが、ほんとうは気味が悪かった。見えるはずのないものを目にしてしまった気分だった。天の川が、わがもの顔で空を縦断している。どの星もちかちか瞬くことなく、強い光をまっすぐに放ってくる。こんな星空は初めてだった。自分の尺度を大きく超えてしまうものには、美しいという概念さえ湧かないものだとつくづく知った。

「すごいね」

むすめが興奮した様子で言った。

「ごみみたい！」

真顔だった。ごみ。不穏当だけど、気持ちは痛いほどわかった。本物の満天の星というのは、よくいわれるような「宝石箱をひっくり返したみたい」なんかじゃない。

夜空に無数のチリをばらまいたみたいな有り様だった。ただ、ごみみたいだといえるほど、大人の私には勇気がないだけなのだった。

第3回　山の中のクリスマス

「引っ越したこと、知ってるかな?」

むすめが真っ先に心配したのはそこだった。

「誰が?」

何の話かわからなくて、聞き返した。

「サンタさん。間違えて、福井の元の家に行っちゃわないかな?」

「あ、ああ、サンタさんね。知ってると思うよ」

てきとうに返事をしたら、より真剣な表情になった。

「サンタさんって、こんな山奥まで来てくれると思う?」

「そりゃあ来るよ、そこに良い子がいる限り、サンタさんは山の中でも海の中でも来てくれるんだよ」

さらにてきとうなそのひとことで、意外にもむすめは安心したようだった。

さて、問題は、むすめの懸念通りだ。引っ越したことより、引っ越し先、ここが山の中であることだ。

山の中に店は一軒もない。クリスマスの買い物はどうするんだ。プレゼントを調達するのもひと仕事だし、ケーキだとか、ローストチキンだとか、クリスマスっぽいメニューはどうしよう。山を下りて町まで出ればなんとかなりそうだけれど、そもそも農業と酪農で主な生計を立てている町にクリスマスの華やぎを期待できるだろうか。考えてみれば、それはごくまっとうな日本の田舎町の姿だと思う。過剰なクリスマス仕様は私も苦手である。

そうはいっても、クリスマス。ちょっと特別なことをしたくなるのが子ども心というものだろう。

「ケーキ、焼こうか」

手を挙げたのは、長男だ。

「ロールケーキを組み合わせてブッシュドノエルみたいにすればいいよね」

楽しそうに妹と相談を始めた。チョコレートが苦手な弟のために、白い切り株仕立てにするらしい。

こちらへ来てから、長男はときどきお菓子をつくるようになった。卵と砂糖と小麦粉でささっと焼いたシンプルなのがおいしい。彼はもともと料理は好きだったが、ケーキまでは焼かなかった。山の中へ引っ越して、食べたいときにすぐ何でも手に入れられる環境ではなくなったせいで、自分で焼くようになったのだ。デコレーションケーキとなると、ちょっとばかり気合いが必要だが、ロールケーキなら気軽に焼けてちょうどいいらしい。

「じゃあ、鶏の骨付きもも肉の焼き方を教えて」

次男も意気込みを見せる。彼などはこちらへ来るまで包丁を握ったこともなかったのに。

基本的に、ここには何もない。ただ時間があるだけだ。子どもたちが学校から帰ってきて、家族でゆっくり過ごすにはじゅうぶんな時間が。

家族でいろんなことを話しながら、自然とみんな家事をするようになった。そのおかげで、思いがけず、こんな山の中にもしあわせなクリスマスがやってきそうだ。きっとクリスマスの頃には、ここはまっしろな雪の中だろう。

第4回　黄色いハンカチをあげて

「幸福(しあわせ)の黄色いハンカチ」という映画を家族で観た。一九七七年の松竹映画で、「男はつらいよ」の山田洋次が監督だ。主演は高倉健で、その奥さん役が倍賞千恵子。たくさんの賞を取った人気作だ。

ロードショーでやっていたのは三十六年も前になる。当時、父母がふたりで観に行って帰ってきたときのことを今も覚えている。

「いい映画だったなあ」

「すごーくよかった」

興奮気味に感想を話してくれたのだ。

妊娠を確かめに病院へ行く妻に、もしも妊娠していたら家の庭の高い竿に黄色いハンカチをあげておいてくれ、と夫は頼む。

「あがってるのよ、黄色い小さいハンカチがはたはたと。あの黄色は鮮やかで、ほんとによかった」

うれしそうに母は続けた。

「それでね、それから何年も経って、刑務所帰りの主人公が奥さんに葉書を出すの。もしも今も待っていてくれるなら、竿に黄色いハンカチをあげておいてくれって」

母は、当時小学生だった私がこの映画を観る機会はないものと判断したのだろう。

その頃は、映画がリバイバルされることなどめずらしかったし、DVDどころかビデオになることすら想像できない時代だった。だから、しかたがない。嬉々として母は結末まで話してしまった。

時代が過ぎて、「幸福の黄色いハンカチ」は残った。大人になった私は、東京の名画座でこの映画を観た。たしかによかった。しかし、一番のクライマックスでもあるラストシーンを知ってしまっていた。そのせいで感激が目減りしたことは否めない。

そして、今回。もちろんラストシーンは知っている。それどころか、ほぼ全編、記憶していた。

それなのに、よかった。瑣末（さまつ）なことがどうでもよくなるくらい、よかった。よく知っていたはずのラストシーンではぼろぼろと涙を流した。

歳をとるってこういうことなのか。だとしたら、すばらしいことじゃないか。結末を知っていてなお、途中を楽しむことができる。素敵なシーンを素敵だと手放しでよろこぶことができる。

おまけに、舞台が北海道だった。網走、陸別、帯広、新得。十勝の見知った土地が次々に出てきて思わず歓声を上げた。特に、今住んでいる最寄り町の警察署長役で渥美清が登場したのは感慨深かった。

「寅さんが、この町の、あの警察署に来てたんだねえ」

胸を熱くしていると、動物が大好きなむすめが残念がった。

「見えなかった！　もう一回巻き戻して！」

虎じゃなくて、寅で、それは国民的人気のあった映画の役名なのだと説明しなければならなかった。それも含めて、三度目の、幸福な黄色いハンカチ体験だった。

ちなみに、一緒に観始めた中学生男子ふたりは、武田鉄矢扮する若者が桃井かおりにしつこく迫るシーンで気まずくなったのか、いつのまにか部屋からいなくなっていた。ふふ。まあいい。いつか彼らもこの映画を観るときが来るかもしれない。そのときに、北海道の山の中の小さな家で、家族揃(そろ)って観ていたことを思い出すだろうか。私が三十六年前の父母をくっきりと思い出したように。

ともあれ、もうすぐ新年。二〇一四年も、竿に黄色いハンカチがはためくような、明るい佳(よ)い年になりますように。

第5回　スキーで滑って

十勝は冬の寒さが厳しいでしょう、とよくいわれる。

「だいじょうぶ。マイナス二十度になるのは、一月後半から二月のひと月ばかりのことだよ」

新参者の私たちをなぐさめるように声をかけてくれる人もある。うんと冷え込んだ日には車が凍結して動かなくなってしまうそうだ。意識して瞬きを増やさないと、目の中でコンタクトレンズが凍るという話も聞いた。

どきどきする。そんなに寒くて耐えられるのかという不安と、ぜひ体感してみたいという野望。今は楽しみな気持ちのほうが大きい。

まず、冬は景色がいっそう美しい。きーんと冷えた空気は澄んで、空は青く、木々は凜と聳え、そこに粉雪が舞っていたりすれば、身体が冷えようともいつまでも景色に見惚れてしまうほどだ。独占してはもったいないくらいの眺めだと毎日思う。

そして、冬は外遊びが楽しい。十勝は全体的に雪は多くない。私たちの住んでいる町は、十勝で唯一、特別豪雪地帯に指定されているが、たぶん福井の大野ほどではない。勝山にも負けると思う。いや、勝ち負けじゃないんだけど。

スキーも盛んだが、十勝はスケートがメインだ。学校の校庭にもスケートリンクがつくられる。雪が降るたびに、先生や保護者や地域の人たちが集まって、みしみしと踏み固める。そこにホースで水を撒く。翌朝にはつるつるの氷が張っている。また雪が降る。踏み固める。水を撒く。凍る。これを繰り返すと立派なリンクができあがる。子どもたちのための、手づくりリンクだ。

校庭には、スケートリンクの他に、スキーやソリのできる山もつくられる。もっとも、校庭じゃなくてもあちこちで滑ることができる。遊ぶ場所には事欠かない。

子どもたちの冬休みは長い。一月の半ばまで二十五日間もある（その分、夏休みは短い）。

小学生はもちろん、中学生たちもずいぶん元気だ。午前中に四時間部活に行き、帰ってきてお昼を食べ、午後からスキーをする、その繰り返しだった。お腹空いたぁと帰ってきて、晩ごはんを食べ、お風呂に入ると、一日動いた身体はすっかり眠くなっているのである。

さぞ楽しい日々だろう。子どもたちが楽しく過ごしているのを見るのは親にとっても楽しい。大いに楽しんでくれたまえよ。そのために君たちをこの山の中へ連れてきたのだ、と思った。

ただし、だ。ただし、長男は中学三年生。もう二か月もしないうちに高校受験なのだ。私立はとっくに一か月を切っている。

「こんなに楽しかった記憶に後悔が混じらないよう、がんばるよ」

スキーから帰った長男が言った。おお、なんだか頼もしいではないか。よろこんだのも束の間、彼はちょっと考えてから続けた。

「でも、楽しかった思い出は楽しいままだよね。もし受験に失敗したとしても、この思い出が翳るわけではないと思う」

むむむぅ。そう来たか。

「思い出のためじゃなくて、これからのためにがんばるんだよ」

いちおう正論を返しておいた。

受験の結果がどうであろうと、たとえこの先挫折することがあろうと、ひと冬の楽しかった思い出は心の支えになってくれるだろう。楽しい経験は楽しい経験として、つらい出来事で曇らせずに生きていってくれたらうれしいのだ。

第6回　冬の鳥

仲よくしているお隣のMさんが、おかしな話をしてくれたのは初冬の頃だった。

「車で走ってたら、前方に白装束の夫婦らしきふたりが歩いてたのよ」

少々説明を加えると、そこは山を下りて海方面へ向かう、車も人も滅多に通りかからない道道（北海道道）だったそう。道道なのに車が通っていないのか、という疑問はこの際置いておく。

「お遍路さんみたいで、ふわふわ歩いてて、こんなひとけのないところにどうして？と思ったんだけど——」

続きを聞くのが怖かった。怪談かと思ったからだ。

「――鶴だったの」

「えっ」

「タンチョウだったのよ、つがいの」

道道に、つがいのタンチョウが歩いていてそれを人間の夫婦と見間違えた――そんなことがほんとうにあるんだろうか？

半信半疑ながらも強く心に残った。見たい、と思った。つがいのタンチョウ。

こちらの冬休みは長い。夏休みと同じ、二十五日間もある。当然、夏休みと同等の宿題が出る。

自由研究もある。Mさんの話を聞いていたせいか、むすめが、タンチョウについて調べたい、と言い出した。本や図鑑で調べられるだけ調べて、あとは阿寒国際ツルセンターに行って実物を見たい、と。北海道の東部にのみ生息するタンチョウ。それがこの頃は十勝にも飛来するのだという。Mさんの話がにわかに現実味を帯びはじめる。

私の気持ちは半分半分だった。ふわふわ歩くつがいのタンチョウなら見たい。でも、そんなにうまくいくだろうか？　センターで囲われたタンチョウを見るのはいたたまれないのではないか？

家族で多数決を取ったら、見に行きたい人が二票、そうは思わない人が三票。でも、行くことになった。なぜなら、わが家のほとんどすべての旅行の計画を立てて実行に移す最高責任者が賛成票を投じたからだ。

行って、正解だった。タンチョウは想像をはるかに超えて美しかった。国際ツルセンターの駐車場を歩いているときに、頭上を優雅に飛んでいく姿に目が釘付けになった。鳥を見て美しいと思ったのは初めてだった。雪の上に舞い降りて歩く姿も、嘴（くちばし）を天に向けて鳴き合う姿も、気高く美しかった。国際ツルセンターには檻（おり）があるわけではない。鶴たちは自由に空を飛んでやってきて、また近くの川へ帰ってゆく。私たちが行ったときには、百羽以上が集まっていて、それだけで壮観だった。

ただし、鶴以外も大勢いる。給餌のある午後二時に、タンチョウはもちろん、野生のワシやタカやキタキツネなどもやってくる。その姿を撮影せんと、大きな望遠レンズをつけたカメラマンたちがずらーっと並んで待ちかまえている。

ひときわ美しいタンチョウの群れが大空を飛んで現れたとき、思わず見惚れた。ほうっとため息が出た。

帰り道に、むすめがそのときの様子を思い出して笑顔で言った。

「すごい歓声が上がってたね。カシャカシャカシャカシャって」

大きなカメラのシャッター音が、真冬の青い空に一斉に鳴り響いたのだった。

第7回　卒業祝いのリクエスト

よく、夕食の献立が決まらないのが悩みだという話を聞く。そうそうほんとにねえ、と相槌を打ちたい気もするが、実は私はほとんど夕食の献立に悩んだことはない。いつもすぐに食べたいものを思いつくのだ。献立に悩む機会がない。

　自分で思いつけないときには家族の誰かに聞いてみる。夕食に何を食べたいかと聞いても、家族は「なんでもいい」と答えるので困る。というのもよく聞く話だが、うちはそういうこともない。たいてい具体的なメニューが返ってくる。はっきりしたイメージがないときでも、たとえば肉だとか魚だとか、あのスープがいいとか、あるいは今夜は野菜がいっぱい食べたいとか、方向ぐらいは出てくるのが常だ。元来食いしん坊の家系なのかもしれない。

さて。ここは北海道の山の中。小さな学校に小中学生あわせて十五人が通っている。福井の街中の大きな学校に通っていたわが家の子どもたちは、こちらへ引っ越してずいぶん環境が変わった。楽しいことも、おもしろいことも、びっくりしたことも、たくさんあった。

そのうちのひとつが給食だ。――給食がおいしい。びっくりするほどおいしい。大人になってしまえば些細(ささい)なことかもしれないが、子どもたちにとってそれは相当大きなことだったらしい。なにしろお昼が楽しみで、家でもよく給食の話が出る。以前、うちには給食が苦手で献立によっては食べたくないばかりにズル休みまでしそうな勢いの子がいた。偏食はほとんどないにもかかわらず、どうしても食べにくかったみたいだ。その子が今はおかわりまでしているという。穏やかだけれども確実な変化だ。

こちらの給食は、毎日、調理員さんたちが教室の隣の調理室でつくってくれる。この調理員さんたちの腕がピカイチなのだ。ひとりは調理師の先生をやっていたベテランだと聞いた。ときには地元の人が採れたばかりの作物を持ち込んでくれたりもする。授業中にいい匂いが漂ってきたりもするようで、それも楽しみのひとつらしい。みんなでランチルームに集まって、炊きたて焼きたて揚げたてのあつあつを、あつあつのうちに食べる。めずらしい料理や、手の込んだ料理も出るし、ときには手づくりのデザートまでつく。おいしいだろうなあと思う。

この三月で長男は中学校を卒業だ。卒業を前に、手紙をもらってきた。給食のリクエスト用紙だった。

「もうすぐ卒業ですね。さびしくなります。ヒロトさん（仮名）の、最後にこれだけは食べておきたい、というリクエストを取り入れたいので、知らせてくださいね」

とあった。小さな学校のあたたかい心遣い。ありがたい気持ちでほかほかしてくる。長男は、何が食べたいかと聞けばすぐに答えられる家族の一員だ。料理自体も好きなので、自分で何度かつくって味を追求中の「筑前煮(ちくぜんに)」をリクエストするのではないかと私は読んだ。

夜、長男が書き込んでいたリクエスト用紙を見て驚いた。

「調理員さんのつくるものなら何でも旨いが、しいていうなら調理員さんの得意料理が食べたいです」

と書いてあった。いつのまにこんなうまいことがいえるようになっていたのか。いちばんの得意料理を、おまかせで。――卒業祝い給食に、どんな料理が出てくるのが楽しみだ。でも、これって結婚記念日に奥さんにいう台詞じゃないのかなあ。

第8回 勉強しよう

物忘れが激しい。人の名前が出てこないとか、しょっちゅう探しものをするとか、何をしに隣の部屋へ行ったのだか思い出せないなどは序の口だ。先日は、新しく仕入れた話を意気揚々と家族に披露したら、すでに一度話していたことが判明した。しかも、それがどうしても納得できない。指摘されても信じたくない。

「もしかして、これまでにも同じ話を何度も話したりしてた……？」

おそるおそる夫に聞くと、

「二回や三回ならよくあるよ」

容赦のない答えが返ってきた。

「わ、わざとだからねっ、同じ話を三回話したいときだってあるんだからねっ」

むやみに強気に出てみたが、腑に落ちない。同じ話を繰り返しているつもりなどちっともなかった。

「心配なら病院で診てもらったら」

ぐぬぬぬぬ、病院へ行くほどではないだろう（と思う）。でも心配になってきて、後でこっそり子どもたちに聞いてみたところ、

「だいじょうぶだよ」

とのこと。ほっとしたのも束の間、

「二回や三回同じ話をしたって別にかまわないよ」

やさしい子どもたちは気を遣ってくれているのだった。やっぱり同じ話をしているのだなあ。

「したいだけすればいいよ」

うーん、気持ちは大変うれしいが、さすがにそれはちょっと違わないか。だいぶ脳みそが疲弊してきているらしい。事実を受けとめて、ではこれからどうしようかと考えたときに、なぜかまっさきに、勉強したいと思った。自分でも不思議だ。

春だ。三人の子どもたちはそれぞれ高校生、中学生、小学生としてひとつずつ進級した。この一年、子どもたちはたしかに成長したと思う。北海道の山の中で、学校と家族が密につながって暮らしていたから、よりいっそう強く実感できたのかもしれない。子どもたちの成長はうれしい。その上で、ちょっとうらやましいような気持ちになった。

大人も成長しているのだろうか？　もちろん、しているだろう。そう信じたい。人間の成長って覚えることばかりじゃないはずだ。よく物忘れをするようになっても、やさしさが増したり、寛容になったり、そういうことを成長と呼ぶんじゃなかったか。

でも、無性に勉強してみたくなっている。今まで手をつけなかったような新しい分野の勉強。忘れても、忘れても、また勉強したくなるようなこと。忘れたら、きっと大事なことだけが残る。

「何を勉強しようかなあ」

私がうきうきしているのにつられて、子どもたちもなんだか楽しそうだ。

「もしよかったら」

息子がにこにこといった。

「僕の宿題、やってくれてもいいよ」

ありがとう。でもいい。それを勉強する楽しみは、君のものだ。

第9回　一年間

勢いよく春が過ぎて、気がつけば初夏がそこまで近づいてきている。

一年間の北海道暮らしを終えて、三月末に福井に戻ってきた。苫小牧からフェリーに乗るときはスキーウエアを着込んでいたのに、敦賀に着いたら半袖でもいいくらい暖かかった。

そういえば、一年前のちょうど今頃、五月の終わりに観桜会（本州でいうお花見。お団子ではなくバーベキューとともに楽しむことが多い）があったのだけど、気温が低すぎて桜はまだ咲いていなかったのを思い出した。でも、懐かしい福井では、三月の終わりだというのに早い桜がちらほら咲きはじめていた。そんなことで戸惑う。いや、混乱する、というほうが近い。今、何月だっけ？　ここはどこだっけ？　北海道から帰ってきた私は日常に慣れるまでにいちいち時間がかかった。

子どもたちは早かった。山の中にある小さな学校に三人揃って通っていた彼らは、この春からそれぞれ別々の、小学校、中学校、高校へ進んだ。どうなることかと少し心配もしていたのに、あっというまに友達と楽しそうに遊んでいる。

大雪山国立公園。小さな小さな学校。数少ない友達。エゾシカ。キタキツネ。白樺（しらかば）。胡桃（くるみ）。雪。山。川。湖。一年間、すぐ身近にあったそれらのものが、今はもうない。夢を見ていたような気さえしてしまう。

そんな感慨を持って、いつまでも夢うつつでいるのは親である私たちだけなのかもしれない。夢ではない。一年間、たしかに私たちはそこにいた。つまり、ここにはいなかったということだ。いなかったことで、よく見えることがある。毎日一緒にいる家族の変化にはなかなか気づけないけれど、離れてみるとよく見える。

一年ぶりに会った子どもたちの友達の大きくなったこと！　一年間見ないうちに、小学生だった次男の友達はいきなり中学二年生だ。中学二年生だった長男の友達は高校生になった。伸び盛りの彼らの身体が大きくなっているのはもちろん、それだけではない、雰囲気の変化に驚いた。ぱっと見ただけでは誰だかわからないくらい成長していた子もいる。一年というのは短いようで長い。特に、この年代の子どもたちにとって、一年は途方もなく長い。

「ね、片仮名の『み』ってどう書くんだっけ？」

屈託なく尋ねてきたのは、十歳のむすめである。ああ、この子だけは変わらないんだな、と笑ってしまった。福井を離れるとき、小学三年生だった。四年生の一年間を北海道で過ごし、戻ってきた現在は五年生である。五年生なのである。片仮名の「み」を忘れている場合ではないだろう。

この一年で一番変化がなかったのはこの子だと思う。たぶんまだ成長期の手前にいるのだろう。そう考えていたら、むすめの友達が家に遊びにきて驚いた。見違えた。みんな、すごく大きくなっている。なんというか、コドモだったのが、オンナノコに進化して、とてもかわいくなっているのだ。

種だったんだなあ、と思う。この一年に何が起きたというわけでもないだろう。ただ種が芽を出して双葉になり、すくすくと茎を伸ばす。やがて時期が来れば蕾をつけ、いつかは花を咲かせる。そういう、生命の強い力を感じた。北海道の山で一年を過ごそうが、福井の街中でにぎやかに暮らそうが、本質的にはあまり関係がないのかもしれない。子どもたちは自分の中に備わっている力で、それぞれ伸びていく。ミくらいは書けたほうがいいけれど、まあ、おいおい覚えていけばいいような気もするのだ。

第10回　向いている職業

子どもの頃から、人の顔と名前を覚えるのが得意だった。得意だと意識したことすらないくらい、誰でも顔と名前は一度で覚えられるものだと思っていた。

それがそうでもなさそうだと気がついたのは、いつ頃だっただろう。中学生のときに、幼稚園の友達を見かけて話しかけたら相手は私のことを覚えていなかった。中学の課外活動で一度だけ一緒になった子に、高校生になってから話しかけたらやっぱり私のことを覚えていなかった。枚挙に遑がない。こちらはよく覚えているのに、相手は覚えていてくれない。さびしいけれど、私に興味がなかったということだ。そう思っていたら、覚えている私のほうがめずらしいのではないかと指摘された。それで気がついた。人の顔と名前を一度で覚えられるのは、ちょっとした特技だったのだ。

その特技の活かしようがなかった。高校時代、進路指導の一環として、向いている職業を相談する機会があった。特に就きたい職業のなかった私は、相談員の先生におそるおそる尋ねてみた。

「人の顔と名前を覚えるのが得意ですが、どんな職業が向いているでしょうか」

「ああ、それは営業に向いていますね」

たしかに活用できる気はした。しかし、必要十分条件というものがある。顔と名前を覚えられるのは有利かもしれないが、決してそれだけで優秀な営業職になれるわけではない。数字のセンスも大事だし、話のうまさも必要だろうし、駆け引きもできなければ務まらないだろう。自分は資質に欠ける気がした。悶々（もんもん）とした。向いている仕事は営業職。でも、いったい何を売ればいいんだろう。

作家になった今、人の顔と名前を忘れないという特技が、思いがけず役立っている。小説は、人ありきだ。どれだけの人間をリアルに描けるかが勝負だと思う。今までに出会ったたくさんの人たちが私の中に生きている。それは作家にとって財産だ。

仕事で会った画家の方が、やはり人の顔と名前を覚えるのが得意だと話してくれた。

「ぱっと見て顔を覚える能力は、人物画を描くときの武器になります」

なるほどなあ、と思った。そういう話、高校のときに聞きたかった。向いている職業は作家と画家。売るものは自分でつくる。なかなかいい。だけど、もちろん、そんなことは後でわかることだ。自分でいろいろ経験して、試行錯誤して、やっとわかることなのだ。

長男は人の顔も名前も覚えられない。そもそも興味がないらしい。ごく一部の親しい人以外は、同じクラスになったことがあるかどうかもわからないという。対して、むすめは、小さい頃から人の顔の特徴をとらえた似顔絵を描くのが上手だった。幼稚園の友達を上下の学年まで克明に覚えている。九九や県庁所在地はなかなか覚えられないのにだ。向き不向きって、ほんとうにある。

中二の次男は、もうすぐ職業体験がある。人の顔を覚えるのは得意でもなく苦手でもないそうだ。何が向いているかわからない、という。最初に考えるのは向いているかどうかじゃなく、何をやりたいかだと思う。そう話したら、「飲食業をやりたい」といった。「いちばん人の役に立てる職業だから」。いいなあ、と思う。いちばん人の役に立つ職業を選ぼうという心意気がいい。

「この世でいちばん人の役に立てるのはラーメン屋さんじゃないかな」

真顔で話す次男の将来が今からとても楽しみだ。

第11回　兄弟喧嘩

うちには三人の子どもがいるが、上のふたりは二歳違いの男の子だ。そういうと、多くの人に「大変でしょう」と同情される。聞けば、兄弟喧嘩(げんか)が大変でしょう、ということらしい。

実は、ぜんぜん大変ではない。なぜなら彼らは喧嘩をしたことがないのだ。この十数年で口論を二、三度。それも一分ほどで終わって、すぐに仲よく笑っていた。

そういえば、友達のところでは、兄弟喧嘩のせいでお風呂場の窓ガラスが二週連続で割れたと聞いた。どうやったらお風呂場の磨りガラスが割れるのか、そのときふたりは裸だったのか、片方だけが入浴中だったのなら圧倒的にそちらが不利ではないか、などと疑問と興味が渦を巻いた。第一、危ないよ。

ともかく、歳の近い男兄弟はよく喧嘩をするものだと相場が決まっているらしい。うちはしない、というと驚かれることが多い。幼稚園に上がる前からふたりでころころ笑いあっていた。高校生と中学生になった今でもよくふたりで楽しそうに遊んでいる。幼い頃こそ、物心のつかない弟に好き放題やられても怒ることのない兄の寛容さが目立ったが、大きくなってからは、マイペースな兄を見守る弟の賢明さを評価したいと思うようになった。つまり、持ちつ持たれつだ。

彼らがいつも仲がいい最大の理由は、性格がまったく違うこと。さらにいうなら、性格は違うんだけども興味の対象はわりと似ていること。だから、話すことはたくさんあってもぶつかりあうことがない。うまいことできていると思う。

わかりやすく例を挙げるなら、これまでの人生で宿題を一度もしたことがないのが兄、宿題を一度もしなかったことがないのが弟だ。また、夏休みの計画を守らなかったことがないのが弟で、夏休みの計画など立てたこともないのが兄。同じ親から生まれて同じ家で育って、どうしてこうも違うのか。環境だとか、教育だとかのせいにはしようがない。だって、同じように育てているのだ。生まれつきの不思議としかいいようがない。そして、その正反対のふたりがとても仲がいいという不思議。

お互いの気にするところと気にならないところのバランスがぴったり合っているのだと思う。のんびりおおらかな兄と、しっかりものでがんばり屋の弟、と役割分担できれば簡単なのだが、そう単純なものでもない。たとえば、コンサートを聴きにいくと、前のめりに楽器の演奏を楽しんでいるのは兄で、弟はその隣でしあわせそうに眠ってしまっている。それでもまた一緒にコンサートに出かけていくのだ。音楽をより楽しんでいるのはどちらか、と傍から断定できるものではない。お互いに干渉もしないし、もちろん糾弾もない。

さて、そして忘れてはならない人が約一名。うちにはとても仲のいい兄弟ふたりの下に、もうひとり、妹がいるのである。三人というのはむずかしい関係のようにも思える。

体調を崩した兄の学校に欠席の連絡を入れたときのこと。

「○年○組、宮下です。いつも息子がお世話になっております」

電話口で挨拶をしている私の傍で、むすめが、

「へぇ、よし子が？　誰にお世話に？」

と真顔で聞くので笑いをこらえるのがやっとだった。よし子じゃなくて息子だよ。っていうか、よし子って誰よ。

まあ、そんなわけで兄たちふたりは妹にやさしい。誰しも、あきらかに対等ではない存在に対しては自然と寛容になるものらしい。

第12回　理系？　文系？

どれだけ苦手かっていうと、十分間眺めていたらじわじわっと涙が滲んでくるくらい。私は数学が苦手だった。詳細をいえば、中学まではわりと得意だった。あれは国語みたいなものだったと思う。読解力があればこなせた。高校に入った途端、数学は変身する。行列を解けといわれれば、ある程度は解けた。微分も計算だけならできた。でも、実は微分と行列は密接につながっているのだ、と説明されると理解できなかった。なんというか、数学には世界がある。私が住んでいるのとは別の世界がそこに広がっている。

うちには、また別の世界に住む子がいる。彼女の世界では、１３０を１０００倍すると48000になったりするらしい。どこからどう説明すればいいのか私にもわからない。私の数学苦手感とは次元が違う気がする。

さて、高校一年の長男は、そろそろ文系と理系の選択を考える時期が来たという。私の頃は、高校二年でなんとなく文系っぽいクラスと理系っぽいクラスに分かれ、三年生ではっきりと分かれる、というやり方だった。今は、一年生の秋には決めていなければならないらしい。

「まだ決めてない」

長男はいう。

「科目でいうなら、数学と物理に萌える」

数学と物理なら完全に理系ではないか。でも、小さい頃から見てきた身としては、彼の興味は文系分野にあるように思っていた。もちろん、そんなことは口には出さない。本人がよく考えて決めればいい。

「将来、何をやりたいのかまだわからないからなあ」

それもわかる。私自身も高校一年では何をやりたいのかぜんぜんわからなかった。ただ理系分野への興味が1μ（ミクロン）もなかったから迷いようがなかった。

「文系と理系を職業に結びつけて考えるのはナンセンスだ」

夫が話に加わった。途端にややこしくなる。

「文系と理系に分けられるものなんて、ごく表層だけなんだよ」

「わかるけど、カリキュラム上、選択しないと」

私がいうと、夫は首を振った。

「文系に興味があるなら、せめて高校の間は本気で理系の勉強をしたほうがいい。理系に進みたいなら、文系を選ぶといい」

げげっ、めんどくさい。と思うが、夫は本気だ。彼自身、傍から見たら究極の文系学科を卒業し、一度働いてから、完全なる理系学科に入り直した。就いた職業は、一般的には理系といわれるが、特に理系の知識を必要としない。

そもそも文系と理系にきっぱりとは分けられない職業のほうが多い。人生は文系と理系に分けられるものではないのだ。

「わざわざ遠まわりするってことか」

長男がにやりと笑った。

「まわり道のほうが遠くまで行けるってことだね」

次男がうなずいた。う―ん、なるほど、いいことというね、と思いかけて、いやいやいや！　わざわざ遠まわりしなくてもいいだろう。ほんとうにやりたいことが見つかれば、そこに向かってどんどんどんどん進んでいけばいいと思う。

第13回　何でできている？

子どもたちが小さかった頃、少しでも多く野菜を食べさせたいと思い、よくスープをつくった。

はじまりは、料理番組で見たスープだった。玉ねぎを炒めて、ざくざく切ったキャベツと、生のお米を少々。味つけはコンソメキューブと塩。少なめの水とローリエを加えてコトコト煮て、すっかりやわらかくなったらミキサーにかける。仕上げに牛乳でちょうどよく伸ばす。

キャベツのスープなんて、おいしいの？　半信半疑だったのに、これがすごくおいしかった。お米がやさしいとろみをつけてくれて、じんわり甘い。レストランで出てくるポタージュスープみたいだった。夫も子どもたちも大よろこびで飲んだ。

以来、野菜のスープはわが家の定番だ。キャベツをニンジンに替えてもいい。玉ねぎを長ねぎにしてもいける。じゃが芋や、里芋、さつま芋を加えてもおいしい。お芋類を使えば、とろみをつけるためのお米はいらなくなる。旬の野菜や豆類からはたっぷり旨みが出るから、コンソメも使わなくていい。

「このスープ、何でできていると思う？」

聞くのも楽しみのひとつになった。家族でクイズのように競って答える。

「キャベツ！」

「玉ねぎ！ ちょっと酸っぱいのはトマト？ えーと、それから…」

正答率の高くなってきた「何でできているか」クイズ。ほんの少し入っているスパイスまで当てられるようになってきた。

そういえば、ピアノでも、この「何でできているか」クイズは行われている。先生の弾いた和音を聴いて、「ド・ミ・ソ・ド」だとか「ミ・ソ・ド・ミ」だとか当てるのだ。

「ド・ファ・ラ……シ？ ド？ レ？」

幼い頭を捻（ひね）って、和音の成分を一音ずつ確かめていく子らはかわいかった。十年経った今もあまり進歩がなく、「ラかな？」「シでは？」「ドだね？」などとやっているとは思わなかったが。それでも、音楽を聴いたときに、なんとなくでもそれが何でできているのかわかるのは、素敵なことだと思う。

さて、最近、実家からわが家にワイングラスがやってきた。金の縁取りと模様の入った、脚付きのグラス。特に高級なものではない。私が小さかった頃から、ずっと実家の食器棚に並んでいたものだ。母に聞くと、嫁いできたときにはすでにあったという。つまり、五十年くらい実家で活躍していたグラスだということだ。祖母がシリーズで集めていたものらしい。その祖母も六年前に亡くなり、父母はワインを飲まない。よかったら持っていく？　といわれ、もらってくることにしたのだ。

同じ金縁で蔦模様のさまざまなグラスがシリーズで揃っていたと思う。半世紀の間に欠けたり割れたりして、二客だけが残った。アンティークと呼ぶにはまだ早いけれど、半世紀を家族と過ごしたグラスだ。このグラスのあった食卓の光景がありありと思い浮かぶ。小さめのグラスで大人たちが梅酒を飲んでいてうらやましかったこと、私と弟が真似をして麦茶で乾杯したら割ってしまったこと。

このグラスが「何でできている？」と聞かれたら、たぶん、半世紀分の思い出でできている、と答えるだろう。

第14回　忘れる

物忘れが激しい話をしよう。

などとやたら前向きな感じに書き始めてみたが、実は困っている。最近、物忘れがひどい。

朝、次男に、「制服のズボン知らない？」と聞かれて焦った。

「シャツだけはあるんだけど」

まさか、ズボンだけどこかで脱いで忘れてきたなんてことはないだろう。おっちょこちょいの長男が間違えて弟のズボンをはいてるってことはないだろうか。確認すると、長男はまだパジャマだった。お風呂に入るときに脱ぎっぱなしでそのままでは、と脱衣所を見にいったところで思い出した。

昨夜、洗濯したのだった。洗濯したのに干すのを忘れていたのだ。干すのを忘れたことすら忘れていた。慌てて洗濯機を開けると、ちんまりと次男の制服のズボンが入っていた。涼しい季節でよかった。皺になりにくい素材で助かった。

「ごめん、すぐアイロンかけて乾かすよ」

朝から忙しい中、アイロンをかける。まだ湿っぽさが残っていたけれど、時間切れだった。それなのに、手渡すと、なんと次男は「ありがとう」といった。

「忘れたくて忘れる人はいないんだから。アイロンありがとう」

よくできた息子である。親には似なかったのだ。

子ども時代の私はしょっちゅう学校に忘れものをしていった。家は小学校から近かったので、忘れものに気がつくと休み時間にこっそり抜け出して取りに帰ったり、公衆電話から電話をかけて母に持ってきてもらったりした。忘れものに気づかないで、授業中に初めて「あ！」ということも多かったから、今思うと相当うっかりしていたのだと思う。

変わったのは、たぶん、子どもを産んでからだ。幼い子どもや赤ん坊を抱えて忘れものをすると、ダメージが大きい。自分が困るぶんにはまだいいが、うっかりものの母のせいで子どもたちが困るのは不憫だった。だから、彼らが小さい間は、忘れものをしないよう、うっかりしないよう、相当気を張って暮らしていたと思う。やっと彼らもそれぞれ高校生、中学生、小学生になって、最近は、命にかかわるようなことでなければ、忘れても気にしなくていいかなと思うようにしている。いやなことがあっても、すぐに忘れてしまえれば、むしろ機嫌よく暮らせる。ずいぶん楽になった。

もちろん、大きな問題も残っている。小説を書いていて行き詰まったとき、次の一行が浮かばないときに、えんえんと、もくもくと、考えて迷って唸って歩きまわった末にようやく「これだ！」と閃いたことを、書きとめる前に忘れてしまう。致命的だ。

「忘れちゃうようなアイデアは、しょせんその程度のものなんだよ」

「だいじょうぶだよ、また思い出せるよ」

夫も子どもたちもやさしくなぐさめてくれるが、彼らはまだ知らないのだ。小説に限っては、論理的に頭で考えてつくった、絶対に忘れないようなものは、だめだ。ふとした瞬間に思いついて、それをばーっと書きとめておかないと次の瞬間には忘れ去ってしまう一瞬の閃光のようなものこそが、小説の命だったりする。少なくとも私はそう思う。逃すと、もう決してつかまえられないものなのだ。

忘れてもいいものと、忘れてはいけないもの、そこに忘れられないものが入り混じって、それでもぼろぼろと忘れていって。少しずつ、生きやすくなりながら、こぼれるものを掬いながら、ときどきは頭を抱えながら、私たちは生きていくのだ。

第15回　懐かしさのひみつ

久しぶりに、子どもたちの通っていた幼稚園の横を通ったら、感慨深げにむすめがつぶやいた。

「懐かしいなあ。あの遊具、覚えてるよ。砂場も、藤棚も、懐かしい」

小学生のくせに懐かしいなんて、なんだか笑ってしまった。百年早いよ、と言いたい。何かを懐かしがるのは、大人の特権なのだ。

今年の夏休みに、春まで暮らしていた北海道の山奥の集落へ遊びにいったときのこと。懐かしい風景、懐かしい家、懐かしい人たちに会って、おおいに懐かしがる予定だった。ところが、感情は予想に反していた。山を上り、湖を越え、あの小さな集落が近づいても、わくわくはするものの郷愁はない。いよいよ到着し、一年間ほぼ毎日会っていた、懐かしいはずの人たちと顔を合わせた。

「わー、お久しぶり！」

「よく来たねえ！　子どもたち、大きくなったねえ！」

再会をよろこびあっても、やっぱり懐かしさは感じなかった。集落の人たちも、笑顔のまま首を傾げている。

「なんか、不思議。ぜんぜん懐かしくない。先週くらいまで――」

言いかけたのを遮った。

「――先週くらいまでここにいたような自然な感じ、でしょう⁉」

「そうそう！」

うなずきあう。ちょっと会っていなかったけれど、すぐにまた元のご近所さんに戻れる気がした。もうここにはない、取り戻せないものとしての思い出ではなく、まだ続いている、いつでも続きを始められる自信みたいなものが、私たちの間に育まれている感じがあった。

ふと見ると、子どもたちのほうが、鼻をクンクンさせて、

「この空気の匂い、懐かしい！」

「学校、懐かしい！」

などと興奮している。

そういえば、若い頃は、ほんの数週間離れただけの場所が妙に懐かしく感じられたり、しばらく前に好きだった歌が流れると胸に沁みて涙が出たりしたものだ。今は、そういう切実な懐かしさからは遠ざかって久しい。

ふと、沖田艦長の台詞が浮かんだ。沖田十三。宇宙戦艦ヤマトの初代艦長だ。イスカンダルへの旅を終えて地球に戻ってきたときの有名な台詞が記憶に刻まれている。

「地球か……何もかも、みな懐かしい」

あのとき、沖田艦長はどれくらい昔のことを思い出していたのだろうか。艦長としてヤマトに乗り込む熟年の自分の暮らしや家族を思い出したのではなく、もちろん幼児や小学生だった頃の自分を思い出したのでもなく、いきいきと活躍していた若かりし自分と、美しかった地球を懐かしんでいたのではないか。

懐かしさにも、たぶん、旬があるのだ。日々、生きて、働いて、まだまだ成長したいと願っている私たちに、感傷は似合わない。懐かしい、と口にするのは、もうちょっと若いか、逆に歳をとってからのほうがふさわしいと思う。

もうすぐ、二〇一四年も終わる。今は懐かしむ暇もないけれど、後でふりかえったときに、微笑んで懐かしむことのできる一年であったらいいなと思う。そして、来る年も、どうぞよい年になりますように。

第16回　友達

子どもたちが友達と楽しそうに遊んでいるのを見るのはうれしい。

勉強や運動ができるとか、絵がうまいとか、歌が上手だとか、リーダーシップがあるとか、学校に行くと子どもたちはいろんな基準で測られてしまう。友達と楽しそうに遊べるということは、協調性があるということであり、人に好かれているということでもある。でも、協調性がなくても、人に特別に好かれなくても、別にかまわないと私は思う。それよりも、友達と遊んで楽しい、という気持ちこそが尊いのだ。楽しくてよかったね、と思う。それだけだ。

私自身はずっと友達に対して臆病で、すごく仲のいい友達というのがどういうものなのかよくわからなかった。仲がよくなればなるほど、半信半疑になった。

中学生の頃、音楽の授業でリコーダーのテストがあった。仲のいい友達同士ふたりひと組になって、ソプラノとアルトで合奏するという。簡単な任務のはずだった。ただ、ちょうど私は一番前の一番端っこの席にいて、隣は男子だった。「さあ、ふたりひと組になって」と音楽の先生に促され、ふりむいたときにはすでに私を除いてきれいにペアができあがってしまっていた。ささいなことだ。でも、組む相手がいない衝撃は中学生の胸に突き刺さった。テストの順番がやってきて、少しデリカシーの足りない先生に「どうした、ひとりか」と大きな声で問われ、不覚にも涙がこぼれた。私には組む相手がいない。たぶん、ほんのちょっとの加減だった。仲間外れにされたわけではなく、運悪く余ってしまっただけだ。

そう思おうとするけれど、胸に入ったヒビは元に戻らなかった。毎朝、教室に足を踏み入れるときに、ちょっと自分を励まさなければならなかった。あたたかな泉ではなく、冬の灰色の海。そこに漕ぎ出すような気持ちにさえなった。受け入れられていると思えなければ、教室に入るにも勇気がいる。友達の声が親しく響かなければ、ただの騒音に聞こえてしまう。

そういう思いを、きっと誰でも一度や二度は味わいながら成長していくのだと思う。そういう思いをして初めて、自分の弱さを知ったり、人のやさしさに気づいたりもするのだろう。むしろ、そういう思いをしないと危ないのかもしれない。

子どもたち、がんばれ。大人たちも、がんばれ。たとえリコーダーのテストで組む相手がいなくても、子どもたちは親には口が裂けてもいわないだろう。私がそうだったように。傷も、ヒビも、無駄にはならない。いつまでも胸のどこかに残って、今まさにつらい目に遭っている子がいないか見渡す度量をくれる。

それでも、友達の家に遊びに行くむすめの弾むような足どりを、下校する息子が友達と楽しそうに笑う顔を、私は忘れない。うれしい、ありがたいものとして、いつまでも覚えている。

先日、福井で初めてトークイベントを開いた。はじめましての方がいっぱい、さらに、驚いたことに、子どものお母さん友達や、三十年ぶりに会う昔の同級生、仕事で出会った人たち、ご近所の方々まで駆けつけてくださった。子どもたちに、そして昔の自分に教えてあげたい。だいじょうぶだよ、大人になってからも、いい友達ができるよ。

いろんな方の笑顔を見て、うれしかった。私は、今になって「もしかしたら、友達っていろんな形でそこにいてくれているのかも」と新しい発見をしたのだった。

第17回　ピアノはお好き？

子どもがお腹(なか)にいるときに聴きにいったコンサート。ピアノの音色に合わせて胎児がお腹を蹴った、というだけの理由で、生まれてきた子どもにピアノを習わせることにした。それを親ばかと呼ぶのだとしたら、私は立派な親ばかだと思う。

子どもは親の期待などまったく気にするふうもなく、すくすくと怠け者に育った。やさしいピアノの先生のおかげで、今も楽しくピアノを続けているが、ショパンによろこんで母のお腹を蹴ったことなど完全に忘れているらしい。しかし、それでも長男は明らかに音楽が好きだ。つねに音楽を聴いているし、ピアノの練習時間も兄妹の中では最も長い。

次男は不思議だ。耳がとてもいい。聴音が得意で、音を正しく聴き分ける能力があるようだ。歌を歌っても、かなりうまい。けれど、どうも音楽が好きかどうかはあやしいところがある。クラシックのコンサートでは常に眠ってしまう。ジャズならいけるかもと連れていってみたら、二曲目で寝た。ビッグバンドのにぎやかな演奏の中で爆睡できるのは、ある意味すごい。ロックのライブでは、みんなが踊っている中、ひとりしゃがみ込んでしまった。気分が悪くなったのだという。たぶん、次男はあまり音楽に向いていないのだ。同じお腹から生まれて同じように育っても、ずいぶん違うものだ。

さて、もうすぐピアノの発表会がある。次男は早々に「出ません」と宣言した。ほんとうは、彼のたどたどしいピアノをはらはらしながら聴きたかったけれど、しかたがない。発表会には出ないと自ら決断できるのも、ひとつの成長なのかもしれない。

長男は、先生に提案されたショパン『華麗なる大円舞曲』とベートーベン『ソナタ

6番1楽章』、どちらを弾くか、うきうきしながら迷っていた。選ぶところから楽しいらしい。

仲のいい高校の同級生に意見を聞いてみたところ、『華麗なる大円舞曲』は小学生の頃に弾いたことがある、とのこと。なんと、その曲で全国大会を勝ち抜き、ショパン国際コンクールinASIAに出場して入賞までしたのだそうだ。同級生すごすぎないか？　という疑問はさておき、長男はショパンをやめ、ベートーベンを選んだ。三大ソナタの8番でも14番でも23番でもなく、6番。マイナーだな、と思った。

「でも、この曲のほうが、たぶん個性を出しやすいよ」

長男がいった。まだまだ、演奏に個性など出すレベルではない。それはわかっている。それでも、高校一年生の運動部の男子がピアノの発表会で弾く曲として、ワルツよりも地味なソナタを選ぶというのは、たしかに個性が滲み出ていると思った。

そうして、ふと、ベートーベンの8番でも14番でも23番でもない、と以前にも考えたことがあるような気がした。なんだっけ。いつだっけ。ぼんやりする記憶の海から浮かび上がったのは、もう二十年以上も前のバレンタインの思い出だった。

チョコレートと一緒に、小さなオルゴールをプレゼントした。好きな曲を選べるオルゴールだった。彼がベートーベンを好きなことは知っていた。有名な曲を贈っては女がすたる。たとえば、エリーゼとか、第九とか。三大ソナタも避けたい。選んだのが、ソナタ6番だった。マイナーすぎるかな、と不安になった気持ちを今でも思い出す。あの曲を、私たちの息子が弾く。不思議といえば不思議だけれど、必然といえば必然、のような気もした。

第18回　捨てられない

缶詰に憧れる。

ああ、そうよね、近頃はいろんなおいしい缶詰があるわよねぇ。ってその缶詰じゃなくて、よく、作家や漫画家が作品を集中して仕上げるためにホテルや旅館に籠もってひたすら執筆を続けるという、あの缶詰である。

いつも家で仕事をしている。書きたいことはたくさんあるのに、家にいると捗らない。子どもたちは育児と呼ぶほどの育児が必要な年齢ではなくなったのに、なんで食べても食べてもお腹が空いてるの？　どうしてネーム入りの体操服を学校の体育館でなくせるの？　毎日自転車の鍵を探しているのはなぜ？　という具合だ。おまけに、子どもたちが学校へ行っている間は、去年からわが家に加わった柴犬ワンさぶ子が、「おかーしゃん！　おかーしゃん！　誰か来たよ！」と忙しく鳴く。あれはスズメ。

それはえちぜん鉄道。いちいち報告してくれなくていいからね。

それでも、天気の悪い日が続く今日この頃、青空を見ると「洗濯物干さなきゃ！」と思ってしまうのが母親業であるらしい。家事も育児も忘れて一日まるまる自分のために使えたなら、きっといろんなことができるだろうと思う。ばりばり仕事もできるだろう。

実際には、一日まるまる自分のために、という前提からして誤りがある。そもそも、今だって、寝るし、食べるし、お風呂にも入る。缶詰になったって、それは変わらないだろう。意識していないだけで、実は自分のためにちゃんと時間を使っているのだと思う。問題は、「自分のため」と意識して使う時間をどうやって確保するかだ。

それには、まず、捨てること。何ひとつ捨てずにすべてを抱えたまま生きていけたらしあわせかもしれないけれど、たぶん、よっぽど許容量の大きな人でないと無理だ。あれもこれもやりながら毎日を生きるのは、すべてのプログラムを閉じられないスマホみたいなものなんじゃないか。電池ばっかり使って、あっというまに充電がなくなってしまう。やはり、ひとつひとつ閉じて、今はいらないと思ったら潔く削除して、そうやって取捨選択を繰り返して、自分の生活を整えていくのだと思う。それをして初めて、自分のやりたいことに手をつけられる。

いちばん大事なこと、いちばんやりたいことを、やろう。それが、一見自分のためには見えなかったとしても、いちばん大事だと思うなら、それは誰かのためだけじゃなく、自分のためでもあるはずだ。

夜中まで小説を書いて、ときには朝方までかかって書いていても、やっぱり子どものためのお弁当はつくる。高校生の息子は、学食でもパンでもいいよと笑うけれど、眠い目を擦（こす）りながら早起きをするのは、実は私自身のためなんじゃないか。自分がやりたいからやっているんじゃないか。そう思った。ま、たまに寝坊もするんだけども。

中学生の息子の立志式を見た。十四歳たちの決意は若くて、勢いがあって、胸が熱くなった。でも当の彼らは戸惑っている真っ最中のようにも見える。ものを知らなかったり、自意識が過剰だったりする自分に手を焼いているのかもしれない。私も、中学生だった頃は、自分の未来など想像もつかなくて、もちろん作家になるとも思いもしていなくて、いつも何をすればいいのかわからなかった。ただ、本が好きで、絵が好きで、音楽が好きだった。それが何かになるとも思わず、ただ好きだったのだ。

今でも好きだ。本も、絵も、音楽も、切り離せない。捨てられない。自分という人間は、そういうもので構成されているのだと思い知らされる気分だ。十四歳の頃から捨てられないもので、私たちはできている。

第19回　桜

うちのお花見は足羽川原（あすわがわら）である。家族がそれぞれの友人知人と足羽山へ出かけたり、丸岡城へ行ったりしても、家族揃ってのお花見はなんとなく足羽川原になる。見どころとして名高い木田橋から新明里橋（しんあかりばし）にかけては花が見事なぶん人出も多い。それでいつももう少し東のほう、住宅地にかかる支流のあたりで花を見上げる。好きなお餅屋さんが近くにあるので、花見団子と桜餅を買っていく。

川原にはだいたい、他に人はいない。そしてなぜか、いつも風が冷たい。ちょっと気が早いせいか。満開にはほんの少し足りない花を、襟を立てて見上げながら歩いて、土手にあるベンチにすわる。お団子とお餅を食べ、川をゆうゆうと泳ぐ鴨（かも）を見る。だから桜はいつも、凜とした風の中の印象だ。

もう二年にもなるのか、北海道の山の中の集落で暮らしていたときのお花見は、寒かった。特別に印象に残っているのは、寒さのせいだけではない。観桜会と呼ばれるその集いの中心は、肉だった。小中学校の校庭に一本だけある大きな桜の木は、五月の後半になっても蕾（つぼみ）をつけなかった。気温が低すぎたらしい。待っていれば咲くかといえば、そうでもない。桜の咲かない年もあるという。それでもお花見の会は催された。私たちは厚着をして桜の木のまわりに集まり、裸の木を見上げ、みんなでバーベキューをした。彼の地では、集まりがあればたいていバーベキューなのだ。集落にある牧場から届いた贅沢な牛肉の塊を焼き、オホーツク海からのホッケを焼き、十勝の豊富な野菜や茸（きのこ）を焼いた。山のおいしい空気も手伝って、どんどん食べられる。にぎやかで楽しいひとときとなった。しかし、お花見としては、たぶん何かが足りない。ううん、何かじゃなくて、桜が足りないことははっきりしているのだけど。

　福井に戻ってきて、ああ、春はいいなあと思う。ゆっくりと暖かくなっていく気候と、それに合わせてほころんでいく桜。それから、穏やかに晴れた水色の空。子どもたちの声。おいしいお団子、桜餅。

「うちは桜道明寺じゃなくて、桜餅です。そのほうが硬くならんから」

　通うようになって十年、お餅屋さんのおじさんが教えてくれる。

「お餅は硬くならないんですか」

　興味をそそられて尋ねると、

「なりますよ、うちのは混ぜものがないから普通は翌日にはカチカチになります」

「え」

　聞き返したら、おじさんはにやりと笑った。

「先代の考え出した方法でつくると、桜餅は硬くならんのです」

得意そうに見えた。真剣におじさんの顔を見つめるむすめに向かって、どんな工夫がされているのか、内緒で一端だけ教えてくれた。

毎年、少しずつ、少しずつ、話してくれる。餅米の話、あんこの話。桜餅についている桜の葉っぱは、食べるのか、食べないのか。小豆について、砂糖について。そのどれもが豊かで味わい深いのは、こつこつと、もくもくと、お餅をつくってきた人が積み重ねてきた知恵や技術や自信や自負のせいだと思う。

春、並木を歩きながら考える。あと何回、家族揃ってここを歩けるだろう。桜だけではない思い出を抱えて。お餅をつくる人がいて、肉を焼く人がいて、その向こうにお米を、豆をつくる人がいて、牛を育てる人がいて。桜を通じて、私たちはゆるやかにつながっている。

第20回　受験生？

そういえば、今年もらった年賀状に、「受験生」という単語をいくつか見た。人のお子さんの成長は早いものだ。あの家のお子さんは、高校受験か、大学受験か。がんばって好きな進路を選べるといいね。のんきにそう思っていた。

違った。受験生になるのは、うちの次男だったのだ。

お正月の時点では、次男はまだ中学二年生。受験生になるとはまったく気づかなかった。この春、三年生に進級したら、いきなり受験生扱いでびっくりした。

長男のときは、三年生になるタイミングで北海道へ転出してしまった。転入した先は小さな中学校で、三年生はなんと長男ひとりだった。毎日、大自然の中でのびのび暮らして、見るもの聞くものすべてが新しかった。それはとても楽しい体験で、同時にとても大きな勉強だったと思っている。学力テストは常に学年一位だった。あたりまえだ、学年に息子ひとりしかいないのだから。

長男が受験生であることを意識したのは、二月の私立高校受験と、三月の県立高校受験のときだけだ。そもそも受験生という単語が正しく用いられるのは、本来このときだけのはずではないか。入学試験を受けるから受験生なのであって、入試当日まではただの学生だ。一年三百六十五日のうち、私立と県立の受験にそれぞれ二日ずつあてたとしても、残る三百六十一日は受験生ではないと私は思う。勉強もするだろうけれども、運動もするし、音楽も聴くだろう。友達と笑ったり、本を読んだり。ごはんも食べるし、お風呂にも入る。いわば、生活をする人、暮らす人。身分でいえば中学生。それを、受験生と一括りに呼んでしまうのは大雑把すぎるんじゃない？　受験生という特別な称号を与えて、むしろ甘やかしてるんじゃない？

などと思っていたら、意外なところで綻びが生じた。久しぶりに話したお母さん友達に、雑談の合間に笑いながら言われたのだ。

「宮下さん、前はずいぶん心配してたよね。上のお兄ちゃんが小一のとき、校庭の金網のところから体育の授業をこっそり見てたよね。心配なんやな、愛あるお母さんやなと思ってたわ」

そんなこと、していただろうか。息子が心配で体育の授業を覗きにいくなんて、よほど心配症の親ではないか。私が思う「母の愛」とは少し違う。

家に帰って、育児日記を開いた。十年近く前のページに、たしかに体育の時間に見にいった日があった。そうか。そうだった。すっかり忘れていた。超マイペースの息子に集団生活ができるのかと心配で居ても立ってもいられず校庭まで走ってしまったことがあったのだ。ばかな親だと笑わば笑え。わははは。はい、今なら自分で笑います。

その後、少しずつ力が抜けて楽観的になれたのは、心配しなくなったというより、子どもたちの力を信じられるようになったからだと思う。今はもう、親の見ていないところでこそ子どもたちはいきいきとしていられるのだと信じている。もしも、ずっと賢明な優等生として育った子どもを持っていたら、親の私には成長の機会はなかったかもしれない。

受験生の親なんて、どーんとかまえていればいい。そう思えるくらいには、いろんなことを経験できてよかった。でも、受験を心配するあまり口うるさくなったり、眠れなくなったり。そういうおろおろした親になる体験も、もしかしたらなかなか楽しいんじゃないかと思う。

第21回　アルベルトと算数と緑

家族揃って夕飯を食べているときに、ふと、むすめが首を傾げた。

「国語、算数、理科、社会のなかで、ふたつにグループを分けるとしたら、どう分けるといいと思う？」

なんでそんなわかりきったことを聞くのかという顔で夫が答える。

「算数と社会のグループと、国語と理科のグループ」

「どうして」

「『さんすう』と『しゃかい』は4文字だから。国語と理科は4文字以外のグループ」

いきなりそう来たか。なんだか大人げないぞ。むすめはちょっと腑に落ちないようで、私を見た。私もがんばって考える。

「それがないと暮らすのに困る科目と、もしも知らなくても生きていくことはできそうな科目のグループに分けるかなあ」

「なるほどねえ」

むすめはうなずいたが、むすめにとっての「ないと困る科目」と、私が思う科目はきっと違うのではないかという予感がした。

「国語と社会は文章が長いグループ。理科と算数は数字が多く出てくるグループ」

「いや、社会にも数字はよく出るよ」

「中学校に入ると、さらに英語という新参者が乱入してだな、また新たなグループの興亡が始まるわけだ」

息子たちも加わって大喜利の様相を呈し始めたところで、むすめ自身はどう考えているのか尋ねてみた。すると、

「算数と理科は6じゃない？　そんで、国語と社会は8って感じでしょ。だから、そう分ける」

えっ、と思ったが、思いがけず息子が同意した。

「ああ、なんかわかる。算数は6だね」

って、わかるの？　6なの？

そういえば、思い出すことがあった。

私には、息子が弾くピアノソナタの一部分が、なぜか歌詞付きに聞こえた。

「アルベルト、アルベルト、アルベルトそら見ろ」

ピアノがそう歌っているのが、次の小節では少し表情を変え、

「ジルベルト、ジルベルト、ジルベルトほら見ろ」

となる。いつ聞いても、私の耳にはそう聞こえるのだ。でも、口には出さない。変な人だと思われるだろう。

先日、ピアニストの小山実稚恵さんのお話を聞く機会があった。小山さんは、幼い頃、三連符を練習するときに、「みどり、みどり、みどり」と心の中でつぶやきながら弾いていたそうだ。

「そんなふうに聞こえる言葉を当てはめて練習すると、リズムを取りやすいんです」

あっ、音符が言葉に聞こえるんだ、と思った。ちなみに、五連符を「おかちまち、おかちまち、おかちまち」と練習するピアニストもいたそうだ。

三連符が「緑（みどり）」に、五連符が「御徒町（おかちまち）」に。じゃあ、私のアルベルトも、ジルベルトも、ありなんだなあ。そう思ったらうれしかった。算数と理科が6で、国語と社会は8だという子どもたちの言葉も、わからないけれどもなんとなくわかるような気がしたのだった。

第22回　主人公の心情は

今年もいくつかの入試問題に、私の書いた文章が使われた。

某県の県立高校では、『羊と鋼の森』という、まだ単行本化されていない小説を、雑誌掲載から使ってくれたらしい。こういうものは、万一にも外部に漏れるといけないので、すべては事後報告だ。

送られてきた問題とその解答を見て、ふと、自分でもやってみようと思い立った。ふんふん鼻歌を歌いながら軽い気持ちで解いたら、主人公の心情を最もよくあらわしているのは次のうちのどれか、という設問で引っかかった。四つ選択肢があるうちの二つは明らかに間違い。でも、あとの二つはどちらでも合っているような気がするし、どちらも間違っているような気がする。ぴたりとくる解答がないのだ。迷った末に選んだ解答は、不正解だった。

その話を息子にしたら、おもしろいねえ、と笑った。

「でも、あんまり公にしないほうがいいよ。それで合否が分かれた受験生がいたら問題になるじゃない」

なるほど、これを真剣に解いて、私と同じ解答を選んで、それでももしも不合格になった生徒がいたとしたらあまりにも不憫だ。とは思うものの、現代国語というのはそういうものかなとも思う。小説の主人公の心情なんて誰にも測りようがない。作者にもわからない、というより、作者の意図に反して主人公の気持ちが揺れ動くことだってあるのかもしれない。

私の本は、実はよく入試問題に使われている。ダントツで多いのは『よろこびの歌』という本からの抜粋で、これは、公立、私立、中学、高校、あわせて数十件はくだらないだろう。次に多いのが、『遠くの声に耳を澄ませて』。もう何年も前の本なのに、なぜかいまだに入試に使われる率は高い。他、よく見つけてきたなあと思うような、単行本未収録のエッセイからの抜粋が出題されていたりもする。ちなみに、今年は県立・私立あわせると、北陸三県のすべてで入試に使われた。ここは広く学生のみなさんに宮下の本をおすすめしたい。作者にも問題は解けないのだけれど。

先日、東北地方に住む友人から、久しぶりに電話がかかってきた。彼女の住む県の、この春の県立高校の入試に私の文章が使われていたのだという。

「正解がわからなかったよ」

彼女は笑った。『考える人』という雑誌に昨年掲載された「秋の森のリス」というエッセイだった。問題文として新聞に全文が掲載されていたらしい。

「息子さん、相変わらずだねえ」

といって、電話口でくすくす笑っている。あらためて読んでみて、あっと思った。「今年高校に入った息子は、生まれつきの無精者だった。」という一文が目に飛び込んできたのだ。まんなかの、改行されて一番目立つところにだ。そこからさらに、彼がどんなふうに無精なのか、説明が続いていた。

ああ、と思った。寛容な息子でよかった。なにしろ「生まれつきの無精者」として勝手に新聞に載せられたのである。グレられてもおかしくない。彼は母がどんなことを書こうとも、好きなことを書けばいいよと一切関知せず、どこ吹く風でゆうゆうと暮らしている。今度彼のことを書くときは、思いっきりほめておこうと思う。

第23回　笑顔

TSUKEMENのコンサートに行ってきた。熱狂的な追っかけも多いTSUKEMENとは、ヴァイオリンふたりとピアノひとりの三人組である。クラシックだけでなく、ポピュラーやジャズ、アニメやゲームの主題歌、そしてオリジナル曲まで、いろんなジャンルの音楽を奏でる素敵なトリオだ。実際、県立音楽堂でのコンサートには、遠く北海道から駆けつけたファンもいたらしい。彼らは若々しく、音楽は素晴らしく、語りもおもしろく、たくさん笑い、たくさん楽しんだ。

途中、三人が舞台から客席に降りて演奏する一幕があった。ヴァイオリニストのふたりはヴァイオリンを弾きながら、ピアニストは鍵盤ハーモニカに持ち替えてだ。彼は、客席の通路を弾きながら歩いてきて、ぴたりと足を止めた。なんと、むすめの真ん前だった。私の席からもすぐ近くだったので、どきどきした。彼はそこでしばらく鍵盤ハーモニカを弾いた。それだけでも客席じゅうの羨望を集めていたのに、曲を弾き終えた彼は、ポケットからキャンディを取り出すと、はい、とむすめに差し出した。

むすめは呆気(あっけ)に取られたように、無表情なまま、ただ前を見ていた。

今だよ、今。笑顔になって、受け取って、ありがとうっていうんだよ。ふたつ隣の席からやきもきしている私をよそに、むすめはおそるおそる手を伸ばしてキャンディを受け取った。生まじめな顔は変わらず、お礼もお辞儀もしなかった。

がっくりである。こういうときに、日頃の教育が物をいうのであろうか。そう思いかけて、待てよ、と思い直す。むすめは十一歳。自分が十一歳だった頃、どうだったろう。ここぞという場面で、ちゃんと笑顔になれていただろうか。

たぶん、私も無理だった。礼儀も社交も吹き飛んで、びっくりして固まってしまっていただろう。今まで仰ぎ見ていたアーティストがステージから降りてきて、自分の前で立ち止まり、いみじくもキャンディを差し出してくれる。そんな場面が訪れるとは夢にも思っていない。驚きと戸惑いで、よろこびは後からやってきたのではないか。自然に笑顔になって、ありがとうといえるのは、その後なのである。そして、後になって笑っても、すでに時は決定的に過ぎているのである。

歳をとってようやくわかることがある。そのひとつが、笑顔は大事だ、ということ。笑顔には力がある。人に好かれたいから笑うんじゃない。人が好きだから笑う。笑顔って、相手のことも自分のことも肯定しているしるしだと思う。

だけど、若い頃は、笑顔なんて、と思っていた。上手ににっこり笑える同級生たちを横目に、そう簡単に笑うもんか、とさえ思っていた。お笑い番組を観てゲラゲラ笑うような大人にはなりたくない、とも思っていた。頑（かたく）なだった。若かった、浅はかだった、ともいえる。

がんばって生きていればいるほど、笑顔から遠ざかってしまう。それじゃもったいない。笑えばいい。笑うといい。私も、もっと、もっと、笑えばよかった。

もしかすると、歳を重ねて、どうしたって笑えないような場面を何度か経験して、それで初めて笑うことの大切さに気づくのかもしれない。私はもう今ではいっぱい笑える。人よりも大きな声で笑って、子どもたちに恥ずかしがられたりするくらいだ。わかるよ。よく笑う大人って、がさつで、無神経に見えていた。でもね。ほんとうは、笑ってこその人生なんだよ。

第24回　二年

さて、第24回である。連載開始から丸二年が経ったことになる。ちょっと信じられないくらい、あっというまの二年だった。

二年前、最初の一回を書いたときは、子どもたちは中学三年、一年、小学四年生だった。福井ではなく、北海道のトムラウシ山で暮らしていた。集落にひとつだけある義務教育の学校は、小学校と中学校がひとつになった併置校で、うちの子どもたちは三人揃ってその小さな学校に通っていた。

トムラウシは楽しかったと家族が口々にいう。福井と比較して、ということではない。うまくいえないけれど、逆ディズニーランドみたいなものだった。明快で、どこまでも清潔で、サービスの行き届いた楽しい夢の国へのアンチテーゼ。トムラウシは、山と湖を越えた奥の集落で、買い物ひとつにも難儀した。それでも、いやそれだからこそ生きている素晴らしさがあった。ディズニーランドで一年間暮らしたら飽きてしまうに違いないけれど、トムラウシは一年じゃまだまだ序の口、これから分け入っていくおもしろさが始まるところで福井に帰ってきてしまった感がある。

「エゾクロテン、可愛かったね」

トムラウシは野生動物の宝庫でもあった。

「タヌキも可愛かったよね。野生なのに、お腹がだるだるしてて、いつも家族で行動してて」

「リスも可愛かったじゃない？」

むすめが首を傾げた。

「リスはちょっと……何を考えてるかわからないんだよね」

「えっ」

家族全員、むすめを見る。じゃあ、リス以外は何を考えているかわかるってことだろうか。

「リスのあの目がね、冷めてて、こっちの気持ちを見透かすような」

それはわかる気がする。リスだけではない。大自然の中で暮らして、お世辞とか、お愛想とか、ばかばかしくなった。ほんとうに楽しいときだけ笑う。ほんとうにいいときだけほめる。ほんとうに書きたいものだけ書く。そうやって生きていこうと思った。

今や子どもたちは、高校二年、中学三年、小学六年生。当時と何が変わったかといえば、やっぱり福井で暮らしていることだろう。福井が好きで、福井ほど暮らしやすい街はなかなかないと思っているのだが、このエッセイを書くにあたってはちょっと厄介だ。

タイトルがそもそも「緑の庭の子どもたち」。おもに作家としての子どもたちへの視線や思いを書くことになっている。

ところが、これがけっこうむずかしい。北海道での一年間の暮らしを綴ったエッセイ『神さまたちの遊ぶ庭』は、思い切りよく書くことができた。でも、今は、リアルタイムでうちの子どもたちを知っている方たちも読んでくださっているかもしれないと思うと、どうしても躊躇が入ってしまう。

実際には、子どもたちは、ぜんぜん気にしていないらしい。それはきっと、まわりの人たちに恵まれているからだろう。楽しく暮らしているから、母の書くことなど気にならないのだと思う。

結局、人が生きていくのに大事なのは、場所じゃなく、人だと思う。どこで暮らしても、まわりの人たちと助けあって、笑いあって、生きていけたらいい。

そういうわけで、宮下家は福井という「緑の庭」で暮らしていく予定です。これからもどうぞよろしくお願いいたします。

大きな鳥

大きな鳥

大きな鳥を見た。
見上げた空を悠々と泳ぐように飛んでいた。
もうずっとここに立っていたから、
僕は自分が何者なのか知らない。
森を歩いてきたような気がするし、
野原で走りまわっていた気もする。

なんでもできると思っていた。
なんにでもなれると思っていた。
でも、気がついたらここにいる。

ひっそりと静かな場所で、ひとり。
からだが大きくて、重たくて、ふと不安になる。
ほんとうに歩いたり、走ったり、してきたんだろうか。

ぴゅうと風が吹いた拍子に、何かを思い出す。
ゆっくりと目の前に広がる、懐かしくてやわらかい、遠い記憶。
高いところから陽が射（さ）して、まぶしい光がちらちら揺れる。
さやさやと枝が鳴り、草と土のにおいがする。
小川のせせらぎが聞こえる。

あの場所にいたのだろうか。
風が吹き、雲が流れ、何年も、何百年も変わらない、
あの森の中に、僕はいたのだったか。

動物の鳴く声が聞こえる。
メェ、メェ、メェ。
なんだろう、何の鳴き声だったろう。

カーン、カーン。音が響く。
めきめき、ばりばりばりばり、どーん。
ふいによみがえる、記憶。
そうだ、森の木が倒されて、
一瞬静まった世界。
そのあとに立ち上がる、新しい世界。

花が咲いて、鳥がさえずり、虫の羽音が聞こえる。
誰かが歌って、誰かが泣いて、
誰かは笑って、誰かが踊って。
じゃあ、僕は誰？
古い記憶の中の、どこに僕はいる？

なんでもできると思っていた。
なんにでもなれると思っていた。
その気持ちだけが今も僕の中で漂っている。

空を覆うように、漆黒の翼を広げて飛び立つものを見た。
もしもあれが僕のほんとうの姿だったら。
空を飛ぶ大きな鳥だったら。

ある日、あなたが僕の傍へ来る。
僕の胸は震える。
花びらが開く音がする。
あなたが僕のからだに指を触れた瞬間、あなたが歌っているのがわかる。
はっとする。
思い出す、思い出す。
そうだ、僕はずっと昔、森だった。
野原を駆ける風だった。
草を食(は)む羊だった。

あなたから、僕から、音楽があふれだす。
ああ、飛べる、と思う。あなたとなら飛べる。

明るい曲も、静かな曲も、
速いテンポも、弾むリズムも、
森を歩くように、空を飛ぶように。

あなたが悲しいときに、僕は寄り添う。
あなたがうれしいときは、僕も笑う。
僕は歌う。僕は跳ねる。僕はささやく。僕は踊る。
僕は蔓(つる)を伸ばし、僕は胸を張り、
僕は羽を広げ、地面を蹴って、空へと飛び立つ。
空へと飛び立つ。

風が吹いて、僕はひとり。
僕の足は大地にどっしりとついたまま動かない。
もしもこの黒い翼が本物の羽だったなら、自由に飛べただろうか。
たんぽぽの綿毛のようにふわふわ飛びまわれただろうか。

いいんだ。ずっとここにいる。

あなたの歌は僕を揺らすから。僕の声はそこへ届くから。
音楽が、あなたから僕へ、僕からあなたへ、そしてもっと別の誰かへ、
広がっていくのがわかるから。
なんでもできると思っていた。
なんにでもなれると思っていた。
鳥にはなれなくても、空を飛ぶことはできる。
月まで行って、そこで踊ることができる。
風を吹かせ、雨を降らせることも、
絶望の淵(ふち)に立つことも、歓(よろこ)びの渦をつくることもできる。
なんでもできる。
なんにでもなれる。
私は音楽、私はピアノ、大きな黒い鳥。

越のルビー音楽祭　二〇一六年八月上演　音楽劇「大きな鳥」原作

二章　日々のこと

変化の後に

北海道の大雪山の麓へ引っ越してきて、ちょうど半年が経つ。山があり、谷があり、森があり、川がある。これまでは街中で暮らしてきたから、こんなところに住んだら生活はどう変わるのだろう、気持ちはどう変わるのだろう、と思っていた。それほど変わらないような気もしたし、せっかく山で暮らすのだから大きく変わってほしいような期待もあった。

変化はさっそくやってきた。小説が書けなくなった。森の中を歩いているだけで、川の流れに耳を澄ませているだけで、一日が過ぎる。一週間があっというまだ。その くせ、一か月前のことがはるか昔のことのようにも感じられる。自分の中の時の流れが変わった。まっすぐに流れるのではなく、川のようにゆっくりと大きく蛇行しながら、ところどころ迸る(ほとばし)るように、流れる。ここへ来て変わったのではなく、ここへ来て初めて知ったということなのかもしれない。

このまま小説を書けなくなったらどうしよう、とは思わなかった。書けなくなったらそのときはそのとき、私は作家としてはここで終わるというだけのことだと思った。

それは私にとっては重大なことだけれども、しかたのないことだとも思った。でも、ある日、ノートに鉛筆を走らせている。ある日はパソコンの白紙に文字を打っている。躍るような心持ちで新しい小説を書きはじめていた。出来がいいかそうではないのか、今の時点ではわからないのだから、朗々と「書けた！」などというべきではないだろう。でも、書けた。変わっても、また書けた。今はただ、小説を書けることがうれしい。この山の中で書けることは、なおさらうれしい。

日本文藝家協会「文藝家協会ニュース」二〇一三年十月号

才能だとか、運命だとか

バンプオブチキンという日本のロックバンドが好きだ。流れてきた歌を初めて聴いたとき、変わった声だなあと思ったのに、その声も、ちょっと耳障りな歌いまわしも、胸に引っかかって離れなくなった。メロディがよくて、詞がよくて、音がよくて。彼らが特別なしるしをつけているのが私にもわかる。世の中にはいろんな音楽があって、ロックバンドだけでも数えきれないくらいあって、それでも紛れてしまうことのない特別なしるし。

彼らについて書かれた記事を読んでいて、ある一文に目が釘付けになった。メンバー四人は、同じ歳で、同じ幼稚園に通っていた、というものだ。同じ幼稚園だった子たちが成長してバンドを組んだのがバンプオブチキンか！　この驚き、当惑、混乱、感激を、どう表現しようか。もちろん彼らは幼稚園時代からロック好きだったわけでもないだろう。中学でバスケットボール部に入った彼らが学校祭のためにバンドを組んだのが始まりだったという。

バンプオブチキンは幼なじみ。私はこういう話がとても好きだ。心を惹かれてしまう。才能あふれる四人が、たまたま同じ時期に同じ幼稚園に集まっていたという奇跡に。あるいはまた、志と信頼関係があれば、バスケ部員がロックバンドを結成して人の胸を打つ音楽をつくりだすことができる、という事実に。

ふと、思い出した。福井市出身でH氏賞を受賞した詩人、中島悦子さんとお会いしたときのこと。楽しくいろいろな話をしたが、中にとても印象に残っている話がある。

中島さんは高校時代に、当時多くの読者を得ていた「時代」や「コース」と呼ばれる学年誌を購読していた。その読者投稿欄に詩を投稿するうちに、選者に目をかけられ、やがて毎月採用されて雑誌に掲載されるようになったのだそうだ。普通、そういう雑誌は、公平を期して、同じ作者の作品は何度も載せないというルールがあるものだ。しかし、その選者は、自分の責任で、福井の女子高校生だった中島さんと、もうひとり、ある男子高校生の作品を選び続けた。ふたりは誌上でお互いの存在を意識しあい、卒業後も選者を交えて交流は続いた。

後に中島さんは名のある詩人になり、男子高校生のほうは日本を代表するような映画監督になった。私は中島さんの口からその名前を聞いたときに、鳥肌が立った。ちょうどその監督の映画を観たばかりだった。目の前の中島さんが高校生の頃に出会っていたのは運命で、それが静かにここまでつながっているような、しあわせな錯覚に陥った。

才能だとか、運命だとか、実体のない話だ。それでも、惹かれる。憧れる。才能というものはきっと隠しようもなく滲み出てしまうのだろう。それが、人を引きつける。幼年期も、高校時代も、とっくに過ぎてきてしまった。私には特別なものは何もなかった。では、しあわせではなかったかといえば、そうではない。ロックアーティストでも詩人でもなかったけれど、しあわせに生きている。しあわせは、才能や運命などというものとたぶん関係がないのだ。

それに。実は私はぜんぜんあきらめていない。いつか運命がやってきたときにぴかっと光れるといいなと思っている。今でも、まだまだこれからだ、と思っている。

「福井新聞」薫る言葉　二〇一三年十月十六日付

幻の銀座へ

アルプスの少女ハイジが暮らしていた村は、どこにあるのだろう。
たぶん、スイス。アルムの山の中だ。そこは、冬は一面の銀世界で、春になると緑の若葉が生い茂る。青い空に白い雲が流れ、その下に、険しくものどかで美しい山々。丸くて白いパンを焚火（たきび）であぶって食べる。山羊のチーズもおいしそうだ。干し草のベッドで寝るのもどんなにすてきだろう。

子供の頃に憧れた場所は、実は憧れの中にしかないことを、もう私は知っている。ハイジの村は、たぶんスイスであって、スイスでない。白パンはぱさぱさしていて食べにくいし、山羊のチーズはくさい。

そんな、憧れの、でも憧れの中にあるからこそ美しい場所。ほんとうには決して近づいてはいけない場所。私にとって、銀座がそうだった。何もかもが洗練され、完成された大人の街。小説や映画で知る銀座は、完璧な憧れの象徴だった。

大学進学を機に、上京した。伯母が銀座に本社のある映画会社に勤めていた。なぜか、併設の映画館は丸の内を名乗っていたけれども。まぎれもない銀座を、伯母は何の街いもなく闊歩し、にこやかに私を連れ歩いてくれた。いろんなお店で食べさせてもくれた。その間だけは、銀座は親しい街になった。

少し親しくなったつもりでも、伯母といないときはやっぱり敷居の高い街だった。いくつかの決まった店だけにしか、私は入れなかった。

大学を卒業し、京橋にある会社に就職した。銀座は目と鼻の先だった。それなのに近づけなかった。待ち合わせくらいはした。でも、店に入る勇気はなかった。似合わないと知っていたからだ。似合いたくないというほうが近いかもしれない。私はまだ大人の銀座に似合わない。私が似合うような街ではない。似合わないほうがいい。

一年間の予定で、北海道へ来た。雄大な自然の中で暮らしたいという希望がずっとあった。親子山村留学制度を使い、家族五人、北海道のちょうど重心あたりにある山の中の小さな集落で暮らしている。

眺めが素晴らしい。山と、空と、森と、川と、湖と。空はいつも晴れていて、木と緑の匂いがして、牛がいて、キタキツネやエゾシカがいて。十月末から雪が積もり、十二月ともなれば気温はマイナス二十度を下まわる。一月二月には、朝、子供たちの登校時に、家の前の温度計が最低気温の目盛りを振り切っていたことが何度かあった。マイナス二十五度以下だ。

スキーウエアを着て、手袋をし、ニットキャップをかぶって歩く。寒いというより痛い。外気に触れる顔に、活け花の剣山を当てているみたいだ。寒さは尋常ではないが、それでも毎日がよろこびにあふれている。ほんとうにこんなところが日本にあるのか、と思うほどの眺めだ。もちろん、不便な面もある。不便だからこの美しさが残ったのではないか。

もともと暮らしていた福井も都会ではなかったが、ここは比較にならない。麓まで下りるのに車で三十分、街に出るのに四十五分。ついでにいうなら一番近いスーパーまで三十七キロある。銀行やコンビニエンスストアはさらに遠い。人口密度は〇・〇八人と聞いているが、むしろそんなに人がいるだろうかというのが率直な感想だ。

集落には、牧場があり、学校がある。小学生が十人、中学生は五人、うちの子供たち三人を含めて全部で十五人が通っている。先生と児童・生徒の間がとても近い。保護者ばかりか地域の人たちもよく学校に集まっては、様子を見たりいろんな話をしたりする。人間関係が濃い。だけど、とても楽しい。

こちらに来たばかりの頃は、眺めのよさ、空気のおいしさに感嘆する一方で、ここで私に何ができるだろうかという思いが頭を離れなかった。いつもお客さんのようなさびしい気持ちになった。ここに溶け込みたいと願っているのに、まだまだ、まだまだそぐわない、という気持ち。畏れ。――少し、似ていると思う。銀座に対する気持ちと似ている。

厳しい寒さの中でも、子供たちは遊ぶ。大人たちは働き、牛は肥える。目を瞠るような自然の中で、暮らしは続く。土地に慣れ、友人もでき、私はまたひとつ歳をとる。

学校の近さにも、地域のあり方にも、素晴らしい景色にも、自然の厳しさにもようやく慣れてきて、ほんのちょっと自信が生まれたせいだろうか。私はここにいてもいいのかもしれない、と思えるようになってきた。ここで一日を慈しみながら暮らす。土地の人のようには無理だとしても、地に足をつけて生きていくことはできると思う。

現在、少しずつ雪のとけてきたこの土地で、春は確実にやってくるのだと実感している。ふと、まっしろな雪が消えて一面の緑に変わった鮮やかなハイジの山を思い出す。これまで憧れは憧れだとどこかであきらめて、存在さえも疑っていた山。もしかしたら、ハイジの暮らすあの山は、実在するのかもしれない。

銀座のことも、ときおり思う。銀座は遠かった。まるで夢の中にしか存在しない街みたいに。でも、今はちょっと違う。銀座には、今日も人々が行きかい、店はいつものように堂々と開いているだろう。この山の中にも人々の営みがあるように、銀座も幻ではないのだ。こんな山の中にいるからこそ、それを信じられるようになった。実在する銀座を、いつか、ひとりで歩いてみたい。願わくば、買い物や食事もできるようになれたらいいなあと思うのだ。

「銀座百点」二〇一四年五月号

たったひとりの卒業式

北海道の山の中で暮らして一年になろうとしている。

何かを得たくて行ったわけではないけれど、何かを得られたらいいなと淡く期待していたところもあったかもしれない。でも、そんなけちくさい考えがどうでもよくなるくらい、ここの眺めは素晴らしかった。毎朝起きて窓から見える景色が美しいというだけで、こんなにも心が満たされるものなのだと初めて知った。

森を風がわたるときの音が、海鳴りによく似ていること。ふわふわしたウサギは愛玩用であり、野生のウサギは筋骨隆々のプロレスラーみたいな体つきをしていること。ほんとうに寒い日には雪は降らないこと。マイナス二十五度という気温の中を歩くと、外気に触れている肌に針を刺したような痛みを感じること。そのとき、まつげも凍ってまばたきがむずかしくなること。まばたきが少なければ目の中でコンタクトが凍ること。凍ったら白く濁って視界がなくなること。

新しい出来事に驚きながら、ひとつひとつ体感していく。それを知っているからといって何かの役に立つわけではないし、もちろん得をするものでもない。ただ、不思議だなあとか、おもしろいなあとか、心を動かされながら暮らした。

北海道での一年を終えようとしている今、何を得たかと聞かれたら、しばらく考え込むだろう。成長したかと聞かれても、やっぱり考え込むだろう。とても楽しかったと答えるしかないような気がする。

この春、長男は中学校を卒業する。春といってもまだ雪深い山の中だ。きっと卒業式当日も、学生服の上からスキーウエアを着て登校することになるんだと思う。中学校に上がったときには、まさか、三年後にひとりで卒業することになるとは思っていなかった。ここの中学校は、一年生こそ三人いるものの、二年生と三年生はひとりずつしかいない。長男は、新参者でありながら、この一年間たったひとりの最上級生だった。自然の中での暮らしに加え、学校での日々も新鮮な刺激にあふれていたのだろう。意外にも、大きな学校にいたときよりも、むしろ社会性が身についたように感じられる。

楽しいことばかりではなかったと思う。戸惑うこと、苦労したこと、大変だったこともあったに違いない。そういうことを全部ひっくるめて、楽しかった。家族でたくさん笑った。私自身が成長しなかったとしても、子供たちはきっと大きくなっている。

この「薫る言葉」欄も、今回で最終回だそうだ。五人、あるいは時期によっては六人で、一か月に一回ずつ順番に書いてきた。どういう塩梅か、ちょうど三年前の同じ三月にも私の番が回ってきていた。忘れもしない、あの震災の直後が締め切りだった。胸が苦しくて、こんなときにいったい何を書けばいいのかと自分に腹を立てながら「卒業の春に」という文章を書いた。あのとき小学校を卒業した子供たちが、今、中学校を卒業しようとしている。中学校を卒業した生徒たちは、もう高校を卒業だ。塞いだ雰囲気の中で卒業していったすべての人たちに、三年遅れであらためてお祝いをいいたい。

たったひとりで卒業しようとも、たくさんの級友たちに囲まれて卒業しようとも、新しい一歩を踏み出すのは、たったひとりのあなたです。たったひとりだけど、ひとりじゃない。もしもひとりだと感じたときには、大事なものを、大事な人を、思い出してください。それがむずかしければ、あなた自身が大事な人なのだとどうか思い出してください。卒業、おめでとう。よき人生を。

「福井新聞」薫る言葉　二〇一四年三月十二日付

幻の優勝戦

父や母が、ましてや祖母がテレビで野球を観ていた覚えはない。私は小学校三年生で、弟はまだ三歳だった。だから、不思議だ。どうしてそのとき、テレビで野球の試合を観ていたのか。

広島カープが球団創設以来二十六年目にして初めて優勝するシーンをテレビで観ていた。1対0のまま膠着状態を迎えていた試合が、九回表にホプキンスのスリーランホームランで一気に動く。その裏、ツーアウト、金城が投げて、巨人の柴田がレフトフライを打ち上げる。それを水谷が危なげなくグラブに収めて、試合終了。その瞬間の、割れんばかりの大歓声をブラウン管越しに聞いた。

当時、福井では広島カープの試合がテレビ中継されることなどほとんどなかった。北陸の片田舎では、巨人の試合でなければテレビ中継がなかったのだ。そのせいで子供たちは皆巨人ファンになる。それが、一夜にして変わった。広島カープが優勝を決めた翌日、学校は赤い野球帽をかぶった男子でいっぱいだった。赤地に白いCマーク。優勝するってすごいことなのだ。一斉に変わったのを見て、肌で感じた。実際に、あの試合を生で観ることができていたら、どんなに強烈な体験だっただろう。それでも、テレビで観られただけでいい。それだけで感激した。私もこの日を境にすっかり広島カープのファンになった。

ところで、それから十数年経って出会った夫は筋金入りのカープファンだった。初優勝の一九七五年に六年生だった彼は、全百三十試合のスコアブックをつけていたという。

「優勝の決まった試合、スリーランが出た時点で鳥肌が立ったね」

話していると、ふと、夫が首を傾げた。

「観てたの？」

「うん、観てたよ。テレビでだけど」

私が答えると、ますます首を捻った。

「その試合、ほんとに福井で放映されてた？」

あたりまえだ、だって私はあの試合を観てカープのファンになったのだもの。そう思ったのに、心がざわざわした。カープどころか、誰も野球を観たことのなかった実家。私自身、それまでろくにルールも知らなかった。

はっきりしていたはずの記憶が曖昧にかすむ。私はほんとうにあの試合を観たのだろうか。いつ、どこで、誰の記憶を自分のものにしてしまったのだろう。なにより、私はどうしてそれから三十九年もカープファンを続けているのだろう。

「小説すばる」二〇一四年七月号

原稿用紙の上の花火

母校の高校の「先輩と語る会」に呼ばれた。進路指導の一環だという。仕事に関することであれば、語るテーマは自由に決めていいらしい。

ひと足先に似たような会を体験してきた別の高校に通う息子は、「たいくつだった」といい、「高校生はたいくつを五分しか我慢できない」と断言した。「五分を過ぎると寝る」。おとなをなめるなよ、と思った。絶対に寝させない。おもしろい会にしよう。ひそかに燃えた。テーマは「好きなことを仕事にする」とした。

一時間の会だ。五分で語る内容を十五個準備した。自己紹介や質疑応答もあるから、半分話せればいい。さらに「私の好きなこと」について作文を書いてもらおうと思いついた。参加型のほうが充実する。作文の技術指導が目的ではなく、評価もしない。今このときの好きなことはきっと将来にもつながっていくだろう。文章にすることで、好きなことについて考える機会になればいい。将来の仕事への結びつけ方も見えてくるかもしれない。そう期待してのことだ。

当日、会場は思いがけず熱気と活気に包まれていた。私の話への反応もよくて、感激した。作文を投入する必要はないかな、と少し迷った。理系も文系も男子も女子もいる。どれくらい書けるかもわからない。何より作文のための時間をほとんど取れなかった。でも、せっかくだから書いてもらうことにした。一斉に鉛筆を走らせる高校生を見ているだけで胸が躍った。この子たち、こんなにも一所懸命文章を書くのか、と。

集められた作文は期待をはるかに上回る水準だった。文章には人が出る。知っていたつもりだったけれど、こうもくっきり出るものか。高校生たちの作文には彼らの今がみっしり詰まっていた。音楽と、本と、友達。彼らの好きなものはその三つで八割方を占める。同じような内容になってもおかしくないのに、端々に個性が表れていた。若々しく、みずみずしく、微笑ましい。文章自体にうまさの差はあるものの、皆じゅうぶんに読ませてくれる。真正面からどーんとぶつかってくるタイプの子、軽やかに駆け抜けていく印象の子、ゆっくり歩いていく子。まっすぐな子、曲がりくねった子。原稿用紙の向こうにひとりひとりの姿が浮かんで見えた。

問題は、あとの二割だった。人に評価してもらうために書くのではなく、自分の未来のために今これを書くのです、と話した。それが、伝わったのか、伝わらなかったのか。たぶん、伝わりすぎたのだ、と思う。

端正な文字で書かれた作文の後半をすべて消しゴムで消してしまった子がいた。

淡々とまとめられた作文の最後の最後に「諦めない」と書き殴ったような文字で足した子がいた。好きなものはありません、と書いた子もいた。一行しか書かれていないものもあった。無理して書かなくてもいいです、だけど書かない理由を書いておいてください、と話したのだった。「短い時間で作文を書くのは苦手」ときれいな文字で書き添えられていた。「嫌い」や「嫌だ」ではなく、「苦手」。まるで自分の側に非があるかのように遠慮がちに、でもきっぱりと作文を書くことを拒絶していた。

胸が揺さぶられた。生まれて十五年、十六年。きっと一番心の動きの激しいときだ。その揺れが文章を通して、こちらにはっきりと伝わってくる。ぴんぴん跳ねる魚に直接触れたような感じがした。生きている心に素手でさわってしまったような。

評価はしないといったけれど、評価せざるを得ない作文もあった。詩的でありながら、内容はリアルで、最後に分析がなされ、落ちがつき、しかもそれがほぼ四百字ぴったりで書かれている。素晴らしかった。とても高校生が五分で書いた作文とは思えなかった。この魅力的な作文をどうしよう、と思う。たぶん彼は自分の作文がそれほど素晴らしいとは気づいていないのではないか。そういう気がした。

作文がすべてだとは言わない。もちろん、そんなはずがない。でも、少なくとも、今このときの彼らからドンと打ち上げられた花火みたいなものだと思った。力強い、いびつで美しい花火。コメントをつけて彼らに返したら、きっと彼らは特に大事だとも思わずに捨ててしまうだろう。花火は夜空に消えて私の眼裏にしか残らない。それでもいい。きっと彼らはこれから、また違う場所で彼らの花火を打ち上げていくのだと思う。

「すばる」二〇一四年八月号

秋の森のリス

リスは秋の森で胡桃を集める。冬に備えてそれを食べ、食べきれなかった分は翌日のためにこっそり隠す。たとえば巣穴の奥へ、たとえば地面に穴を掘って。ところが、リスはそれを忘れてしまう。たくさんのリスたちによって埋められた胡桃が、春になるとあちこちで芽を出す。そのうちの何本かは無事に葉を広げ、すくすくと背を伸ばし、胡桃の木に育つ。

文庫本は胡桃だ。書店は秋の森だ。町を歩いているときにふと立ち寄った店で、なにげなく見つけた文庫本を買い、持ち歩く。もちろん、読む。読みきれなかった分は、後で読むつもりで鞄やコートのポケットに、入れる。しまう。隠す。そして、忘れる。リスの流儀だ。これで次の春に芽を出す準備は整った。

文庫本というのは、大きくて重くて持ち運ぶことのむずかしかった単行本に翼をつけたかたちだ。小さくて、薄くて、読みやすく、買いやすく、持ち運びやすい。どこへでも連れていって好きな場所で読める。しかし、持ち運ぶためのかたちは、忘れるためのかたちでもある。小さくて、薄くて、買いやすい。つまり、ちょうど忘れやすいようにできているのだ。

本棚に差しておいたはずなのに、単行本の山に埋もれて姿が見えなくなる。そのうちに読みかけていたことも忘れてしまう。旅の途中、港のターミナルで買って船の中で読み、下船するときに旅行鞄にしまってそれきり忘れてしまった一冊もあった。

それらがどうなったか。時が経ちすっかり存在を忘れた頃に出てきて、持ち主を驚かせ、よろこばせた。途中までになっていた物語が、新しい物語のように、また、古くて懐かしい物語のように目の前に立ち上がった。

忘れるという選択肢のあることが私たちを自由にする。文庫本にはたぶん、あらかじめどこかで持ち主に忘れられることが織り込まれている。喫茶店のテーブルの上に、旅行鞄の底で、本棚の陰に、ひっそりと忘れられる運命。

今年高校に入った息子は、生まれつきの無精者だった。

無精者だから、だいたい荷物は最小限で済ませようとする。学生服のポケットには、四次元につながっているのではないかと疑うほど物が詰め込まれている。洗濯に出すときにポケットの中身を点検して驚いた。そもそも彼は筆箱を持たない。シャープペンとボールペンの黒と赤が一本になったものを持つ。ポケットの中にだ。それから、消しゴムもある。ポケットの中にだ。定規、マスク、ティッシュ、小銭が二百九十円くらい、メモ、学校からの配布物、自転車の鍵。いうまでもなく、ポケットの中にだ。このへんまでは鉄板だ。コンパスはさすがに危ないと思う。できれば小銭もちゃりちゃり鳴るから入れないほうがいいと思う。だって、しつこいようだが学生服のポケットの中なのだ。さて、そして、反対側のポケットに、文庫本が一冊。これでどこへでも行ける。四次元ポケットがあれば――文庫本が入っていればの話だが――、どこへでも行ける。このポケットというより、どこでもドアのほうが近いのかもしれない。

息子の今回のどこでもドアが森鷗外だったことが意外だった。中学生だった頃、読みにくいと嘆いていたのを聞いていたからだ。家には夫所有の立派な鷗外全集がある。成人祝いに揃えたものだそうだ。二年ほど前、息子が中の一冊を手にとってぱらぱらめくり、重いし、古くさいし、などと困り顔をしていたのだった。それが、今、ポケットに鷗外。彼はいったいいつ、この文庫本を選んだのか。そしていつこの文庫本を開いているのだろう。

「阿部一族、おもしろかった？」

尋ねたら、ほんの少し黙ってから、

「どこにあった？」

真顔で聞いてきた。君の学生服のポケットの中だよ。

「せっかく寝かせてたのに」

うまいことをいう。忘れていたくせに、寝かせておいたとは。

でも、彼はいったのだ。

「一度寝かせてからまた読むと、なんだか深く読める感じがするんだよ」

リスだ、と思った。全集は土だったのか、水か太陽だったのか。いつか埋めた胡桃は忘れた頃に芽を出して、やがて大きな木に育つ。そこになった胡桃を、リスはまたよろこんで夢中で齧(かじ)るのだろう。

「考える人」私の小さな本　二〇一四年夏号

リハビリ中断

ザ・ピーズというバンドが好きで、若い頃からよく聴いている。私と同年代の男性三人による、結成二十八年になるロックバンドだ。見た目がすごくかっこいいというわけではなくて、音楽もどちらかというと荒削りで、歌詞も粗野なところがある。だから特に売れているという話は聞いたことがない。

出会いは、図書館だった。二十代の頃に住んでいた大田区（東京）の、ある図書館。立地こそ地下鉄の駅の近くだったが、なにしろ古かった。老朽化した建物は階段の上り下りにも不安を感じるほどだ。ひっそりとした地下に降りて、カビ臭いような本棚の列を通るだけで秘密基地にいる気持ちになった。

実際、秘密基地だったのだ。その図書館にいるときだけは、いろんなことを忘れることができた。時間からも隔離されたような場所で、ひとりで存分に本を見ることができた。見たことのない本がたくさんあった。どんな図書館にも知らない本は山ほどあって、知っている本なんてちょっぴりしかない。それでも、その「山ほど」と「ちょっぴり」の塩梅が、秘密基地の秘密基地たる所以のような気がする。

知ってはいたけれど買ってまでは読まなかった本を借りて読む、というのも、たしかにひとつの図書館利用法だとは思う。でも、図書館の醍醐味というのは、出会いだ。それまで視界に入ってこなかった本を、図書館の棚に見つける。それはたぶん、商業とか、時流とかいったものからは少し外れたところにある——だからこそ、とても魅力的な本だ。うっすらと埃を被った棚から抜き出すときの指に伝わるドキドキ。私の知っている作家など、まだまだ一握りなのだと何度も思い知らされた。

ザ・ピーズのCDも、その図書館の視聴覚資料コーナーの、回すとギシギシと音が鳴る回転架に見つけた。ジャケットが妙に気になった。ジャケ買い、なんて言葉もあるけれど、まさにジャケ借りだった。オリコン圏外だったあのアルバムを、誰が選んであの棚に置いておいてくれたのか、今となってはとても知りたい。そしてお礼を言いたい。

「リハビリ中断」というタイトルのそのアルバムは、決して万人におすすめできるような音楽ではなかった。よく考えてみれば、リハビリの必要なときに途中で投げ出すような、人生を半分あきらめたような歌も多い。でも、そのときの私は、リハビリを中断してでも今すぐに立ち上がろうとする、ものすごいエネルギーを感じたのだった。私も、リハビリ中断だ。自分の人生の様子見なんかしている場合じゃない、と思った。

図書館には心から感謝している。あのときザ・ピーズに出会わなかったら、たぶん私の人生は少し違っていた。苦しいとき、迷ったとき、ザ・ピーズのとことん投げやりな歌に、そしてその中にあるささやかな光みたいなものに、どれだけ力づけられたかわからない。

越前市中央図書館「ほんのとも」二〇一五年

ワクワクのその先へ

ドラえもんのひみつ道具の中からひとつだけもらえるとしたら、何がいい?人気の一位はどこでもドアだそうだ。二位がタイムマシン、三位がタケコプター。わかるなあ。四位がほんやくコンニャク、五位がお医者さんカバン。いっそのこと四次元ポケットごともらえたら、どんなにうれしいだろう。

いよいよ舞鶴若狭自動車道が開通する。福井県が一本の道路で端から端まで結ばれるのだ。それって、すごいことじゃないか。敦賀と小浜の間で分断されていた嶺北と嶺南を、両側からお互いにぐいっと引っ張りあって、つなげる。がっちり手を握りあって、結ばれる。

私の住む福井市内から大好きな小浜まで行くには、これまでは敦賀で高速を下りて一般道を延々と走らなければならなかった。それが、これからは直通になる。敦賀から小浜まで三十分だという。若狭町の熊川宿にも行きたい。高浜の明鏡洞にも行ってみたい。このワクワク感が、舞若道の魅力だ。

福井県版どこでもドアといっても過言ではなかろう。タケコプターにも似ている。

空を自由に飛ぶことはできないが、タケコプターよりもむしろ速く確実に嶺北と嶺南を行き来できる。ある意味、お医者さんカバンともいえる。医療や災害にも威力を発揮するだろう。とりよせバッグと呼ぶこともできるだろうか。今までは少し縁遠かった嶺南名産の野菜や新鮮な魚が、これからは格段に入手しやすくなる。

一本の道で、できることが広がる。未来が開ける。県外からのお客さまも増えるだろうし、逆に県外へも出ていきやすくなった。

ほんやくコンニャクを使っても話しあいたいことがなければ意味がないように、四次元ポケットを手にしたとしても、何を取り出すか、どう使うかが重要になる。舞若道を利用して、どんなことができるだろう。このワクワク感を、確かな形にするのは私たち自身だ。

「福井新聞」二〇一四年七月二十日付

図書館訪問記

高校の図書館を訪れたのは二十年ぶりだった。嘘だ。ちょっとサバを読んでいる。懐かしさに胸が躍ったのだけれど、よく考えてみれば私はここの卒業生ではなかった。それでも、整理中の蔵書がテーブルの上に堆(うずたか)く積まれ、どことなく図書館独特の匂いがして、懐かしいような錯覚に陥ってしまう。

図書館に入ってすぐ、現代国語の教科書に載っている本を集めたコーナーがあって、おおっと思う。粋な企画だ。教科書なんて退屈だと思われがちだが、そうとも限らない。教科書というのは、いろんな会社からいろんなものが発売されており、それを高校ごとに先生が選ぶ。だから、おもしろい教科書を使って授業をしてもらえたら、それだけでラッキーなのだ。

もちろん、本も同じだ。膨大な本の中から、高校ごとに司書の先生が選ぶ。図書館におもしろい本や、気の利いたコーナーがあれば、それはラッキーなことなのだ。

アゴタ・クリストフの短編集を手に取る。筑摩書房はなぜ、よりによってこの奇妙な短編「家」を教科書に採用したのか。異形の読書感がごつごつと胸に残る。たぶん、だから、教科書に載っているその前や後を読みたくなるのだ。

「息子は、教科書のこの短編に感銘を受けて、この本を買っていました」

雑談の合間に、図書館担当の野路先生に話す。まるで読書の好きな、よくできた息子のように語ってしまった。また嘘だ。彼の読書好きはほんとうだが、ぜんぜんよくできてはいない。ただ、教科書から入ってアゴタ・クリストフを好きになり、手に入るすべての作品を読んだのは事実だ。

「PTA通信」の編集長に唆(そその)かされて図書館へ来たのだが、書架の間を歩くうちにどんどん夢中になってしまった。あれも読みたい、これも読みたい。取材をして訪問記を書くはずだったのに、思いっきり趣味に走った本を何冊も借りてしまった。本は読まないという美しい編集長が呆(あき)れたように見ていた。悔いはない。


福井県立藤島高校「PTA通信」第五十四号 二〇一五年

がんばっていきましょう

先月、ハーモニーホールふくいで「お話とピアノでつづる音の絵本コンサート」があった。私が書くお話を原作に、作曲家・笠松泰洋さんが音楽をつくってくださる。私はもともとピアノが好きで、しかも敬愛する笠松さんが音楽監督をされると聞いて、大よろこびで参加させてもらった。

小説家というのは、普段はひとりでこつこつ文字を書いていく孤独な職業だ。共同でひとつのものをつくり出す現場はとても新鮮だった。三日間にわたるリハーサルにもすべて参加して、いいものやおもしろいものをたくさん見せてもらった。

主役ともいえるピアニストの仲谷理沙さんは弱冠二十歳。笑顔は少女みたいなのに、息をのむような美しいピアノを弾く。リハーサルの初回から完璧だと私は思った。でも、笠松さんから注文が出る。仲谷さんのピアノの横で、笠松さんが歌い出す。タラ～リララ～リルルラ～。身体を揺らし、顔の表情も大げさに、ショパンのピアノ曲を最初から最後まで歌うのだ。なんだ、なんだ？　と思って見ていると、歌い終えて、「ね、こんなふうに」と笠松さんがいい、仲谷さんがうなずいた。そうして、次に弾いたときには、笠松さんが歌って表現した何かを、ピアノがたしかに奏でていたのだ。この表現力って、どこから来るのだろう。感じ取ったものをピアノの音に載せる感受性と技術。そして、それを支える努力。

そう、仲谷さんの努力は、垣間見えただけでも尋常じゃなかった。リハーサルで何時間もピアノを弾いた後、さらに残って練習に励んでいた。夜遅くホールを閉めるまで集中して弾き続け、翌朝にはまたけろっとした顔で現れた。

「若いのに、ものすごいがんばり屋さんですね」

感心していうと、笠松さんは笑って、

「彼女は素晴らしいピアニストです。でもね、宮下さん、がんばるのは当然でしょう。みんな、がんばってがんばって、大事なのはそこから先だからね」

身が引き締まる思いがした。ほんとうにそうだ。がんばらず、努力もせず、一流になれる人なんていない。がんばってもそこから先に行けるかどうかわからないのに、それでもがんばって、少しでもいいものをつくろうとしているプロたちの揃う現場は、熱くて刺激的だった。

先月は、もうひとつ、音楽のイベントに行った。Nothing's Carved In Stone というロックバンドの福井ライブだ。デビュー時から彼らの撮影をしているフォトグラファーの友人が誘ってくれたのだ。二百人収容のライブハウスが満員で、熱気にあふれていた。楽しくて、楽しくて、CDで聴いていたより、ライブのほうがずっとよかった。生には勢いがある。バンドのメンバーが目の前のステージで動きまわり、楽器を奏で、歌ってくれる。その迫力だけで圧倒される。でも、演奏の上手下手はごまかせない。スタジオできちんと録音した音よりも生のほうがいいというのは、そのバンドの技術の高さを証明している。

デビューして五年経つ今でも驚かされる、と友人が教えてくれた。

「打ち上げの席でも、暇さえあれば音楽の話をして、ギターの練習してるの。今ライブが終わったばかりなのに、もう練習してるんだよ。だからどんどんうまくなる」

それが、明日の、そしてこれからの彼らのライブを支える。あのかっこいいバンドが毎日練習を重ねて、もっともっとかっこよくなる。

ああ、いいなあ、と思う。私ももっとがんばろう、と素直な気持ちになる。がんばるのが恥ずかしいとか、努力する姿を見せるのはかっこわるいとか、そんなことを思って手を抜いていたら、いつか行きたい場所に永遠にたどり着けないかもしれない。

「福井新聞」つらつら紡ぐ　二〇一四年九月十七日付

大きな声

今日はむすめの質問にとっさに答えることができなかった。

「大きな声を出せると、えらいかな？」

なにげないふうを装っているけれど、むすめの目は明らかに真剣だった。大きな声を出せたからえらいというものでもないだろう。質問の真意は何かな、と思う。

「大きな声が必要なときってあるね。出せるといいよね」

慎重に答える。えらいかどうかには触れなかった。

たぶん、学校で注意されたのだろう。むすめの声はいつも小さい。なにしろ産声から小さかったのだ。それは、親から見れば、ひとつの個性のように思えるのだけれど。

「どうしても大きな声が出ないの。でもね、やればできる、っていわれるんだ」

学校というのは何かにつけ大きな声を要求されるところだ。発表ひとつしても、もっと大きな声で、と注意される。聞こえません、とみんなにいわれる。ますますうつむいて声が小さくなる。大きく口を開けても、お腹に力を入れても、どうしても大声を出せなかった私自身の小学生の頃を思い出す。集会の司会役に選ばれて、全校生徒の前で話さなければならないことがあった。もっと大きな声で、と先生に何度も叱られ、ついには、「他にもっと大きな声の出るやつがいるだろう」と交代を余儀なくされた。世の中は声の大きな人でまわっているのだと私は悟った。集会の内容をよく把握していても、その進行に迷いがなくても、声が大きくなくてはならない。むしろ、声さえ大きければ通るのだ。大きな声を出せるとえらいのかと聞いたむすめの質問は、あながち的を外していない。

声の大きさ問題は、息子たちのときにも浮上した。連合音楽会で合唱をする、その練習で、声の小さい子供はつまみだされ、猛特訓を受ける。大きな声で歌えるまで放課後も居残り。息子はそれで歌が嫌いになった。

大きな声を出せるかどうかは、やる気の問題だと考えられがちだ。本気を出せば、誰でも大きな声を出せるはず、と。でも、そうじゃない。出せない子もいるのだ。努力すればできるはずだと思える人は、最初からその能力を持っていた人だ。そういう人は、自分ができたのだからみんながんばればできるはず、できないのは努力が足りないから、と思ってしまうらしい。もちろん、大きな声は、出せないより出せたほうがいい。歌もうまく歌えたほうがいい。走るのは速いほうがいいし、絵は上手なほうがいい。でも、がんばったってできないことはある。

どうしたら小説が書けますか、と聞かれることがある。私にもわからない。答えようがない。自分の中に物語があって、あるときそれがあふれだしてくる。私はそれをできるだけ丁寧に書きとめていくだけだ。

「がんばれば、書けるよ」

そんな無責任なことはいわない。書けるときは書けるし、書けない人には書けない。それがほんとうのことだと思う。でも、べつに小説なんて書けなくてもいいでしょう。たいていの人にとっては、小説が書けなくてもぜんぜん困らないでしょう。

だから、むすめにもいってやりたい。

「えらくなくても、べつにいいんじゃない？」

少なくとも私は、学校を出て以来、大きな声を出せなくて困ったことは一度もない。そもそも、小さな声でも話せる、ささやいて笑いあえる世界のほうが、ずっと好きだ。


「福井新聞」つらつら紡ぐ　二〇一五年三月十八日付

したほうとされたほう

卒業式がふたつあった。小学校を卒業するむすめと、中学校を卒業する次男。小学校では六歳の子供が十二歳になるのだから、たくさんの子供たちが別人かと思うほど大きくなって卒業していった。でも彼らには卒業のよろこびより、すぐに始まる新しい中学校生活への期待のほうが大きいみたいだ。みんなうれしそうににこにこしていた。明るい姿にちょっと涙が出た。

中学校は三年間だ。小学校の半分。それなのにこちらもまたみんな見違えるように成長していた。以前、息子が休み時間にふざけていて誤って相手に怪我をさせてしまったことがあった。謝ったら、一緒に遊んでいたのだから宮下くんが悪いなら僕も悪い、といってくれたそうだ。そんなことは大人でもいえるものじゃない。なんとできた少年だろうと驚き感激した。卒業式では、立派に証書を受け取る彼の姿を見、それを見守るご両親も見た。あのときはほんとうにありがとう、と心の中で思う。あなたがゆるしてくれて、どれだけ救われたことか。

そう思いながら、もしかしたら当人は意外と忘れているのかもしれないなあという気もした。したほうは忘れても、されたほうは覚えている、とよくいわれるけれど、私たちは覚えている。彼を見るたびにあのときのことを思い出す。されたほうである彼も覚えていてそれを出さないだけかもしれない。もしかしたら、この場合は、ゆるしたほうとゆるされたほう、だろうか。だとしたら、やはり、されたほうは覚えている。ゆるされたことを、怪我をさせた申し訳なさ、苦い気持ち、感謝の気持ちとともにずっと覚えている。ゆるしたほうの彼は、私たちがそんなふうに思っているとは知らず、怪我をしたこともう記憶の彼方かもしれない。

ひとりの思い出は、ひとりひとりのものだけじゃない。そのときにかかわった人の心に残り、それを見守る人の胸にも刻まれる。だから、大きくなればなるほど、関わる人が増えれば増えるほど、卒業が尊いものに思えてくる。

二年前、長男が北海道の山の中の中学校をひとりで卒業したとき、中学の先生が最後にしてくれたことがおもしろかった。車で一時間以上かかる町のカラオケボックスに連れて行ってくれたのだ。山で過ごして、カラオケにも行ったことがないと、高校に入って友達と初めてカラオケに行ったときに恥をかくだろうから、という理由だった。カラオケボックスの利用方法を知らないことは恥にはならないと私は思ったが、山の子供たちを教えてきた先生の親心だろう。山を降りてからの子供たちが少しでも気後れしないように、都会の何もかもが初めての子供たちがカラオケなら知っていると小さな自信を持てるように。ありがたいことだった。

いろんな先生がいて、いろんな親がいて、子供たちは見守られて育っていく。したほうとされたほうで考えるなら、見守ったほうは覚えていて、見守られたほうは忘れてしまうかもしれない。でも、見守ったほうの心にはその子はいつまでもいきいきと生きていて、それがうれしい。その後成長した姿を見せてくれたらうれしいけれど、元気に過ごしてくれているのを見るだけでうれしい。見守られたほうは忘れてしまっても、ちゃんとどこかに残っている。きっと心のどこかには見守られた記憶のかけらが残っていて、普段は意識しなくても、それが少し心を強くしてくれているに違いない。

「福井新聞」つらつら紡ぐ　二〇一六年三月二十三日付

自由に生きるための学び

世界は何でできているのか。自分はその中の一部なのか、あるいは世界と自分は別個に成り立っているのか。子どもの頃からずっとそれを考えていた気がする。すぐに答えの出るような質問ではないだろう。そもそも、世界って何だ？

考えてもたぶん答えの出ないことを考える。無駄なことかもしれないし、無駄じゃないかもしれない。答えというのは、考えて考えてわかるものかもしれないし、ぱっとひらめくものかもしれない。探して見つけるものかもしれないし、もしかしたら、自分でつくるものなのかもしれない。いろいろな答えがあって、そのたどり着き方もいろいろなのだとわかるようになったのは、ずいぶん大人になってからだ。

学校で習っていることが何の役に立つのか、子どもの頃はよくわからなかった。習ったことを覚えればいいのか、それがいつか世界につながるのか。きっとみんなどこかで疑問に感じながら、義務教育をこなしている。

それでも、学校で勉強することにはやっぱり意味がある。社会的な側面や、道徳的なことを抜きにしてもだ。この世界の成り立ちを考えるには、道具が必要だ。算数も国語も、理科も社会も、体育も音楽も図工も、いずれ道具になる。それひとつで世界を建てることも壊すことも難しいが、それがなくては成り立たない、基礎なのだ。その上で、自分の得意なことを追求していくことができたらいい。好きなこと、興味のあることを、学び続けられたらいい。

古代ギリシャ時代、世界は天文学と、音楽と、数学で表せると考えられていたという。天文学と音楽と数学でどうやって世界が成り立つのか、私にはわからない。でも、究めた人には、わかるのだろう。一見ばらばらに思える道が、大きな目で見るとがっちりと分かちがたく組み合わさっていること。それを具体的には理解できなくても、感覚的にはわかるようになった。

この夏、福井県立音楽堂で、ちょっと変わったコンサートの原作を書く機会をいただいた。毎年、夏に開かれている越のルビー音楽祭のプログラムの一部として、音楽と物語を組み合わせた演目が出される。私が物語を書き、笠松泰洋さんが音楽をつくり、今川裕代さんがピアノを弾き、廣川三憲さんが朗読をし、宮河愛一郎さんが踊る。普段はそれぞれが別々の場所で活動する人たちだ。物語として私が完成させたはずの世界が、何人もの手を通すことによってどうなるのか、少し緊張した。楽しみでもあったけれど、不安もあった。

リハーサルに参加して、心が大きく動いた。言葉で世界を表現するのは繊細な作業だと思っていたのに、もっと繊細な場面を見た。ピアニストはたったひとつの音を何十通りもの音色で弾き、そのたびに少しずつ世界を変えてみせた。変わっていく世界に呼応するように、まるでピアノと身体をわかちあったかのように踊るダンサー。それを目に見える形にする、朗読者の声音。どれもが繊細でありながら、真摯で、強靭（きょうじん）で、愛情にあふれていた。

　言葉で世界を表すことができるって自由だなあと、その自由の鍵を手にしたような気持ちでいたけれど、この舞台に参加して、揺さぶられた。深く美しいピアノと、豊かな広がりのある朗読、そして情感あふれる力強いダンスが言葉に溶けていくのを目の前で見た。いや、言葉を溶かしていったのだろうか。言葉だけよりももっと自由になれることもあるのだ、と思った。

　ひとりで自分の世界を極めるのも大事なことだけれど——それなくしてはどこへも行けないのだけれど——それぞれの世界をぶつけて、混ぜて、溶かして、ひとつにして、それで輝くものが確かにある。どんな勉強をしてもいい。どんなふうに学んでもいい。私たちは自由なのだ、と感じた。

福井県生活学習館広報誌「学びの道しるべ」二〇一六年秋号

私の中の福井

東京、神奈川、秋田、新潟、京都、北海道。そして、福井。これまでいくつもの街で暮らしてきた。

京都の、世界文化遺産であり国宝でもある文化財のすぐ近くに住んだときは、文化財の近くで暮らしている誇りよりも、毎日の観光客の多さに辟易(へきえき)した。付近の店はつねに混んでいて、道はいつも渋滞。子供たちを幼稚園に通わせるにも苦心した。観光に来るにはいいけれど、住むには適さないとすぐに気づいた。

北海道の、山奥の、いわゆる僻地(へきち)で暮らしていたときは、大自然に囲まれてそれはそれは楽しかった。観光客も滅多なことでは来られない場所だったけれど、住人にとっても生半可な気持ちでは生きていけない場所だった。店が一軒もないので買い物をするにも山を下りなければならない。冬場はマイナス25度まで気温が下がった。雪が降ると、陸の孤島と化すこともあった。それでも、住人たちは力を出しあって、少しでも快適に過ごせるよう工夫していた。

さまざまな街で暮らして、実感したことがひとつだけある。住みやすい街というのは、基本的に、観光客の来ない街だった。暮らしやすい街、幸福度の高い街、いつもランキング上位に入っている福井を私は愛しているが、それはとりもなおさず、観光向けにつくられた街ではない、ということではないか。

　福井が好きだというと、どういうところが好きですか、と聞かれる。お気に入りの場所を教えてください。おすすめのお店はどこですか。そう聞かれることもたびたびある。そのたびに、考える。聞いてくれた方に合いそうなおすすめの場所や、店。

「養浩館はとても好きです。気持ちのいい水を見ながら一日じゅう本を読んでいられます」

「水島の海はほんとうにきれいで、行くときっとびっくりすると思います」

　いくつかの場所をおすすめしながら、ぱきっと割り切れない気持ちでいる自分に気がつく。そうなのだ、もちろん養浩館は好きだし、水島もいい。でも、うまくいえないけど、いい場所はもっとある。好きな場所ももっとあるのだ。それを感じるのは、犬を連れて散歩をする道に秋の夕方の日が差すときだったり、白く染まった向こうの山々にしゅっとした雲がかかるときだったり、近所に残る小さな田んぼから一斉に蛙の鳴き声がするときだったりする。でも、それらは観光地ではない。

「県立音楽堂に向かうとき、8号線から一本西に入った道を通るんです。そうすると、色づいた麦の向こうに、ホールが見えてくるんです。あれはとても心の躍る瞬間です」

私がそう熱く語っても、何が伝わるだろう。私の中の県立音楽堂像は、これから聴きにいく音楽への期待も混じっての心象風景かもしれない。これまでにたくさんの福井県民たちと共に楽しんだ音楽や、そこでの思い出も含めての景色かもしれないのだ。そういう、暮らしの中で見つけた福井のおすすめを、うまく伝えられる自信はあまりない。だから、わかりやすい場所を選んですすめる。それがどれくらい人の胸に届くのか。誰にでも届くよさというのは、ほんとうはどこにでもあるよさなのかもしれない。

私の好きな福井は、なにげない福井。日々の暮らしの中で、しみじみといいなあと思う、さりげない福井。それがたくさんあることが、福井の豊かさなのだと思う。どうかあなたにもこの思いが伝わりますように。

福井県観光連盟「ふくいドットコム」

空くじなしの宝くじ

子供の頃、野球は男の子たちみんながやる遊びだった。誰もがルールを知っていて、球と棒切れがあればよかった。休み時間や放課後には自然にあちこちで野球をやっているグループがあった。スポーツという感覚ではなかったと思う。人数は九人より多かったり少なかったりしたし、ルールも臨機応変に変更された。短い時間に大勢で遊ぶための工夫だ。それが、ちゃんとバットとグラブを使うようになると、少しずつ変化していった。

小学校に野球クラブができると、雰囲気は一変した。クラブは放課後、毎日練習をするようになった。そうなると、自由に遊んでいた子供たちは隅っこに追いやられた。クラブに入ったのは、もともと野球のうまい子、運動神経のいい子、親が熱心な子、気の強い子、あるいはその全部を組み合わせた、つまりは選抜メンバーたちだった。クラブに入った子はどんどんうまくなったし、そうでない子たちの野球はやっぱり遊びだった。

野球は変わった。共有の遊びだったはずなのに、訓練して技術を身につけていくスポーツになった。クラブに入っていない子は肩身が狭い感じになった。休み時間の草野球も、クラブに入っている子が交じるとゲームとして成り立たなくなった。うますぎるからだ。彼らは着実に強くなっていった。特別に足が速いわけじゃなかった子が、ベース間を走るときだけはものすごい走力を見せた。普段はおとなしくて穏やかな子が、打席に立ったときだけ気迫が漂うようになった。ほんのちょっと前までは笑いながら野球をしていたのに、もう表情が違った。

野球クラブの子たちは、中学校でも野球部に入った。この頃にはすでに野球は気軽に遊ぶことのできるものではなくなっていた。サッカー前夜の、野球がスポーツの王様だった頃だ。当時の田舎の子供たちにとって、野球部に入っていることがひとつのステイタスみたいになった。坊主頭で、いつも日に焼けていて、仲間意識が強かった。でも、ずっと同じ学校にいたから、彼らの髪が長かった頃や、色の白かった頃を知っている。野球を始める前の、ドッジボールやヨーヨーで遊んでいた幼い頃を知っている。だから、花形の野球部に所属し、いつでもどこでも「へいへーい」とキャッチボールをしているのを見ても、怖くなかったし、逆に、かっこいいとも思わなかった。

彼らのほとんどが、地元福井の公立高校に進学した。当時、このあたりでいちばん野球の強かった高校だ。スカウトや、推薦もあったのかもしれないけれど、実のところよく知らない。でも私たちは彼らがみんなでその公立高校に進むのが当然だと思ったし、野球を続けるのが当然だとも思った。地区大会を勝ち進むのも当然のことだった。勝ち進んだら何があるのか、あまり考えていなかった。

彼らは甲子園に出た。テレビで彼らが野球をやっているのを見て、ああ、やってる、と思った。テレビに出ていると思ったのではなく、野球をやっていると思った。昔から見ていた通りの、いつも通りの姿だった。私たちが三年生のときだから、PL学園二年の桑田と清原が大注目を浴びた年だ。彼らはPL学園とは当たらなかった。早々に負けて姿を消した。惜しかったね、と私たちはいいあった。

当時、人気のあった野球漫画の中に、「甲子園なんて宝くじみたいなものだから」というセリフがあった。

「下一桁が外れたようなものよ」

ヒロインはそういって涙ぐむ。

「惜しかったけどね」

ああ、そういうものなのか、と思う。宝くじみたいなもの。そうなのかもしれない。だけど、元の同級生たちのはじまりは、校庭での遊びだった。その続きで、仲間たちと甲子園に出た。

神奈川では二百校近い中から代表校が選ばれるそうだ。でも、福井では違う。全部で三十校に満たない。四回か五回勝てば、甲子園に行ける。それは宝くじではない。

もっと身近で、がんばれば行ける、誰かが行ける、そう信じられる確率だ。テレビの中で、負けて涙を流していたメンバーたちの中には、知った顔がいくつもあった。小学校や中学校の同級生たちが、いつもの姿でそこにいた。泣くことないよ、とテレビのこちら側で思った。そこに行けて、よかったね。ずっと野球をやってきてよかったね。

あれから三十年以上が経つ。特別な人が甲子園に行くんじゃないと、あのときの体験で私たちは知った。甲子園でヒーローになるには、さらに大きな才能や運が必要なのだろうけど、校庭で遊んでいた男の子たちが普通に生活をしながらたどりつく舞台としては、あの場所はじゅうぶん輝いていた。

福井で生まれ育ったことを、恵まれていたと思う。今も福井で暮らしていて、あらためて思う。私が本屋大賞をもらったとき、たぶん地元の人たちがいちばん驚いた。そして、いちばんよろこんでもくれた。福井で暮らして福井で書いていても本屋大賞が取れるんだ、と。特別な生まれや育ちでなくても、英才教育を受け、越境入学をしなくても、甲子園に行けるし、本屋大賞をもらうことができる。本屋大賞と一緒にするなと甲子園ファンには怒られるに違いないけれど。どこに生まれてどんなふうに生きても、何かをすることができるし、何かになれる。宝くじに当たるよりもずっと簡単だ。それを最初に教えてくれたのは、甲子園に出た彼らだったような気がするのだ。

「月刊ジェイ・ノベル」二〇一七年三月号

いろんな子

おとなになった人たちを見れば、それぞれの得手不得手があり、好き嫌いがあり、活発な人しずかな人いろんな人がいてあたりまえなのに、こどもたちのほうが一定の枠に当てはめられやすいのはどういうわけだろう。三歳になったらだいたいこういうことができるはず、四歳ではこれくらいの絵が描けるはず。

うちの長男はびっくりするくらい絵が下手だった。私自身は絵を描くのが得意だったから、あまりの下手さに、わが子には何かが足りないのでは？　と心配になってしまったくらいだ。後になってわかったのだが、夫もとんでもなく絵が下手だったらしい。でもそれで何の問題もない。四歳だと絵の下手さを心配されるのに、おとなになれば描ける絵の目安はない。三十歳や四十歳になった人の絵がうまいかどうかなど誰も気にしないのだ。幼ければ幼いほど、小さな差異が大きく見えてしまう。

ＮＨＫの合唱コンクール２０１７の課題曲の作詞をした。小学校部門の歌だ。うれしかった。合唱は大好きだった。でも、ふと、わからなくなった。ひとくちに「小学生」といっても、どんなこどもたちだろう。長男が小学生だった頃を思い出しても、次男とは違う。長女とも違う。長女が歌うところを想像しようとして、笑った。長女は絵を描くのは得意だが、頑として歌わない子だった。いろんな差異があって、いろんな子がいる。

どんな子でも歌える歌を書きたいと思った。ステージの上に胸を張って立てる子にも、それを客席から観ている子にも、遠くから眺めているだけの子にも、歌うことのできる歌。どんな私を、どんな僕や君を主人公にすればいいのか、想像して、想像して、書いた。

作曲してくれた信長貴富さんの楽譜を見て驚いた。「僕」と「君」にあたる音符が、対称になっていた。「僕」の裏返しが「君」。いろんな人、いろんな差異を想定して書いたつもりだったけど、そうか、僕は私で、君も私だったんだなあ。

福音館書店「母の友」二〇一七年七月号

家事は誰のため

高校生の次男はバドミントン部である。大会の日、会場のロッカールームで、ゼッケンがないと騒いでいる選手に遭遇したという。

「母親が間違えて、ゼッケンのついてないユニフォームを持たせちゃったんだって」

そう話す次男の非難の矛先は、選手の母親ではなく選手自身に向けられているようだった。

「自分で準備すればいいのに、やってくれた母親のせいにするなんて」

聞けば、お弁当や水筒はもちろん、ゼッケンやユニフォームやタオル、必要な一式を母親に用意してもらっている高校生は多いらしい。試合から帰ったら、ユニフォームは洗って、干して、たたんで、次の試合のために準備しておく。うちではそれは母親ではなく次男が自分でやる。そうすべきだと考えてというよりも、単に私が甲斐甲斐しく息子の世話を焼く母親ではなかったから自然にそうなったのだけど。

そういえば、この春からひとり暮らしを始めた長男が、家を出て初めて自分でお米を研いだという友人たちの多さに驚いていた。実家にいるときは、まったくごはんの支度をしたことがなかったのだろう。

実をいうと、私も、高校生だった頃、家事はすべて母親任せだった。炊事も掃除も洗濯も全部やってもらっていた。それでいて将来は哲学を勉強したくて、整えてもらった自室でニーチェやカントやアーレントを読んでいたのだから今となってはちゃんちゃらおかしい。自分の手でやれるはずのこともやらずに語る言葉は薄っぺらい。人生とは何か、人間とは何か、考えたってほんとうにはわからないだろう。

日常的に家事をこなす子供たちを頼もしく眺めながら、ときどき後ろめたい気持ちになるのも事実だ。私が家事を肩代わりしてあげれば、この子たちはもっとほかの好きなことのために時間を使える。それでも、たぶん、これでよかった。自分たち自身の手で暮らしをまわしていけることに自信を持っていてほしい。

福音館書店「母の友」二〇一七年八月号

教える・教えられる

子供に何か教えるときってイライラしない？　そう聞かれて、ちょっとびっくりした。まじめに聞こうとしなかったり、なかなか理解しなかったりすると、イライラしてしまうという。気持ちはわかる。でも、私自身はイライラすることってあまりないなあ。できなかったり、知らなかったりする相手に教えるときは、はじめからできないものだとわかっているからぜんぜんイライラしない。そう答えながら、もしかして、すぐになんでもできてしまう人はイライラするのかも、と思う。どうしてこれくらいのことがわからないのか、と思ってしまうとよくない気がする。

はじめて子供を生んだとき、赤ん坊は完璧だ、と思った。なんにもできない赤ん坊だけれど、もうすべてを持っている。私に教えられることは何もない。——言葉にすると、なんだかおかしい。無垢（むく）で、無防備で、でもすべてを持っている。生まれた赤ん坊を抱きながら本気でそう思ったのだ。悟った、というほうが近いだろうか。そして、そのときに得た感覚は三人目の子供が生まれても続いた。今も続いている。もちろん、お箸の持ち方だとか、道路に飛び出したら危険だとか、魚の名前、傷の手当の仕方など、生活に必要なことの基礎は教えた。でも、それ以外のことは、ほんとうは子供たちのほうがよくわかっていたりするんじゃないか。

実際、赤ん坊だった頃から大きくなるまで、子供たちに教えられる場面はたくさんあった。彼らはイライラなどしていない。本来、大事なことを教えたり教えられたりするのは、大きなよろこびだと思う。そして、教える・教えられるという関係は、対等なのだ。

もしも、何度教えても覚えようとしなかったり、聞く態度が悪かったりするときは、それほど大事なことじゃないときだ。放っておいてもいいんじゃない？　そういいたいけれど、うまく伝えられる自信はない。教えるのが楽しいことだけよろこんで教えれば、世の中はうまくまわっていくんじゃないかと思う。

福音館書店「母の友」二〇一七年九月号

育児ときれい

育児が大変だなんて私はいわない。独身の頃の私はそう思っていた。たしかに大変かもしれないけれど、たくさんの女性が通り過ぎてきた道だ。それに、大変だと口にしてしまっては、子供たちが不憫だと思ったからだ。実際に自分が出産と育児を経験してみて、大変だといったことがあるかどうか、はっきりとは覚えていない。口に出したつもりはないけれど、もしかしたら何かの拍子にこぼしてしまったこともあるかもしれない。

赤ん坊というのは、ほんとうに手のかかる生きものだ。まず、泣く。そして、寝ない。やっと眠ったかと思えば二時間ほどで目を覚ましてまた大泣きする。夜も昼もそんな具合で、起きている間じゅう暴れまわる。目を離すこともできない。めざしていた優雅な育児とは違うなあ、と思った。自分のことは二の次、三の次になっていった。

忘れもしない、長男が〇歳の予防接種のときだ。当時住んでいた自治体では、その予防接種は二月と八月に決められていて、どうして暑さや寒さの真っ盛りに予防接種をするのだろうと恨めしく思いながら出かけた。ともかくその年の夏も暑かった。じりじりと照りつける陽ざしの下、半袖Tシャツに、さすがに短パンではまずかろうと、なんとかジーンズをはいて、ベビーカーを押して歩いた。みんな似たり寄ったりの恰好（かっこう）のお母さんたちが集まっている中に、ひとり、際立って素敵なお母さんがいた。麻っぽいさわやかな生地の丈の長いワンピースに籐（とう）のかごバッグ。その人のまわりだけ、涼しげな風が吹いているようだった。思わず見とれた。うちの息子と同じくらいの月齢の男の子を連れていて、ああ、あの人もお母さんなんだ、と思った。

きれいにしている人というのは、どんなときでも、どんなところへも、きれいにして出かける。その事実を痛感した。できることならば、私もそうありたい、などと思ったものだ。

それでも、その一年後に男の子が、さらに三年後には女の子が生まれると、もうそれどころではなくなってしまった。テレビ番組のファッションチェックで、小さな子供を連れたおしゃれなお母さんが登場し、コメンテーターが「ほらね、子供がいるときれいにしていられないなんて言い訳なんですよ、きれいな人はいつもきれいにしてます」といったのを聞いて憤りを覚えるほどだった。たとえば夫がそれほど忙しくなくて育児に余裕があるとか、近くに頼れる親族がいてきちんと美容院に行く時間を確保できるとか、そういう恵まれた人がおしゃれをしているのを普通のことだと思わないでほしい。まして、テレビに出る人はヘアメイクも任せられるし衣装も用意してもらえる。私とは違う。そう思ってため息をつくくらいには、私は育児に精いっぱいだったのだと思う。

それでも、今になって、あの頃の写真を見ると——子供たちの写真がメインで、たまに端っこに自分が写っているくらいなのだけど——思いがけずきれいでびっくりする。美しいという意味ではない。毎日が手いっぱいできれいにする余裕などなかったと自分では思い込んでいたけれど、それほどひどくもなかったのだなと思うのだ。写真の中には、余裕がないながらも、いきいきと、健やかで、楽しそうな笑顔の私がいた。

そうして私は、ちょうどそのころに初めての小説を書きはじめるのだ。慢性の睡眠不足に悩まされながらも、細切れの時間をつないで、あるときは深夜のキッチンで、夢中になって小説を書いた。後に、その小説で作家としてデビューすることになる。きれいにする余裕がないなんて、やっぱり言い訳だったのかもしれないなと今はちょっと思う。


ファンケル情報誌「ESPOIR」二〇一七年八月号

いつもそばに音楽が

宮下さんの小説にはよく音楽が出てきますね、といわれてちょっと驚いた。はっきりと音楽をテーマにしたいくつかの小説以外は、あまり音楽について意識していなかった。でも考えてみれば、合唱をする女子高校生や、楽団に属するヴァイオリニスト、ピアノに魅了される青年など、音楽が大きなモチーフになっている小説は多い。メインテーマではなくとも、主人公たちは音楽を聴き、歌を歌い、またあるときは庭に生い茂る草を見てオーケストラを連想したりする。

たしかに、音楽がよく登場している。でもそれは私にとっては自然なことで、特別に音楽を描いているというつもりはなかったのだ。

三歳の頃からピアノを習っていた。いわゆる英才教育のようなものではなく、穏やかでやさしい先生のもとで楽しくピアノを弾いた。今でも、もっと厳しい先生だったなら、私はもっとピアノがうまくなっていたのではないか？　と思うことがある。なにしろ、ショパンやバッハ、ベートーヴェンなど有名な曲のうち、難易度の高いものはほとんど弾けない。弾けたら気持ちがいいだろうなあと思うけれど、きっと弾けるためにはほかの何かを差し出さなければならなかったのだろう。たとえば、練習のための勤勉さだとか、情熱だとか、物理的な時間だとか。ピアノの上達のためにはどれも必要不可欠なものだ。

そのかわり、といってはなんだが、私はずっとピアノを好きでいられた。練習をサボりはしたが、嫌いだと思ったことはない。実はそれはとても大事なことではないかと思う。ピアノが好きで、音楽が好き。そのことが確実に私の人生に居場所をつくってくれた。

ピアノは弾くのも聴くのも好き。ヴァイオリンやチェロの曲も好き。交響曲も好きだし、ロックも歌謡曲もよく聴く。好き、という気持ちは強くて広くやさしい。音楽に触れている間は、ここにいてもいい、という気持ちになれる。それがピアノのおかげなのか、それとも母の影響なのか、よくわからないけれど。

子供の頃、友達が家に遊びに来て、

「おかあさんはいつもあんな感じなの?」

と聞かれたことがある。あんな感じというのがどんな感じのことなのかわからなくて聞き返すと、

「いつも歌ってるよね」

そう指摘されて、初めて、母がいつも歌っていることに気づいた。考えてみればおか

しな話だけど、いつも歌っていることに気づかないくらい、母が歌っているのは自然なことだった。それでも、友達がにやにやするので、台所に飛んでいって、母に頼んだ。

「歌うのやめて」

母はちょっとびっくりした顔をして、

「あら、歌ってた？」

といった。そして、友達が来ている間は歌わないと約束してくれた。

それなのに、しばらく遊んでいると、また友達がにやにやする。気がつくと、母がまた歌っているのだった。私はまた母のところへ行って、

「おかあさん、歌ってるよ！」

すると、母は案の定、

「あら、歌ってた？」

というのだった。

今でも懐かしく思い出す。そして、今でも実家に行くと、玄関のチャイムの音に気づかないくらい、母は歌を歌っている。

たぶん、そういうことなのだ。母は歌を歌い、私はピアノを弾いたり音楽を聴いたりしながら小説を書く。だから、私の暮らしにも、小説にも、いつのまにか自然に音楽が流れているのだと思う。

ファンケル情報誌「ESPOIR」二〇一七年十月号

銀の靴を履いて

宮下さんの靴って、いつも学校の先生みたいな靴ですよね。

そういったのは、ある編集者だった。男性で、三十代後半、とてもおしゃれな編集者だ。去年一年間、一番よく仕事を共にした編集者でもある。ふと見ると、彼は細身のパンツから自然に続いているかのような艶消しの黒い靴を履いていた。どこがどういいのかよくわからない。だけど、その靴はたしかにかっこよくて、足が長く、引き締まって見えた。

私は自分の足もとに目をやった。自分がどんな靴を履いていたのか覚えていなかったのだ。意識さえしていない、という時点でもうすでにだめだ。学校の先生みたいな靴、だったろうか？　それは、ほめ言葉だろうか？

その日、東京は雨の予報が出ていた。福井から上京した私は、長時間の移動に対応できるよう、履きやすさしか考えていなかった。加えて、雨の中を歩くことがわかっていたから、濡(ぬ)れてもだいじょうぶという基準もプラスされていた。痛恨の、というほどではないかもしれないけれど、おしゃれとは程遠い靴だった。

「今度、靴を買いに行きましょうよ」

親切な彼はにこにこと提案してくれた。一瞬、思いを馳せる。このおしゃれな人と靴を買いに行ったら、素敵な靴に出会えるかもしれない。でも、でも、無理だ。おしゃれな靴を買いに行くための靴がない。

普段、私が履いているのは、歩きやすいスニーカーだ。もともと小説家というのは家で仕事をしているから、あまり人前に出ることがない。毎日必ず外へ出るのは、通勤のためではなく、犬の散歩のためだ。だから、歩きやすくて、少し走ってもいいようなスニーカーなら、何足か持っている。雨の日の散歩のために、歩きやすい長靴も持っている。でも、仕事で上京するのにぴったりの靴は持っていないのだった。

しかし、十年前に出した初めての長篇小説『スコーレNo.4』という小説の中で、私は、主人公を高級靴店に勤めさせている。美しい靴に目のない人たちがいて、靴のために働いているような人たちがいる。畏敬の念をもって彼女たちを描いた。そのせいか、靴が好きなんですね、と読者の方からいわれることも多かった。ありがたいことだ。小説の中で書いたことを受け入れて、信じてもらえる。それを書いた私自身は特に靴に興味があるわけではないのだと正直にいうことが、いいことなのかどうかわからない。興味もないくせに書いたのかといわれたら返す言葉もない。ただ、靴を愛する人たちがいて、執着する人たちがいる。そのことにとても興味があった。できることなら、その心境に至ってみたいと思った。

本屋大賞を受賞して、ステージの上に立ったとき、キラキラの銀の靴を履いた。デパートの靴売り場で見たとき、こんなに華やかな靴を誰が履くんだろう、と思った靴だ。せっかくの機会だからと、授賞式の間だけ、それを履いた。うっとりするようなことはなかった。だけど、確実に、何かが変わった。初めてネイルをしたときに、ここに爪があって、私はそれをきれいにすることができるのだと小さな驚きとよろこびを感じた、あの感覚を思い出した。ネイルしただけで、指そのものがきれいになったように見えたし、指先に気を遣うせいか、なんだか手の動きまで美しくなったような気がしたのだ。十代の頃、初めて口紅をつけて、よく知っているはずの自分の顔がまったく変わって見えたときのことも、ありありと思い出した。うれしくて、鏡を見るたびに自分に微笑んだ。

銀の靴がキラキラと光って、ああ、こうやってひとつひとつ新しい驚きとよろこびを見つけていくのかもしれない、と思った。ささやかでも進んでいく、私たちの未来はきっと明るい。

ファンケル情報誌「ESPOIR」二〇一七年十一月号

塩鮭の注文

最後のお弁当で泣けると思っていた。長男の、高校生活最後のお弁当。気合を入れてつくるべきか、普段通りにさりげなくつくるほうがいいのか、何日も前から迷った。それでも結局、普通のお弁当にしたのは、海苔弁に鮭に卵焼き、小松菜の和え物にきんぴらごぼう、そういうお弁当のときに、「おいしかった」といわれることが多かったからだ。いつもと少し違ったのは、焼き海苔を切って文字をつくり、白いご飯の上に載せて短い文を書いたこと。これまでに一度もそんなことをしたことがなかったから、幼稚園児にキャラ弁をつくるみたいにドキドキした。

でも、帰ってきた息子が笑いながらいったのは、

「なんか書いてあったね」

というひとことだけだった。まぁ、しかたがない。「これが最後のお弁当?」と海苔文字で聞くほうも聞くほうだ。ちょうど受験の直前だった。もしも不合格なら、また一年間お弁当を作る生活が待っているのではないかと、そういう意味を込めての質問だった。もちろん、まじめに受験勉強をする子にそんなことは聞かない。息子はや

りたいときにやりたいだけ勉強するタイプだった。十八歳にもなった息子の勉強方法に口を出すのは賢明ではない。だけどハラハラさせられたのも事実だった。

息子は高校を卒業し、無事に大学に合格して、家を出ていった。家を出る前の晩、最後に家族で囲む食卓も、特別なものにはせず、いつも通りの献立にした。だいたい、引っ越しの準備で慌ただしくて、あまり夕飯に手をかけてもいられなかった。

今になって冷静に考えれば、私は避けていたのだと思う。最後のお弁当といい、引っ越し前夜の食卓といい、出ていく息子を見送る感傷的なものにしたくなかった。たぶん、あれでよかったのだと思う。息子は希望に満ちて家を出ていくのだ。見送る側は、普段通りにしているほうがいい。そうでなければ、泣いてしまう。

それにしても、今年の春はいつまでも寒かった。ようやく桜が咲いて、ツバメが飛んで、長男のいない新しい生活にも慣れてきた。

ある日、生協の注文をしようと、パソコン上で注文書を眺めていたときのことだ。北海道礼文産の塩鮭の切り身が出ていた。とてもおいしいので、見つけたら必ず注文する。それをいつものように家族の人数分買おうとして、五切れのパックをひとつカートに入れた。それから、ふと、そうだ、長男はもうここにはいないのだ、と気づいた。五切れ入りのパックをカートから出して、四切れ入りのパックに替えようとした瞬間、うまく言葉にできない感情が湧き上がった。いらない。四切れのパックなんていらないわ。うちは四人家族じゃないんだもの。幼児が駄々をこねるみたいな感情だった。まるで鮭に八つ当たりしているみたいだ、と自分でも思った。抑えられない感情を持て余したまま、生協の注文書を閉じた。それからちょっと泣いた。
鮭のパックは、五切れ入りか、四切れ入りか。まさかそんなことで息子の不在を突きつけられるとは思わなかった。泣いたらすっきりして、よし、がんばろう、と思った。とりあえず、何かおいしいものをつくって、四人で笑って食べよう。

「ESSE」とりあえずウミガメのスープを仕込もう。vol.54　二〇一七年六月号

にぎやかな道端

北海道の山奥で暮らしていた頃、集落の人たちに誘ってもらって山菜採りに出かけたことがある。山の空気を胸いっぱいに吸い込んで、道みち話しながら山菜を摘み、十勝川の河川敷でそれを天ぷらにして食べる。福井でも、小さい頃に家族で山菜採りに行くことはあった。ゼンマイやワラビやフキを採る。山から戻ると、軒先に山菜を広げ、余計な葉や、綿を取ったり、袴(はかま)の硬い部分を折ったりし、それから灰汁(あく)抜きを兼ねて茹(ゆ)で、干して、保存する。意外と手間のかかる作業だった。どんな山菜を採ればその場で食べることができるのだろう。興味津々でついていった。

イタドリは、福井の山に生えているイタドリとは違った。皮をむいて齧ると、ちょっと酸っぱくて楽しいイタドリ。ところが、こちらのイタドリは大きくて硬く、食べられていない。煙草に混ぜて使われたのだという。

フキノトウ、ウド、コゴミ、ヤマブドウ、タランボ、コシアブラ、ギョウジャニンニク。知らなかった名前も多い。ギョウジャニンニクは、なぜか急な崖の斜面や、水辺に自生していることが多く、採るのに危険を伴う。だからなのか、それともそのおいしさのせいか、ギョウジャニンニクを摘んだ人は鼻高々だ。ヨモギとそっくりで、葉の裏まで緑なのは、トリカブト。普通にあちこちに自生しているけれど、猛毒なので間違って摘んだら大変だ。

話しながら歩き、聞きながら摘む。なまなましい緑の匂いが立ち上る。これをこのまま揚げてしまえば、灰汁抜きもいらないのだとふと気がついた。摘みたての山菜たちを川原で天ぷらにしてくれるのは、以前、銀座で和食の店をやっていた人だ。夫婦で山に移住して、子どもたち四人を育て上げ、麓の町でレストランを開くところだった。青空の下、摘みたての山菜たちがどんどん揚がっていく。カラッと、サクッと、パリッと。初々しい香りと、甘さ、苦さが交錯して口の中に広がった。

帰り道、来るときに通ったはずの景色が違って見えた。道端にあった緑が、「緑」ではなくなっていた。あれはコシアブラ、こっちはちょっと伸びたコゴミ、向こうにタランボ。ひとつひとつ名前を持った植物たちが、それぞれに背を伸ばしているのだった。

顔と名前を知ったら、その人をまったくの他人として見過ごすことはできなくなるように。なんでもない風景が、その土地の歴史を学んだときから、不意に意味を持ち始めるように。道端に生える山菜たちが、一斉にいきいきと主張を始めた瞬間だった。

「朝日新聞 be on Saturday」作家の口福 二〇一七年九月二日付

一夜の急場しのぎ

二十代半ばの頃、美しい女優さんが書いた短篇を読んだ。ヒロインが予定外の外泊をする。翌朝、メイク道具を持っていなかった彼女は、その部屋にあるさまざまなものを駆使していつも以上に美しくメイクする。まち針を睫毛用の櫛として使ったりする美への執念に感心しつつ、その得意顔を想像すると、少し怖くさえあった。

それからしばらくして、ひとり暮らしをしている弟から連絡があった。ひどい風邪を引いて寝込んでいるという。夜も遅い時間だったのだけど、とりあえず私の部屋にあったゼリーや桃の缶詰を鞄に詰めて、弟の住む部屋へ向かった。

体調を崩してからは食欲もなく、ほとんど何も食べていないのだという。それでも、肉親が来たことで安心したのか、「おかゆが食べたい」といった。お安い御用だ。キッチンへ行ってから、はたと困った。どこに何があるのかわからない。正確にいうなら、どこにも何もない。冷蔵庫を開けてもほぼ空で、古い卵やジャムが入っているだけだ。シンクの下の桐(きり)の箱からようやくお米を見つけてほっとした。とりあえず、これでおかゆは炊ける。でも、味も具もない。寝込んでいる弟が欲しているのは、きっと、私たちの母がつくってくれた卵のおかゆだ。それなのに、卵は賞味期限が切れている。今と違って終夜営業の店は少なく、その近所にはなかった。新たな食材は手に入らないということだ。食器棚の中、引き出しの奥、キッチンのあらゆる場所を探して、うずらの卵の瓶詰を見つけた。卵といえば卵だ。ちょっと迷ったものの、小さな卵を細かく刻んで、おかゆが炊き上がる寸前、蒸らす間にさっと混ぜた。最後に塩で味をつけて、できあがり。とろとろのひよこ色が、白いかゆに混じって目にもやさしい。……はずだったけれども、茹でたうずらの卵でつくったから、それほどきれいではなかった。おかゆ自体も、どうもいつもと塩梅が違うようでもあった。

器によそって持っていくと、弟はうれしそうにベッドから身を起こした。そうして、スプーンですくって、ふうふう冷まして、口へ運んだ。「どう？」と聞くと、「熱くて、味がわからない」。そういって、ふたくち、みくち、食べると、スプーンを置いてしまった。体調がよくないんだな、と思いながらキッチンへ戻り、小鍋に残ったおかゆをひとくち食べて、驚いた。思っていた味と全然違った。尋常ではない粘り気と噛み応え。桐の箱に入っていたのは、もち米だったらしい。

そのとき、唐突に、かの女優の短篇を思い出した。いろんなものを使って完璧にメイクしたつもりで、案外、もち米が混じっていたりしたんじゃないだろうか。だとしたら、得意げな顔も愛嬌があってちょっと可愛かったのかもしれないなあ。

「朝日新聞 be on Saturday」作家の口福　二〇一七年九月九日付

九月の朝

急に空の高くなった朝、気がついたら、ひとりだった。あ、ひとりだ、と思ったら、お腹の中から渦を巻くように、いろんな感情がせめぎあいながら喉元に上ってきた。

夏の間帰省していた長男が、大学のある東京へ戻っていった。夜、到着した旨の連絡があった。その短いメッセージによると、「懐かしかった」そうだ。「実家に戻ったような安心感がある」。戻ったような、ということは実際の実家に戻った感想ではない。まだ暮らしはじめて半年にも満たない、都会の小さなひとり暮らしの部屋が、懐かしくて、安心感がある、というのだった。少し笑った。彼はもうほんとうにここから巣立ったのだとあらためて感じた。心強く、頼もしい。そう思う反面、いつのまにか大きくなってしまった子供たちとの月日の短さを思う。一年半後には次男も、三年半後にはむすめも、ここを離れていくのだろう。

楽しい夏休みだった。特別なことの何もない、暑くてだらだらと長い休み。それを終えて、それぞれの場所に戻る。家族は新学期の学校や仕事へ出ていった。私は家にひとり、取り残されたような形だ。きっとこれからもそうだ。そうでなくては困る、とも思う。

ちょっとさびしくて、ちょっと心許なくて。でも、さっぱりして、ほっとしてもいて。いろんな気持ちが強くなったり弱くなったり、最後にどんな気持ちが残るのかと思ったら、ぐるぐると混ざったままになった。揺れて、ぴたりと止まることのない自分の気持ちに、今はまだ名前をつけることができないでいる。

そうだ、おいしいミルクティーを淹れよう、と思った。すぐに立ち上がって、台所でお湯を沸かしはじめる。ほんの少し前までの暑さが嘘のように和らいで、空気が澄み、絶好のミルクティー日和だ。

紅茶好きの友人にもらった大切な葉っぱを、教わった通りのやり方できちんと淹れる。普段はあまり丁寧にはできない手順を楽しみながら、お茶を丁寧に淹れるという行為は、自分を丁寧に扱うことと似ていると思った。自分を労りたいときに、おいしいミルクティーを飲みたくなるのだ。そういえば、紅茶はこれまでをふりかえるための飲みもので、コーヒーはこれからのための飲みものだと、どこかで読んだことがある。しばし考えて、自分で書いた小説の中に出てくる言葉だったと思い出した。たまにはいいことを書くんだな、私。ふふ。自画自賛。

おいしいミルクティーをゆっくり飲む。これまでとこれから、どちらも大切にしたい。私はここにいて、また新しく私の人生の一日を生きよう。

「朝日新聞 be on Saturday」作家の口福　二〇一七年九月十六日付

まぼろしの桃

好きな食べものは何ですか、と聞かれたら、ちょっと迷う。銀杏(ぎんなん)かな、胡瓜(きゅうり)かな、鯛(たい)も好きだな。でも、好きな果物はと尋ねられれば即答できる。桃だ。桃が好きだ。そこにあるだけでしあわせな気分になる。

毎年、桃にだけは贅沢(ぜいたく)をする。まずは走りに果物屋さんで選び、旬になれば生協で注文し、スーパーで買い、おいしいと聞いたものを取り寄せる。常温で食べ、冷やして食べ、皮をむいて食べ、またあるときは、むかずにかぶりつく。固めのものをカリッと齧り、やわらかくなったものをゆっくりと咀嚼(そしゃく)する。岡山の桃、山梨の桃、福島の桃、長野の桃。思いつく限りの桃を食べ、それで満足できるかといったら、そうではない。いつも、少し不満だ。香りから期待するより甘くなかったり、味がぼやけていたりする。実の上のほうと下のほうで味が違いすぎるのも残念だ。こんなものではない、と思う。もっともっとおいしいはず、と思う。私の中の桃はもっと甘くて、もっと果汁が滴(したた)って、芳香にむせるようで、ひとつ食べると寿命が延びるような桃。桃に対しての期待は天井知らずだ。

一度、息子が、私のむいた桃を断って、

「桃って、思うほどおいしくないよね」

といった。むう、と唸った。その通りだと思った。でも、それを認めたら、私は桃に夢を見ているだけで、実はそれほど好きではない、ということになってしまうのではないか。そうではない。私はたしかに桃が好きなのだ。

完璧な桃にどこで出会ったのだろう。もっとおいしいはずだと頑なに信じ続けることができるのは、どこかで理想の桃に出会っているからだ。それをいつどこで食べたのだったか、記憶を遡ってもぼんやりしている。頼りになるのは、小さい頃から桃が好きだった自分の気持ちだけだ。

この夏、むすめが、地元のショッピングモールの中のフルーツジュースの店に連れていってくれた。この店の桃のスムージーがすごくおいしいのだそうだ。半信半疑だったけれど、ひと口飲んで、びっくりした。おいしかった。むすめがうれしそうに私を見た。

「ね、おいしいでしょ。桃と水と氷だけで、あとは何も足してないらしいよ」

得意げに語るむすめに、そうなんだ、と答えた。そんなはずはない、とはいわなかった。むすめは私の桃好きを知っていて、私をよろこばせたくて連れてきてくれたのだ。でも、桃と水と氷、そこに少なくともシロップは足しているだろう。だって、私の桃がこんなに甘いわけがない。桃がこんなにおいしかったらおかしい。そう考えている自分に、愕然（がくぜん）とした。こんなにおいしいはずがない、と思う私はほんとうに桃が好きだったんだろうか。

「朝日新聞 be on Saturday」作家の口福　二〇一七年九月二十三日付

カラメルの秋

鍋の底のグラニュー糖が茶色くなってきたら、匂いに集中する。かすかに焦げた匂いがした瞬間に水を注いで火を止める。そのタイミングが、わが家のカラメルの味を決める。

プリンの底に敷くカラメルが苦くていやだと子供たちがいったのは、十何年も前のことだ。それで、ほとんど焦がさない薄茶色のカラメルシロップでプリンをつくった。幼いうちはこれでいいかな。そう思ってきたけれど、いつまでたってもあの苦みがいやだという。プリンのやさしい甘さを、カラメルの苦みこそが引き立てるのに。

子供たちの成長に伴って、少しずつカラメルの焦がしを止めるタイミングを遅らせてきた。あっというまに色づいていくカラメルを目で確認しつつ、決め手は匂いだ。焦げはじめる匂いで、今だ、とわかる。これでずっと成功してきた。

ところが、先日初めてうまくいかなかった。少し焦がしすぎた。心当たりは、ひとつだけだ。焦げる匂いが、よくわからなかった。私の鼻が利かなかったのだった。

いつもより苦いカラメルのプリンを食べたとき、動揺した。心の準備ができていなかった。考えてみれば、近くのものが見えにくくなっている。心なしか、高い声が聞き取りにくくなったような気もする。目や耳が衰える実感と諦念はあったけれど、嗅覚が衰えることには思いが至らなかった。

もともと、嗅覚だけが取り柄だったのだ。幼い頃から、家族の誰もわからないような匂いを当てた。何で出汁を取ったか、すぐに嗅ぎ分けたし、匂いの記憶も鮮やかだった。それで何かいいことがあったとか、役に立ったとか、そういうわけではない。ただ、鼻がいいことが私のひそかな自慢だった。

でも、がっかりし続けるわけにもいかない。嗅覚を頼りにしていた部分を、ほかのもので補っていこうと思う。プリンであれば、カラメルの焦げていく色に目を凝らす。もしくは、焦げはじめてからの秒数を計ってもいい。そして大事なのは、苦みの強いカラメルのプリンも意外とおいしいね、と一緒に笑ってくれる寛容な家族の存在だ。

何かが衰えたとしても、それで不しあわせなわけではない。少しさびしいけれど、しかたがないなと思えたらいい。能力が衰えた分、きっと育っているものもあるはずなのだ。

そんなことを考えながら外へ出ると、高い空にちぎれた白い雲が浮かんでいた。ああ、秋だ。胸いっぱい空気を吸い込んだら、秋の匂いがした。乾いた木の匂い、どこかで落ち葉焚きする匂い。もうすぐ金木犀（きんもくせい）の華やかな香りも風に混じるだろう。特別にすぐれた嗅覚を持たなくても、健やかな秋の匂いを楽しむことはできる。

「朝日新聞 be on Saturday」作家の口福　二〇一七年九月三十日付

リトルピアニスト

リトルピアニスト

りかちゃんはいつもひとり。とても静かな女の子です。

「遊ぼう」ってともだちが来ても、ただ首を振って、
みんなが遊んでいるのをぼうっと見ています。

でも、ひとりぼっちじゃありません。

りかちゃんには大事なともだちがいるのです。

つやつやひかる黒くて大きなともだち。ピアノがともだち。

椅子にすわって、そっと鍵盤に指をのせると、おしゃべりするみたいに弾きはじめます。

うれしかったこと、おもしろかったこと、さびしかったこと、怖かったこと。

あとからあとから言葉がこぼれます。

りかちゃんの言葉は音符になって、鍵盤を叩き、弦を鳴らし、部屋に響いて、
いつのまにか音楽に生まれかわります。

ふしぎ、ふしぎ。

りかちゃんはピアノの前だと自分の気持ちをいきいきと表に出せるのです。
りかちゃんはピアノで話し、ピアノで歌う。ピアノを誘い、ピアノが応える。
弾き終えるとりかちゃんはまた元の無口な女の子に戻ります。
りかちゃんのピアノを聞きたくて、窓の向こうにはともだちがいっぱい。
男の子も女の子も、耳を澄ませてりかちゃんのピアノを聞いています。
りかちゃんはうれしいときにうれしい音を鳴らします。
かなしい歌はかなしく弾くことができます。
その素直な音楽がみんなの心をやわらかくしてくれるのです。

ある日、りかちゃんは結婚式に呼ばれました。
白い教会の庭のピアノの前にすわると、りかちゃんが奏でる音楽は
まるで青い空にひばりがさえずるように聞こえました。
結婚したばかりのふたりはしあわせそうに踊り続けました。

ある日は、お葬式に呼ばれました。
おじいちゃんが亡くなって、家族が泣きながら棺を取り囲んでいました。
棺のすぐ横にあるピアノでりかちゃんはかなしい曲を弾きはじめた……と思ったら

違います、おじいちゃんを送る曲をよろこんでいるみたいに弾いたのです。
途端に、みんなの顔がぱあっと明るくなりました。
そうだ、そうだ、おじいちゃんはしあわせだった。
最後までみんなを笑わせる名人だった。
おじいちゃんの子供たち、孫たち、そのまた子供たち、
みんな揃ってにこにことおじいちゃんの思い出話をはじめました。

ある日、お誕生会に呼ばれました。
楽しい歌を弾くよう頼まれて、Happy Birthday To You！
りかちゃんは楽しそうに、でもしゃんと背筋を伸ばして弾いています。
そうか、お誕生日はおめでたいけど、今日から始まる人生に船を出す、
凜とした気持ちで迎える日でもあるんだね。
ありがとう、りかちゃん。ありがとう、ピアノ。

ある日は、町の名士のパーティーに呼ばれました。
きらきらしたドレスをりかちゃんに着せて、
名士は自分が作曲した楽譜を弾いてほしいと頼みます。

光の花が咲くような華やかな曲でした。
りかちゃんは期待に応えようと一生懸命弾きはじめました。
でも、どうしたことか、曲はだんだん暗くさびしくなっていくのです。
あれあれ、りかちゃん、どうしたの？　楽しいパーティーのはずだよ。
みんなが心配そうにりかちゃんをふりかえり、
やがてりかちゃんのピアノはぽろんと最後の音を鳴らして止まってしまいました。
そうか、りかちゃん、弾き続けて疲れたんだね。ごめんね、無理をさせたね。
いろんな人がりかちゃんをなぐさめました。
りかちゃんは勇気をふりしぼって口を開きます。
違うの、疲れたんじゃない。私がさびしいのでもない。
でもうまく声になりません。ぽろぽろ涙がこぼれるだけでした。
止まってしまったピアノ。りかちゃんは次の音を懸命に探しました。
ぽーん
たった一音、鳴らしただけで、りかちゃんの心がその場にいたみんなに伝わりました。
この曲、ほんとうはさびしいの。
楽しそうな音符が並んでいるけど、ピアノに嘘はつけないの。
音楽の止まったパーティー会場の真ん中で、主役の名士は頭を下げました。

そうだね、僕はほんとうはさびしかったのかもしれない。
たくさんのお客さんに囲まれても、心が休まることがなかった。
りかちゃん、ほんとうのことを弾いてくれてありがとう。
泣かないで。泣くことないよ。
たくさんの人たちがりかちゃんのまわりに集まりました。
みんなりかちゃんのピアノが大好きだ。りかちゃんが大好きだ。
おねがい、もう一度弾いて。
さびしい曲でも、おそろしい曲でも、どんな曲でもいいよ。
りかちゃんのピアノが大好きだよ。
りかちゃんのピアノが歌いはじめました。
りかちゃんが笑っています。ピアノも笑っています。
うれしそうなピアノの音が部屋を明るく満たして、
楽しい時間はいつまでも続きました。

越のルビー音楽祭　二〇一四年八月上演　音楽劇「リトルピアニスト」原作

三章　本のことなど

ヘンリー・ソロー
『歩く』など

歩いて、読む

今年の春から、北海道の山の中に住んでいる。ここへ越してきて一番変わったのは、よく歩くようになったことだ。晴れた空の下を、歩く。曇っていても、小雨でも、歩く。一歩、一歩、足を前に出すたびに、少しずつ新しくなっていくセカイ。今だから、この本がこんなに好きなのか。それともこの本を愛する質だから、歩くのか。先月出た本だけれども、今月も読んだ。来月も、再来月も読むだろう。『歩く』（ヘンリー・ソロー著 山口晃編・訳／ポプラ社）。『森の生活』で有名なソローの、晩年の講演を本人がまとめた文章に、生前のエピソードが加えられた一冊。ソローのエッセイは、美しく、厳しく、広く、深い。すみずみまで読んで、すみずみまで好きだと感じる。

そして、開いたページから思いつくままに読んでいるのが『宮本常一とあるいた昭和の日本』（田村善次郎、宮本千晴監修／農文協）の十七巻、北海道編。歩く、歩く。宮本常一といえば、フィールドワークの神さまのような人だ。歩いて、見て、聞いて、膨大な書き物を残した。北海道編でも、おもに私が生まれた頃前後の土地のようすがみっちり書かれている。私が生まれた頃、といっても土地が違えば、環境も暮らしもまったく違う。時間を縦軸とするなら、土地を横軸として、縦横無尽に広がるセカイを、読んで歩く。

さて、歩くばかりでなく、今度は、話す。これも、北海道へ来て変わったことのひとつだ。来月初めに千歳市立図書館で、エッセイストの北大路公子さんとふたりで講演会を開く。読書週間にちなんだテーマは、読書の自由。講演のタイトルを「迷える読書　～読まなくても死なない」とした。読まなくても死なないのに、読む。読んでしまう。正しい読書というのがどういうものなのかわからないけど、とにかく読んでしまって、後で迷う感じ。たぶん私たちふたりで話せるのは、ほんとに迷ってばかりの読書の話だ。せっかくだから、ふたりで一冊の本を読んで感想を言いあい、お互いの感想がどれだけズレるか話したらおもしろいんじゃないかと考えた。普段、私たちはどんなに自由に（あるいは勝手に）本を読んでいるか、というのが見えたらいい。勝手に読んで、ズレてもいいんじゃない？　というところに持っていければいいのだが、どうなることやら。

図書館からはおすすめの本を数冊挙げるよういわれているので、お互いに挙げた本の中から一冊選んで感想合戦に使うことにする。私が挙げたのは、『初夏の色』（橋本治／新潮社）、『最終目的地』（ピーター・キャメロン著　岩本正恵訳／新潮社）、『アカペラ』（山本文緒／新潮文庫）、『忘れられたワルツ』（絲山秋子／新潮社）。あっ、今気がついたけど、なぜか見事に全部新潮社だった。

結局、北大路さんが挙げた中から、『むかしのはなし』(三浦しをん/幻冬舎文庫)に決めた。これはもうずいぶん前に読んだものなのだけど、人気作の多い三浦しをんさんの小説の中でも白眉だと思っている。こんな物語、ほかの誰にも書けない。それを北大路さんが挙げてきたものだから、うれしくなった。どこをどう素晴らしいと思っているのか、私たちの感想と意見は合致するのか、今からとても楽しみだ。

なんだかおもしろくなってきたので、急遽、感想合戦をもう一冊やることにする。二冊目は、『羆嵐』(吉村昭/新潮文庫)。大正四年に北海道の開拓村で実際に起きた、羆による惨事を書いたドキュメンタリーである。同じ北海道在住とはいえ(北大路さんは札幌)、私たちの間には、羆に対する感情に温度差がある。これを読んだ感想もきっと異なるだろう。『羆嵐』は怖かったが、私には、怪物のような羆に対する恐怖よりも、百年前の北海道の開拓村の厳しい寒さと貧しさが胸に迫った。

日販「新刊展望」二〇一三年十二月号

不親切な美しさ

ビアトリクス・ポター
『グロースターの仕たて屋』

初めて手にしたピーターラビットの絵本は、しずかな衝撃だった。

小学校二年生だった。クリスマスプレゼントにもらったその絵本は、それまでに読んできたどんな絵本とも、子供向けの本とも違った。小さくて、三冊セットで箱に入っている。箱から取り出すときに、すでにぞくぞくしていた。少女になりかけの子供をぞくぞくさせる予感のようなものが、たしかにあった。

中の一冊、『グロースターの仕たて屋』（ビアトリクス・ポター作・絵　いしいももこ訳／福音館書店）。読み返しては、うっとりする。いつまでも胸を離れない。

物語は、昔からあるようなオーソドックスなものだ。たとえば、働き者の靴屋が仕上げられなかった靴を、コビトが夜中のうちに仕上げて助ける、というような類の。この物語も、それに似ている。どちらかというともう少し大雑把で、因果関係もはっきりしない。でも、そんなことはどうでもよかった。

細部がすみずみまで素晴らしかった。文章も、挿画も。親切じゃないけど満たされている。誰も笑っていないのに幸福。――うまくはいえない。けれども、じゅうぶんな説明がなされぬまま進んでいく文章。それに、登場人物（動物）の誰ひとり笑顔ではないのに美しい挿画。そんなものは初めてだった。見たことも聞いたこともなかった。私は完全にノックアウトされていた。

クリスマスの晩、すべての動物は口をきくことができるのだという、不意に差し挟まれる挿話もすてきだった。古い言い伝えだという。ただ、それを聞くことができるのはほんの少しの人たちだけ、というおまけつきだ。なんという不親切な設定！ 今読み返してもぞくぞくする。そしてやっぱり、うっとりする。わけのわからなさにあふれた美しい絵本。

「ＰＨＰのびのび子育て」おもいで絵本　二〇一四年六月号

スリリングで理不尽な追跡劇

辻原 登
『寂しい丘で狩りをする』

　不思議な小説だ。凶悪な暴行犯・押本と、彼の執拗（しつよう）な再襲撃に脅える被害者・敦子。敦子が依頼した探偵・みどりと、その元恋人・久我（こが）。追う男たちと、逃げる女たち。スリリングでありながら、理不尽さがつきまとい、クライマックスはなかなか来ない。登場人物たちは合理的には動かないし、問題は次々に起こる。すれ違いそうになったかと思えば、ほんとうにただすれ違うだけだ。状況が複雑に絡み合い、もうすぐ歯車がカチリと音を立てるのではないかと固唾（かたず）を呑（の）んでいると、あっさり外れる。

　読み返していて、はたと気づいた。映画だ。映画を観ているような感じなのだ。三人称というだけでは説明のつかない、視点の変遷と、登場人物たちへの距離感。物語はまた映画自体とも密接に関連している。敦子はフィルム・エディターだし、押本は元映写技師だ。古い名画のシーンや台詞も頻繁に登場する。

　押本が、昔自分でかけた映画を忘れられず、フィルムセンターで再上映を観るくだりが印象的だった。極悪非道の男が名画に惹かれる不思議。そのフィルムを修復したのが敦子である不思議。絶対に相容（あいい）れないふたりの間に、どこか共通して流れるものがあるのではないかと思ってしまった。

もちろん、幻想である。同じ映画に思い入れがあるからといって、それだけなのだ。それなのに、物語の中ではそれが深い意味を持つのではないかと期待してしまう。いつかこの共通点によって、赦（ゆる）しのようなもの、希望のようなものが生まれるのではないか。私は自分がそんな都合のいい期待を抱いていることに気づいて、少し驚いた。

この小説は、映画のよう、というよりも、人生のよう。赦しは訪れるか。希望はあるか。あるとしたら、どんな赦し？　何が希望となりえるのか？　残念ながら気概は大抵暴力には敵（かな）わない。だからこそ、彼女たちがくるりとふりむいて、自分たちの敵を正面から見据える場面が心に迫った。

「週刊文春」文春図書館　二〇一四年五月二十二日号

しあわせでなかったはずがない

小川洋子『琥珀のまたたき』

小川洋子さんの新刊は、すみからすみまで美しい。そして、どこかが奇妙なかたちに歪んでいる。慎重に、執拗に、美しいものを追い求めていくうちに、いつのまにか裏返ってしまったみたいに。でも、歪んで傾いた場所でも子どもたちは肩を寄せあって笑っている。

母親によって、古い館に閉じ込められて暮らす三きょうだい――正確には、死んでしまった妹も含めた四きょうだい――は、大きな声を出すことを禁じられて育つ。長女のオパール、長男の琥珀（こはく）、次男の瑪瑙（めのう）は、いくつか課せられた約束ごとを頑なに守り、三人でひとかたまりのように暮らす。

外との交わりのない、テレビもラジオも新聞もない閉ざされた家で、彼らは父親の残した図鑑で勉強し、独自に編み出した遊びに興じる。たとえば、オリンピックごっこ。ひとりが選手になり、あとの二人が新聞記者役でインタビューをする。たったこれだけの遊びに、三人それぞれの個性や特性が鮮やかに立ち現れる。

それから、彼らの好きな合唱。ささやくような声で歌われる歌、音の出ないオルガン、死んでしまった妹の声。それらをあわせたものを、果たして合唱と呼べるだろうか。空気の震えでしかないようなそれは、でも、私の耳にも確かに届く。

そして、もうひとつ、重要な遊び。琥珀の手によって、図鑑の余白に描かれる絵。それは単なる絵ではなく、彼らにとって最も大切なものがそっくりそのまま描き出される。遊び、というより、偏愛に近い。

偏愛は、止まっているのに迸る。静かに荒ぶっている。どんなに不完全でも、完全に美しい。美しいものが美しいかたちをしているとは限らないのだ。

破綻は最初からある。その裂け目が少しずつひっそりと大きくなっていく。子どもたちにもそれは見えている。それなのに、誰にもそれを止めることができない。どうしてこんなにもせつないのか、緊張を強いられるのか、と考えていて、私もこの美しく歪んだ家族を失いたくなかったのだと気づいた。

人生というものが何でできているのか知らない。だけど、記憶がその大きな割合を占めるのなら、琥珀の人生は——オパールの、瑪瑙の、そして死んでしまった妹の人生さえも——悪いものではない、と思う。

最後の数ページの美しさには息をのむほかない。読む者の目の前で、一瞬の展覧会が開かれる。うれしそうな末っ子が、オパールが、瑪瑙が、そして歪みの元であるはずの母親が、いきいきと動き出す。

琥珀がしあわせでなかったはずがない。

「週刊文春」文春図書館 今週の必読 二〇一五年九月二十四日号

一本道ではないよろこび

星野博美
『みんな彗星を見ていた　私的キリシタン探訪記』ほか

某月某日

楽しみにしていた小川洋子の新刊を読む。『琥珀のまたたき』（講談社）。まずはその不穏な装丁に目が釘付けになる。ひっそりと気持ち悪い感じ。たまらない。

母親によって世間から隔離されて育った三姉弟が主人公だ。閉ざされた家の中で、不自由なはずの彼らが自由に遊び、学び、育っていく様子に目を瞠る。そして、彼らが歪んで綻んでいく様子にも。

庭のせせらぎに小舟を流す場面がある。三姉弟が肩を寄せあい、息をひそめるようにして見守る小舟に山と積まれているのは、瘡蓋(かさぶた)だ。弟の水疱瘡(みずぼうそう)が治った後の瘡蓋を集めて小舟にこんもりと乗せて流しているのだ。それを、小川洋子はたいそう美しい場面として描く。

すごく変だし、いびつだし、滑稽だったりもするのに、美しい。美しいという概念を揺さぶられてしまう。何が美しくて、何がそうではないのか。何が幸福で、何が不幸なのか。物事や出来事の価値は、時の流れや光の加減によって、表になったり裏返ったりする。

某月某日

本屋さんを歩いていて、佇(たたず)まいのよい本を見つける。『冬の旅』(Ｇａｋｋｅｎ)。シューベルトの歌曲「冬の旅」を松本隆が現代語訳し、テノールの鈴木准、ピアノの三ッ石潤司のコンビで録音。全二十四曲のＣＤとセットで、美しい函(はこ)に入っている。

そっと中身を見たら、もう離せなくなった。

「冬の旅」は青年の絶望の旅だ。松本隆によるまえがきにこうある。

「悪戯に希望を連呼されても、人は明るくは生きられない。こうして絶望に打ちひしがれながらそれでも立ち上がる人間を凝視していると、これ以上美しい光景はないとさえ思えてくる。」

たとえば、中の一曲、「孤独」のこんなセンテンス。

なんて静かな明るい日だ
嵐の日よりこんなにも孤独だ

そうだ、孤独というのはなんでもないときに際立って身に沁みるものだ、と思う。

この日本語訳で、鈴木准が歌う。静かに胸を打つ。「冬の旅」ってこんな歌だったのか。

某月某日

友人が、ある料理ブロガーのエッセイ集がすごくおもしろいという。実は私は一月にすごくおもしろいはずのエッセイ集『神さまたちの遊ぶ庭』を出している。それを読んだ上で薦めてくれているのか、もしくはまだ読んでいないのか。どちらにしても、ちょっと複雑な気分だ。

本は、山本ゆり著『syunkon カフェ雑記　クリームシチュウはごはんに合うか否かなど』（扶桑社）。

斜に構えて読みはじめたのに、これがほんとうにおもしろかった。帯に「にやにやが止まらない！」とあるが、私の感覚ではもう少し派手に笑える。小刻みに震える。ときどきは吹き出してしまう。

たぶん著者はとても頭の回転が速くて、感受性が豊か。この人の料理本はすでにミリオンセラーだそうだが、それもうなずける。この人のつくる料理ならきっとすごくおいしいだろうと思わせられた。

某月某日

あまりにも評判がいいので、ミランダ・ジュライの『あなたを選んでくれるもの』

（岸本佐知子訳／新潮クレスト・ブックス）を読む。

ミランダ・ジュライが二本目の映画の脚本を書きあぐねて始めたインタビュー集である。

インタビューする人、受ける人。見ているもの、見てきたもの。感じたこと、思い出したこと、考えたこと、起きたこと、起きなかったこと。それらがあるとき結び合わさって、ぶわっと立ち上がる瞬間が来る。

本を読みながらメモを取らずにはいられなかった。書かれている内容のメモではない。インタビューを通して生きる人に触発され、刺激されて、私の中にも新たな何かが生まれてこようとしている。その正体はまだわからなくても、とても大事なものになる予感がある。

某月某日
星野博美という作家が好きだ。やわらかくて、まっすぐで、突拍子もなくて、でも相当しつこい旺盛な好奇心に、平伏してしまう。
十月に出たばかりの最新刊『みんな彗星を見ていた　私的キリシタン探訪記』（文藝春秋）を読む。四百年前に日本で殉教した神父たちの軌跡を辿（たど）ったノンフィクションだ。しかし、第一章はリュートから始まる。楽器のリュートを習いにいく話からなのだ。なんというか、まわり道が多い。一直線ではない道の、なんと豊かで味わい深いことか。

感傷的な文章ではないのに、読んでいて何度も涙が出そうになる。文章に誠実という形容詞が適切かどうかわからないが、星野博美の文章は誠実で正直だ。文章の主語は常に「私」。「私」を主語にする明確な意志がある。だからこそ、「おわりに」のたった四ページの文章を読むだけでも、「私」の心に、「私」の意気に、情熱に、身震いが出るような感動があった。

加えて、巻末の参考文献の数に圧倒される。持ち前の好奇心を元に、羽ばたくような想像力を糧に、自分の目で見て、話を聞き、まわり道をしながら最後はスペインまで訪れる。それをこれだけの文献がしっかりと支えている。

「小説現代」ｂｏｏｋｍａｒｋ　二〇一五年十二月号

憤りの正体

グリム兄弟
『ブレーメンの音楽隊』

『ブレーメンの音楽隊』は、年をとって役に立たなくなった動物たちが、もう一度人生を取り戻そうとする物語だ。故郷を離れ、別の町で音楽隊に入ろうとする。夜になって、歩き疲れた彼らは、森の中の家で泥棒たちと鉢合わせする。彼らは知恵を絞り、力を合わせて泥棒たちを追い払い、そこに住みついて幸せに暮らすのだ。めでたし、めでたし。

いや、めでたくない。めでたくないだろう。こども心にもおそろしかった。

年をとった動物たちは飼い主に居場所を追われる。役に立たなくなったために餌を与えられなくなったり、川に投げ込まれそうになったりする。それはこどもの心を激しく乱した。年をとったら捨てられるの？　役に立たなくちゃいけないの？　ああ、こどもでよかった、と思った記憶はない。恐怖とともに、社会への、人間への憤りを感じた。

今、これを書くために遠い記憶を呼び起こす。ほんとうにそうだったろうか。幼いこどもだったはずの私が、恐怖はまだしも、ほんとうに憤りを感じたのだったか。

母だ。ブレーメンの音楽隊を私に読み聞かせてくれた母の声に、憤りが混じっていたのだと思う。こどもの心に残る本というのは、それを最初に読んでくれる大人の心が大きく響いているのだと思う。

「月刊こどもの本」心にのこる一冊　二〇一六年七月号

血が沸き肉躍る強烈な感覚

絲山秋子
『袋小路の男』

絲山秋子の小説が好きで、デビュー作を「文學界」掲載時に読んで以来、いつも新作を楽しみにしている。何年かに一度ずつ、私の中のベスト絲山は更新され、もしも一作挙げよといわれたらこれ、とその理由も考えながら選ぶのを趣味としてきた。

たいていの本のよさを紹介するとき、どこがどうしてどう面白いのか理由をつけるのはそう難しいことではない。しかし、絲山小説に限っては、それがとても難しい。なぜなら、自分の中の気持ちがその都度変化するからだ。読むたびに反応する部分が変わる。この豊かさを、この魅力を、どう伝えればいいのかわからない。

さて、更新され続けるベスト絲山ではあるが、今回、広くおすすめする一冊を選ぼうとしたら、十年以上も前の『袋小路の男』(講談社)になったことに自分でも驚いた。この本を読んで、血が沸き肉が躍った、強烈な感覚を今も忘れない。恋の話だ。指一本触れないいままの十二年間の恋の話。

——あなたが私の車に乗ると、とてもいい匂いがした。嗅いでいることが恥ずかしくて煙草をひっきりなしに吸った。

この文章だけで私のひよわな胸は撃ち抜かれたのだが、続く一節には身悶えした。この先は、読んでいただきたい。決しておざなりにされることのない一文字、一文字をぜひ実際に味わっていただきたい。

　私の手元にあるのはサイン本である。「群像」掲載時に拙くも熱い感想文を送ったら、著者のホームページに掲載される栄誉に与った。副賞が為書き入りのサイン本だった。私の大切な思い出、ひそかな自慢のひとつだ。

「日本経済新聞（夕刊）」読書日記　二〇一六年九月八日付

大事なのはおいしいこと

山本麗子『101の幸福なレシピ』

料理本をたくさん持っている。数えてみたら、三〇〇冊近く。これが全部（とはいわないが、半分、いや四分の一くらいは）私の血肉となっていると思えば、贅沢ではなく、必需品だったといっていいと思う。これらの本は実際に私の料理の腕を上げてくれただけでなく、料理をつくる情熱や、暮らしに対する心構えのようなものにも、大きく影響している。

特に、山本麗子『101の幸福なレシピ』（講談社）には薫陶を受けた。二十年以上前の本で、もうあちこちにしみがついてぼろぼろだ。

ここに載っている麻婆豆腐は、簡単につくることができておいしいと著者が語るのを聞いたことがある。何十回もつくった私の定番でもある。おいしいのは確実だが、簡単かどうかはよくわからない。まず、牛肉を叩くところから始めるのだ。ひき肉を使うより、そのほうが味が染みやすく舌触りがいいから、という理由で。牛肉を叩くのは難しいことではないかもしれないが、その後の包丁やまな板を熱湯消毒する面倒さまで含めると、簡単とはいいがたいのが素直な感想である。しかし、おいしさの前には、それぐらいどうということもないのだろう。それを簡単だと本気で思える気持ちが私はとても好きだ。

かといって、手間のかかるレシピばかりではない。「ロースハムにしょうゆをちょっとつけて、熱いご飯をくるりと巻いて食べる」「これがムフフというくらいおいしい」。ここに青じそを加えて、ハムじそ丼。そう、大事なのは手間がかかるかどうかじゃない。おいしいこと。おいしければ、それでいいのだ。

「日本経済新聞（夕刊）」読書日記　二〇一六年九月十五日付

言葉を嚙み砕く難しさ

高見沢潤子
『兄 小林秀雄との対話』

若い頃、アルバイト先で、事務所を整理するから本棚の本を好きなだけ持っていっていいといわれたことがある。小躍りするほどうれしかった。地下の書庫には山ほど本があった。常識を考え、持ち運べる冊数を厳選し、紙袋を二重にして詰めて両手に提げ、地下鉄に乗って帰った。重くて指がちぎれそうだったが、これでも常識の範囲内のつもりだった。その紙袋の中の一冊が、今でも私のそばにある。

『兄 小林秀雄との対話』は昭和四十三年刊。現在は講談社文芸文庫として復刊している。タイトルの通り、実妹である高見沢潤子（『のらくろ』の田川水泡の妻）が小林秀雄の難しい書物をもっとわかりやすく伝えられないかと、実際に対話しながら書き起こしたものである。たとえば、美について。歴史について。人生とは何か。運命をどう考えるか。こういったことを難しく書くのももちろん難しいだろうけれど、簡単な言葉でわかりやすく嚙み砕くのはもっと難しいと思う。不可能といったほうがいい、とは小林秀雄自身の言葉だ。

わかったつもりになって本を閉じても、自分の言葉で語ろうとするとひょろっと逃げてしまう。それはほんとうには理解できていないということなんだろう。なかなか理解できない頭を持ったおかげで私はこの本を何度でも読み返す。

著者は兄の書くものにも語る言葉にも「誠実な生きかたやものの考えかた、それに深い愛の心」が出てくるという。だから、私は折に触れてこの本を読み直すのか。この本の文章にこそ、それを感じるのだから。

「日本経済新聞（夕刊）」読書日記　二〇一六年九月二十九日付

胸の奥にしみじみと

湯本香樹美・文　酒井駒子・絵
『くまとやまねこ』

　なんと美しい絵本だろう。胸の奥の深いところまでしみじみと入り込んでくる風の匂い、空の色、くまとやまねこふたりの佇まい。この作家とこの画家が絵本をつくってくれたことが、奇跡ですらあると思う。

　泣ける、などという形容はほめ言葉にならないとつねづね思っている。ただ泣くだけなら脊髄反射みたいなものだ。泣いてすっきりするような物語はいらない。それでも敢えて、この絵本で泣いたことを告白したい。

『くまとやまねこ』（湯本香樹美・文　酒井駒子・絵／河出書房新社）は「ある朝、くまはないていました。」から始まる。「なかよしのことりが、しんでしまったのです」。悲しみに暮れるくまと、その傍らで眠っているかのような可憐なことり。大きな悲しみと少しずつ降り積もるさびしさに塗り込められ、くまは孤独の沼に沈んでいく。

　やがて、やまねこが現れる。やまねこの弾くバイオリンの音色が、私の耳にも届いた気がしたそのとき、ふるふるっと胸が震えた。涙があふれていた。

愛するということが、とても美しい文章と絵とで綴られている。それも、愛という文字を一度も使わずに。この絵本に出会って、大事な人を亡くしたあとの気持ちに、やっと落とし前をつけられたような気がした。絵本にはこんなことができるのか。これほどの力があるのか。畏れを感じた一冊でもある。

たくさんの悲しみとつらさ、そしてささやかな希望を経験して、ようやく読むことのできる絵本だと思う。いつか、ぜひ開いてみてください。

「日本経済新聞(夕刊)」読書日記　二〇一六年十月六日付

物語の豊かさに圧倒される

山本周五郎
『柳橋物語』

初めてこの物語を読んだとき、私は十代の終わりだった。ほぼ同じ年頃である主人公おせんの生き様に胸を衝かれた。あまりに一途で健気、あまりに不運。そして、あまりにも魅力的だった。当時の私はおせんのように生きたいと憧れた。同時に、こんなふうに生きることは自分には到底無理だろうと恐れもした。

それから幾度も読み返した。読み返すたびに、物語の印象が変わった。愛というのは強いものだなあと思う。大きくて広いもの、ときにはきりきりと鋭く胸を刺していつまでも残るもの。おせんはどうすればよかったのだろう。ほんとうの愛はどこにあったのだろう。何度も考えさせられた。

おせんは、江戸の大火から、壮絶な半生を生きる。決してつらいばかりではない。幸運もよろこびも訪れる。やがて何よりも深い愛を知る。儚(はかな)い運命に左右されたその時代の人々の中にあって、おせんだけが特別に不幸だったわけではない。そもそもおせんは不幸だろうか。読み方によって違って見えてくる。

読むたびに表情を変えるのは、物語が豊かだからだ。波瀾万丈でありながら、下町の人情にあふれ、ささやかな庶民の暮らしがいとおしく描かれる。風の匂いまで伝わってくるようだ。

登場人物たちの造形も陰影に富む。いい人も悪い人も出てくるけれど、いい人の中にも弱い部分があり、悪い人の中にもときおりよいものが顔を出す。主人公にさえも揺れがある。誰が味方なのか、ほんとうに信頼できるのは誰なのか。二度読んで初めて理解できることもある。作者のたくらみが存分に活きている。ここには物語の醍醐味が詰まっている。

おせんはこれから強く生きていくだろう、きっとしあわせをつかむだろう、と予感させる結末は圧巻だ。おせん一世一代の名台詞に、胸のすく思いがした。凛とした顔で胸を張る、気高い姿が見える気がした。

共同通信配信　二〇一六年秋

遠近法の狂う瞬間

小川洋子
『不時着する流星たち』

正確な遠近法を使って描かれた図は、ある一点から眺めると、本物の立体と見紛うばかりに立ち上がって見えるという。小川洋子の小説は——とりわけこの『不時着する流星たち』（KADOKAWA）は——狂いのない遠近法を用いて描かれた十枚の絵だ。

整然と、淡々と、透視図を使って語られる物語に引き込まれていくうちに、細部までくっきりと場面が立ち上がる。ただし、その透視図は作者以外の誰にも見えない。私たちは目の前に立ち上がっていくものを、息をのんで見つめるしかない。鮮やかな景色、どこかが歪な人物像、その息遣いまで感じられるようで、うっとりと反芻していると、距離感を見失う瞬間が来る。不意に突き放される。あるいは、ぐいっと踏み込まれる。遠近法が狂う。流星たちが軌道を外れて不時着するかのように。

私は自分の部屋の窓から、ショベルカーやチェーンソーや草刈機が次々と緑を切り倒してゆくさまを、飽きずに眺めていた。それはためらいのない暴力的な作業だった。あたりにはむせるほど土のにおいが立ち上った。まき散らされる葉の切れ端と一緒に、あちこちの茂みから飛び出してきた虫たちが宙を逃げ惑っていた。

窓から外の景色を眺めているはずなのに、その瞬間、目に虫たちが飛び込んでくる。薄い翅（はね）が震えるようす、関節の目立つ脚が無防備に投げ出されるようすがはっきりと見える。緑のにおいも、土のにおいも、たしかにしたと思う。ピントの合った顕微鏡で覗いていたつもりが、突如、拡大率を上げられたような驚きがある。プレパラートが割れたのではないか、と思わせる間合いの詰め方。距離の縮め方。完璧に保たれていた遠近法が突然崩されて、足下が覚束なくなる。もしかすると、こちらが踏み込んだのか。不躾（ぶしつけ）に入り込んでしまったのは私のほうではなかったか、と。

文章は端正で、ひんやりした大理石に頬をつけるような感触だ。それなのに、ときどき平衡感覚を失い、めまいを感じながら読むことになる。ある話では母乳のなまぐさく甘ったるいにおいを嗅ぎ、ある話では叔父を秘密の名前で呼ぶ少女のささやきを聞く。

狂気と呼ばれるものがすぐ隣にあって、隣とこちらとの境目も実はとてもあやふやなのだとあらためて思い知らされる。ふとした拍子にそれを宿してしまうことがありえるのだと、登場人物たちは語ることもないのに。

実在した人物からひらめきを得て書かれた物語たちだという。よくもこれほど、と思う。これほど豊かな人物像を。色彩に満ちた、陰影のある、そしてどこか偏屈で、不器用すぎる人物像を、単に悲劇ではなく、もちろん喜劇でもなく、でもそのどちらでもあるのだと、誰の人生も悲劇でもあり喜劇でもありえるのだとひそかに知らしめるような人物像を書き出してくれている。

「測量」という一篇がある。タイトルにも惹かれる。測量士の仕事を私はよく知らない。ヒントを得た人物は、もしかしたら、伊能忠敬だろうか。地球一周分を歩いた人の話だろうか。そんなことを思いながら読んだ。美しく、静かで、ユーモアがあって、悲しみがあって、底にひっそりと音楽が流れていた。

続けて、コラムを読んで、あっと思った。十の短篇には、それぞれの本篇の終わりにコラムがつく。ヒントとなった人物やものごとにまつわる短い記述だ。「測量」の後のコラムには、グレン・グールド（１９３２−１９８２）、とあった。グレン・グールドにインスパイアされた物語だったのだ。まったく想像できなかった。グレン・グールドというのは、偏屈であったことでも有名な、天才ピアニストである。私はほかの短篇の種となった人物たちをほとんど知らなかった。しかしグレン・グールドなら知っている。ＣＤを何枚も持っているし、その一風変わったバッハを、何度も聴いていた。それでも、わからなかった。想像できなかったというだけでない。読み終えて、正体を知ってからも、どこがグレン・グールドだったのか、グレン・グールドによって喚起されたものが何だったのか、わからなかった。わからなくて、悔しかったのではない。うれしかったのだ。

測量。あれは、バッハの音楽を正確に測量し、再現してみせる、足音と歩数の音楽だったのか。雪の中で象を埋葬したところを測量するシーンは、音楽のように美しかった。口笛虫の奏でる音楽がもしかしたらピアノだったのかもしれないことは、なんだかおかしくて笑ってしまった。これが、グレン・グールドか。発見のよろこびに満ちていた。

作者によって創造されたグレン・グールドではないことは、わかる。彼女は、どんな小さなエピソードからもひとりの人間を描くことができる。ささやかでも苦悩とよろこびの混じりあう人生を彫り出すことができる。書くことによって、こつこつ、こつこつ、彫り出していく。ほかの人間の目には見えない透視図を使い、そこにあるのを彫り出して、私たちの前にそっと置いてくれるのだ。

この本の十一篇めは、もう決まっている。「小川洋子（1960－　）」という短いコラムと共に、天に授けられた遠近法を使うことのできる、そして誰よりも精緻な手仕事のできる彫刻家の物語だ。

「群像」書評　二〇一七年四月号

私の居場所

クリストファー・アレグザンダー
『パタン・ランゲージ』ほか

二十代の頃、自分が何者でもなくて、寄る辺もなくて、いったいこれからどうやって生きていけばいいんだろうと途方に暮れていたときに、気がつくと開いていた本が『パタン・ランゲージ』（クリストファー・アレグザンダー著　平田翰那訳／鹿島出版会）だ。サブタイトルに「環境設計の手引」とある。環境設計や建築の用語の辞書のようでもあり、でもその見出し語が、大まじめに、「どこにも老人」だったり「ざこ寝」だったりする。「通りぬけ部屋」「ふたりのベッド」「くるま座」だったりもするのだ。それぞれの見出し語にじゅうぶんな説明と、手描きの図、あるいは写真もちりばめられ、ときにはホメロスからの引用があったり、へたすぎて意味がわからない図解があったり。それらを眺めているだけで満ち足りた。「本書を用いれば、家族とともに自分の家を設計したり、隣人とともに自分たちの町や近隣を改良することができる。」とある。そんなことはない。ぜんぜん設計できる気はしないけれど、少なくとも、この本によって私は私の中に居場所を設計したのだと思う。

『これからの建築』（光嶋裕介／ミシマ社）は、その『パタン・ランゲージ』と重なる部分がある。なんというか、自由なのだ。建築とか、環境とか、町づくりとか、自分ひとりではどうにもならなそうなものが、だんだん、なんとかなるんじゃないかという楽しい気分になってくる。自分の居場所は自分でつくれるのではないか?

『粉のお菓子、果物のお菓子』(堀井和子/文化出版局、講談社+α文庫)は何十回も読み込んで、登場するお菓子を繰り返しつくった本だ。白いんげん豆を柔らかくゆでてつぶして裏ごして、それでモンブランをつくったりする。今考えると、家庭でつくるにはおそろしく手間のかかるレシピだが、集中してしっかりしたお菓子をつくった時期があってよかった。ちゃんと手間をかけただけのものは返ってくると知ることができた。著者の堀井和子さんは、フランス料理の本を原書で読みたくて上智のフランス語学科に進学したという。高校生の頃に、すでに自分の居場所を見つけて、さらに進んでいこうとする人がいることに驚かされた。十年、いや二十年くらい私は遅い。

とはいえ、『一汁一菜でよいという提案』(土井善晴/グラフィック社)には、ほっとした。救われるような気さえした。日常の料理には、手間をかけるなという(ただし、下ごしらえは調理の基本であるから、それを手間とはいわない)。きっぱりしていて、はっきりしていて、一汁一菜というのが「生き方」だという著者の言葉にうなずいた。「暮らしにおいて大切なことは、自分自身の心の置き場、心地よい場所に帰ってくる生活のリズムを作ることだと思います」。やはり食というのは居場所に深くかかわるものなのだ。

『ダメ女たちの人生を変えた奇跡の料理教室』（キャスリーン・フリン著　村田理子訳／きこ書房）も料理に関する本だ。レシピ本ではなく、これこそ生き方の本だろう。料理に対する心構えが変わるだけで、鮮やかな人生の転換が訪れる。ふらふらしていた登場人物たちが、居るべき場所におそるべきスピードで収まっていく。

『ここで土になる』（大西暢夫／アリス館）は、ダム建設のため立ち退きになった村に最後まで残った老夫婦の絵本だ。これ以上ないくらい見事な居場所の物語になっていた。写真が圧倒的で、居場所というのが生き方のことだと有無をいわさず伝えてくれる。

『生き心地の良い町』（岡檀／講談社）は、自殺率の極めて低い徳島県南部にある町についての調査と分析だ。ほんとうにこんなささやかで曖昧に思える理由が自殺率の低さを支えているのだろうかと、興味深く読んだ。「やり直しがきく」「一度目はこらえたれ」の町の人たちは、ゆるやかにつながりながらも人に迎合せずに生きている。

『裸足で逃げる』（上間陽子／太田出版）はあまりにも厳しい。沖縄の夜の街で働く若い女性たちが必死に逃げて居場所をつくろうとするルポ。凄絶で、うっすらとしか希望が見えない。だけど、読まなくちゃいけない。そして考えなくちゃいけない。私は居場所という言葉に甘えてないか？　生きるためにいる場所と、快適なだけの場所を混同していないか？　うつむいてしまいたくなるが、同情から自分の居場所を見失うのではなく、もっと他に私にもやれることがあるはずだと思いなおす。

ここで小説の出番だ。『不時着する流星たち』（小川洋子／KADOKAWA）の十篇に登場する人々は、題名通り不時着して居場所がない。あるいは不適切な居場所に固執するあまり、もはや居場所とは呼べないところにいる。その様子が端正に、ときには軽やかに、事細かに、あるいは過剰に描写されていて、せつない話にも悲しい話にもなぜだか少し笑わせられてしまう。不時着する人々たちの姿を見ながら、ああ、私の居場所はここにある、と思う。小川洋子さんの小説は私の居場所だと思う。

そして、『ばんちゃんがいた』（朝比奈あすか／双葉文庫）。ここにも居場所を探して必死にもがく人々が登場する。中学生が居場所を求める話なのに、それだけには留まらない。ものすごく緻密なパズルのように物語は構成され、綻びがない。うかつに手を伸ばすと巻き込まれて怪我をしそうな熱さにヒリヒリしながら、おもしろい小説を読むときに私は私の居場所にいるとあらためて思うのだ。

「オール讀物」作家の本棚　二〇一七年四月号

日常使いの本リスト

『本屋大賞2016』ほか

本屋大賞の副賞の10万円分の図書カード。実は、まだ一枚も使っていない。もったいなくて使えないのだ。本屋大賞2016、と華々しく印刷された図書カードは、もしかして、世界中で私ひとりしか持っていないんじゃないだろうか。本屋さんのレジでこれを出すところを想像するだけで、震える。これを持っているということは、今年の本屋大賞受賞者だと自ら名乗り出るようなものだ。それはできない。そんな超ドキドキする体験、もったいなくてとてもできない。

副賞の図書カードは1円も使えなかったのだから、この文章を書く資格はないと思う。でもたぶん義務がある。それで、買った本をリストアップしていったら、あっというまに10万円を超えていた。ただ、残念ながら面白みがない。賞金を使わず自分で買っているので、冒険がない。大人買いもしていない。ほぼ日常使いに近い買い物リストだ。

4月にはまず『本屋大賞2016』を買った。リストには3冊と載せているけれど、ほんとうはもっと買った。一生の記念だと思い、家族や親戚に配ってさらに余ったものを大事に保管してある。

『必ず話せる中国語入門』は、本屋大賞をいただいて、向学心に燃えた瞬間があったことを物語っている。大賞もらって調子に乗ってちゃだめだ勉強しようと自分に言い聞かせたかったのかもしれない。この機会に、必ず話せるようになろうと思う。

ところで、本屋大賞を受賞して、東京での仕事が増えた。福井の自宅には子供が3人いて、毎朝お弁当をつくらなければならない。日帰りがありがたいのだけれど、そうすると、朝福井を出て、往復8時間弱、電車に乗っていることになる。この時間が問題だ。どんなに切羽詰まった仕事があっても、私は車内で仕事ができたためしがない。仕事道具を取り出すと、途端に身も心もガックリと鉛のように重くなるのだ。あれは何なんだろう。苦悶の末に東京に到着し、さらに新たな仕事だなんて絶対いやだ。だから潔く、もう電車の中で仕事はしないと決めた。いろいろ試した結果、長い道中、最も気分が上がるのは、漫画を読んで過ごすことだと判明。むしろ集中して漫画を読めるので、往復8時間も苦にならなくなった(ただし、鞄は重くなる)。特に私を助けてくれたのは、『ハイキュー!!』と『ちはやふる』。新幹線の車内で『ハイキュー!!』を読んでから東京駅に降り立つと、無駄に血気盛んだ。熱い気持ちで駅構内をのしのし闊歩する。ちなみに『ちはやふる』の新が通っている高校には、今、うちの息子たちが通っている。実物そのままの校舎が出てくるとそれだけでうれしい。やはり東京駅をのしのし闊歩する。

5月は、書店さんまわりをしているときに興味を惹かれて買った本も多い。『帳簿の世界史』は面白かった。でも、この素材ならもっともっと面白くなってもいいんじゃない？

また、満州事変については知らないことばかりだったので、このあたりできちんと読みたかった。歴史の大まかな流れや時代の雰囲気を少しでも知っておきたい。玉石混淆の本の中で、挙げた2冊が非常によかった。純粋な興味を満たすことができての「よかった」だ。私は、自分の書く小説に活かそうと思って本を読むことはほとんどない。満州事変も、帳簿も、きっと私の小説には永遠に登場しないだろう。それでも、面白い本を読むと「よかった」。読むのと書くのはまったく別の世界の話だと思う。

6月に、『ドラゴン桜』。子供たちと話していて、ドラゴン桜って最後、どうなったんだっけ？　という話題になった。

「最後、東大に受かったんだよね」

「いや、ひとりは受かってひとりは落ちたんじゃ……？」

「たしかひとりは海外に行っちゃったんじゃなかったかな」

「受験しなかったってこと？」

誰も正確な結末を覚えていなかった。確かめようとしたら、なぜか最後の3巻だけがない。もしや、私たちは結末を読んでいなかったのか……。最後の3巻だけを買う。読み終えた受験生の息子が、なんだか理Iにいける気がしてきた、と言う。ちょっと待て、君は文系ではなかったか。

7月、『ぐうたら旅日記』を送っていただいたのだが、自分でも1冊買う。8月にこの本のサイン会があるのだ。北海道好きの夫が北海道の本屋さんでさらにもう1冊買って帰ってきた。家に同じ文庫が3冊ある。

8月は、夏休み。旅行先の本屋さんでお薦めを買えたのがよかった。やっぱり、顔を見て「これが面白い」と薦めてもらった本に間違いはない。思えば、本屋大賞という賞もそういうところから始まったのだろう。あらためて、心躍る、うれしい賞だ。地元の本屋さんで恋ばなと共に薦められた『辞書になった男 ケンボー先生と山田先生』も面白くて、その書店員さんの恋の行方とともにこの夏の私の記憶に刻まれることとなった。

9月に買って読んだ本はどれも心に残っている。どうして秋になると傑作が出てくるのかなあ。これはやばいわ、という小説があったが、どれかは教えない。

10月にも、これはやばいわ、という小説があった。そういう小説を読むと、からだじゅうがじーんとなって、多幸感にあふれ、やがてエネルギーが漲(みなぎ)ってきて、しばらくはその本のことだけで頭がいっぱいだ。こういう本を私も書きたい、というふうには不思議となららない。10月のはじめ、盛岡の書店さんに招かれて家族で遊びに行った帰りに、中尊寺に寄って金色堂を見てきた。あの衝撃と似ているかもしれない。ここにこんなにきれいなものがあるのか、という衝撃。こんなにきれいに装飾されたいいものが確かにあるのだから、私はもう装飾品はいらない、という謎の決意。冷静に考えれば今ひとつ辻褄（つじつま）は合わないのだが、まぁそんな感じだ。ここにこんなに面白い小説があるのだから、私はもっと別の種類の小説を書こう、という感じ。

11月には、「日本文学全集」第7巻、『枕草子　方丈記　徒然草』を。この池澤夏樹編の「日本文学全集」はバラでも買えるのがありがたい（と書いてから気がついたのだけど、こういうセットこそ、人は賞金の図書カードなどで購入するのでは）。枕草子を酒井順子が訳しているのが圧巻だ。人選の勝利。「日本文学全集」は、今年はこの第7巻と、14巻、30巻を買ったのだが、それぞれとてもよかった。30巻の『日本語のために』にはしみじみと感銘を受けた。12月の9巻、古川日出男の平家物語もとても楽しみだ。

4月

『本屋大賞2016』本の雑誌編集部　600円×3冊　計1800円

「週刊文春」4//21号　文藝春秋　400円

『マチネの終わりに』平野啓一郎　毎日新聞出版　1836円

『橋を渡る』吉田修一　文藝春秋　1944円

『海の見える理髪店』荻原 浩　集英社　1512円

『必読書150』柄谷行人ほか　太田出版 1296円

『必ず話せる中国語入門』相原 茂　主婦の友社　1728円

『出来事と写真』畠山直哉、大竹昭子　赤々舎　2160円

「まんがタイムきららMAX」5月号 芳文社 360円

『日本文学全集14　南方熊楠 柳田國男 折口信夫 宮本常一』池澤夏樹編　河出書房新社　3132円

5月

『帳簿の世界史』ジェイコブ・ソール、村井章子訳　文藝春秋　2106円

『近くて遠いこの身体』平尾 剛　ミシマ社　1836円

『珈琲時間』豊田徹也　講談社アフタヌーンKC　607円

『満州事変　政策の形成過程』緒方貞子　岩波現代文庫　1598円

『「満州国」見聞記 リットン調査団同行記』ハインリッヒ・シュネー、金森誠也訳　講談社学術文庫　972円

『戦前回帰「大日本病」の再発』山崎雅弘　学研教育出版　1944円

『おごそかな渇き』山本周五郎　新潮文庫　767円

『これで駄目なら 若い君たちへ——卒業式講演集』カート・ヴォネガット、円城塔訳　飛鳥新社　1728円

6月

「ESSE」7月号　扶桑社　500円

『その数学が戦略を決める』 イアン・エアーズ、山形浩生訳　文春文庫　918円

『ドラゴン桜』19～21　三田紀房　講談社モーニングKC　各566円×3　合計1698円

『あれよ星屑』1　山田参助　KADOKAWAビームコミックス　691円

『名探偵の掟』東野圭吾　講談社文庫　659円

『ミライの授業』瀧本哲史　講談社　1620円

「婦人公論」6/28号　中央公論新社　570円

『祐介』尾崎世界観　文藝春秋　1296円

『魔法のパスタ　鍋は1つ！麺も具もまとめてゆでる簡単レシピ』村田裕子　主婦と生活社　1404円

『おやすみカラスまた来てね。』1　いくえみ綾　小学館ビッグコミックス　650円

7月

『君たちが知っておくべきこと 未来のエリートとの対話』佐藤 優　新潮社　1404円

『ぼくはかわです』植田 真　WAVE出版　1620円

『ぐうたら旅日記　恐山・知床をゆく』北大路公子　PHP文芸文庫　670円

『138億年の音楽史』浦久俊彦　講談社現代新書　907円

『小説家の姉と』小路幸也　宝島社　1620円

『ジニのパズル』崔実　講談社　1404円

『思考の整理学』外山滋比古　ちくま文庫　562円

『ヤンキー化する日本』斎藤 環　角川oneテーマ21　864円

『論理トレーニング101題』野矢茂樹　産業図書　2160円

『逃走論　スキゾ・キッズの冒険』浅田 彰　ちくま文庫　864円

『世界が土曜の夜の夢なら　ヤンキーと精神分析』斎藤 環　角川文庫　734円

『鬼さん、どちら』有永イネ　小学館ビッグコミックス　596円

『夏の庭』湯本香樹実　新潮文庫　464円

8月

『罪の声』塩田武士　講談社　1782円

『殺人犯はそこにいる　隠蔽された北関東連続幼女誘拐殺人事件』清水 潔　新潮文庫　810円

『四百三十円の神様』加藤 元　講談社　1620円

『宇宙エレベーター　その実現性を探る』佐藤 実　祥伝社新書　864円

『辞書になった男　ケンボー先生と山田先生』佐々木健一　文春文庫　864円

『明日の食卓』椰月美智子　KADOKAWA　1728円

『ここで土になる』大西暢夫　アリス館　1512円

『日本文学全集30　日本語のために』池澤夏樹編　河出書房新社　2808円

『世界史としての日本史』半藤一利、出口治明　小学館新書　842円

『病を引き受けられない人々のケア「聴く力」「続ける力」「待つ力」』石井 均　医学書院　2376円

9月

『きょうはそらにまるいつき』荒井良二　偕成社　1512円

『蜜蜂と遠雷』恩田 陸　幻冬舎　1944円

『みかづき』森 絵都　集英社　1998円

『サイレント・ブレス』南 杏子　幻冬舎　1728円

『海の見える病院　語れなかった「雄勝」の真実』辰濃哲郎　医薬経済社　1620円

『きょうの猫村さん』9　ほしよりこ　マガジンハウス　1296円

10月

『吾が住み処ここより外になし　田野畑村元開拓保健婦のあゆみ』岩見ヒサ　萌文社　1080円

『100年の難問はなぜ解けたのか　天才数学者の光と影』春日真人　新潮文庫　529円

『最後の秘境 東京藝大　天才たちのカオスな日常』二宮敦人　新潮社　1512円

『ライアーバード』1, 2　脇田 茜　徳間書店リュウコミックス　各670円×2　1340円

『ヨルとネル』施川ユウキ　秋田書店ヤングチャンピオンコミックス　607円

『白衣の嘘』長岡弘樹　KADOKAWA　1512円

『ツタよ、ツタ』大島真寿美　実業之日本社　1728円

『これからの建築　スケッチしながら考えた』光嶋裕介　ミシマ社　1944円

『一汁一菜でよいという提案』土井善晴　グラフィック社　1620円

『山口組顧問弁護士』山之内幸夫　角川新書　864円

『空への助走　福蜂工業高校運動部』壁井ユカコ　集英社　1728円

『苦手図鑑』北大路公子　角川文庫　605円

『浮遊霊ブラジル』津村記久子　文藝春秋　1404円

11月

『あひる』今村夏子　書肆侃侃房　1404円

『日本文学全集07 枕草子 方丈記 徒然草』酒井順子、高橋源一郎、内田樹訳 河出書房新社　3024円

『ハイキュー!!』古舘春一　集英社ジャンプコミックス　21巻5月、22巻7月、23巻10月　各432円× 3　計1296円

『ちはやふる』末次由紀　講談社BE LOVE KC　32巻7月、33巻10月　各463円× 2　計926円

総計100,028円(税込)

旅の本屋さんにて

國分功一郎、山崎亮
『僕らの社会主義』　ほか

夏休みに、家族でゆっくりと北海道を旅行した。いろんな街で本屋さんが気になる。ちょっと寄るだけのつもりが、いつのまにか熱心に棚の間を歩きまわったり立ち止まったり。知らない本屋さんには知らない本がある。それはとても楽しいことだ。初めての本屋さんとはまだ信頼関係はない。もしかしたら、ぜんぜん好みじゃない品揃えかもしれないし、それは本屋さん側からすれば私のような客はお呼びじゃないってことだと思う。本屋さんとの相性は、ある。それでもやっぱり近づきたくて、きっかけがないかと店内をぐるぐるまわる。すると、さらっと見ただけでは気づかなかった本たちがだんだん目に入ってくる。こんな本があったのか、と驚いたり、感心したり。

変な絵本があるなあ、と思わず手を伸ばしたのが『本の子』（オリヴァー・ジェファーズ、サム・ウィンストン著　柴田元幸訳／ポプラ社）。表紙では、変な女の子が本の上にすわっている。彼女こそ、本から生まれた子なのだ。この世界の海も、道も、山も、闇も、怪物も、物語の中の言葉でできている。絵本のページからあふれ出しそうな言葉たちを追いかけるうちに、ふと目に留まった言葉が私の胸のどこかを叩いた。

コン。コンコン。「あなたきっと、たっぷり勇気をお持ちですよ」。ああ、これ、オズの魔法使いだ。そう思い出した途端、臆病な私にももしかしたら勇気はあったのかも、と幼い心を震わせた、むかしむかしの読書体験がぐわっとよみがえってきた。そうだ、「わたしたちは物語でできている」のだ。

『僕らの社会主義』(國分功一郎、山崎亮／ちくま新書)。これは、読みたいと思っていながら、つい買いそびれていた本だ。ここで会ったが百年目、と即購入。社会主義というと、政治の一思想であって過激なのではないか、危険な側面があるのではないか、と疑われがちだと思う。でも、哲学の研究者と、コミュニティデザインを専門とする建築家との間で語られる社会主義は、楽しさ、美しさを追求し、社会をよくしていくためのひとつのやり方である。私たちが生きるこの社会を、すでに完璧で満ち足りた社会だと考えるなら、新たな道は必要ないかもしれない。けれど、今、のんきな小説家であるはずの私にさえも、あちこちにたくさんの問題があるのが見える。さまざまな意味で「豊かに」生きる。そのためにどうすればいいか、何ができるか。考えていくのは、とても大事なことだろう。

オホーツク地方の小さな町の本屋さんで、私の新刊『つぼみ』を見つけた。棚に一冊だけ。そこだけ、ぱっと輝いて見えた。思わず手に取って、このまま買ってしまおうか、ここで読んでくださる方のために残そうか、しばし迷った。誰かに読んでほしい気持ちと、福井からこんなに離れたところにひとりで旅に出た本を連れて帰りたい気持ちが闘った。（結局、補充されると信じて購入）

『それでも それでも それでも』（齋藤陽道／ナナロク社）。これは、旅行中の本屋さんで買ったのではなく、版元のサイトから通販で買った。サイン本だったのだ！「週刊金曜日」連載中からときどき読んではいたけれど、一冊にまとまるのを楽しみに待っていた。この人の写真には、妙に引っかかって何度も見てしまいたくなる力がある。何を写したかったのか、読もうとしたくなる。そこに本人の言葉がつくから、過剰になるようで、ぎりぎりそうはならない、写真集になっていた。力があることを知っていたから、直筆のサインをこの目で見たかった。筆致や勢いを感じ取りたかった。――なんて書いてみたけど、ただのファンです。

日販WEB「ほんのひきだし」読書日記　二〇一七年九月十三日更新

左オーライ

左ォーライ

晴れて、風がさわやかで、こんなに気持ちのいい日は、きっと何かいいことがある。

香ちゃんを誘ってドライブに出かける。運転免許を取り立てだから、そう遠くへは行かないつもりだ。香ちゃんは私を乗せてあちこちに連れていってくれていたから、そのお返しのつもりもあった。

香ちゃんは機嫌がよかった。楽しそうによく喋(しゃべ)った。大学のゼミの話、高校時代の同級生の話、つきあい始めたばかりの彼氏の話。私も楽しかった。慣れない運転に神経を使ったから、半分くらい聞き逃してしまったかもしれないけれど。

海へ行く途中だった。細いT字路を右折したいのに、右角に大きな車が停めてあって、向こうから来る車がよく見えなかった。左からはほとんど車は来ないのに、右からはひっきりなしに来て、どのタイミングで右折できるかわからない。ぎりぎりまで前に出て、ハンドルから身を乗り出すようにして車が途切れるのを待った。

「こんなところに車停めてあるから見えないいんだよ」

私が文句をいうと、香ちゃんが笑った。

「永遠に曲がれないかも。あ、そういえば、大橋くんがね」

彼氏の話を続けようとしたとき、ちょうど右からの車が途切れた。

「待って、今、行けそう」

話を遮ったら、香ちゃんが元気よくいった。

「左オーライ！」

もちろん、もちろん私はそれでも左を確認するべきだった。いや、確認しなければいけなかった。それなのに、左からはそれまでほとんど車が来ていなかったこと、運転に慣れている香ちゃんが左オーライといったことで、右にばかり注意を向けていた私はそのままアクセルを踏んだ。左からはトラックが来ていた。

不幸中の幸いで、誰も死ななかった。しかし、助手席にいた香ちゃんは左腕と左足を骨折し、しばらく入院することになった。恐怖と後悔で私は車に乗れなくなった。

入院先にお見舞いに行くと、香ちゃんはベッドから暗い顔をして私を見上げた。

「もしかしたら、腕も足も元通りにならないかもしれないんだって」

それだけいうと、顔を背けた。彼女のご両親ははっきりと怒った顔をして、私とは目を合わさず、いらいらと病室を出ていった。

「ごめんなさい」

深く頭を下げた。私が悪い。心からそう思う。私が悪い。私が悪い。だけど、一〇回私が悪いと思ったその後に、小さくむくりと首をもたげる疑問の芽がある。あのとき、香ちゃん、左オーライっていったよね？　いったよ、と香ちゃんが答えたとしても、それでどうなるわけでもない。悪いのは私だ。私の罪に変わりはない。でも、左はオーライじゃなかった。だから事故になった。その事実を香ちゃんがどう思っているのか。どうしても気になった。あの左オーライの声を聞かなければ、あのタイミングで右折しなかった。

十年以上も前の話を、突然なまなましく思い出してしまったのは、息子がミニカーのバスと乗用車をぶつけたからだ。右手と左手に持ったミニカーを両側から走らせながら、交差させするのかと思ったら、コツンとぶつけた。他愛もないミニカー遊びのはずだった。実際の事故とは状況も車種も違った。それなのに、思い出さないよう蓋をして両手で押さえてきた記憶がパッと飛び出した。

「やめて」

切迫した声に、三歳の息子は驚いて顔を上げた。

「車、ぶつけないで」

なるべく落ち着いて話そうと思ったのに、語尾が震える。息子は黙ってうなずいた。

特別に乱暴なことをしたわけでもない。ミニカーで遊ぶのに、競争させたりぶつけあったりするのはおかしなことじゃない。暴走して壁や柱を走らせるときの息子の興奮した顔が好きだった。夢中になって車を走らせているときこそ、想像力が育っている。自由に遊ばせてやりたい。そう思ってきたのに、こんなふうに息子の遊びを制限するのかと思ったら、自分の狭量さがなさけなくなった。

ベランダで洗濯物を干していた夫が、

「どうかしたの」

ハンガーを持ったまま、こちらへ来た。息子は無邪気に首を振った。

「どうもしない」

「そうか」

夫は息子に笑いかける。いつもまじめで、礼儀正しくて、やさしい、私にはできすぎた人だ。私は夫を好きだし、大事に思っている。だから、夫にきちんと説明できないようなことが起きると、胸が苦しい。申し訳ないと思う。ただでさえまじめな夫に対して、そしてまだ幼い息子に対しても、私は窮屈な存在かもしれない。

ベランダの窓が開いていて、気持ちのいい風が通った。ああ、またこの季節だ。

「むかし、運転してた車で事故を起こして」

気づいたら話し始めていた。

「それからずっと、車が怖いの。だから、ミニカーをぶつけないで、っていっちゃった」

ちがう。車が怖いんじゃない。事故が怖いのでもない。でも、すべてを正直に話せる気はしなかった。それは私を否定することになる予感がした。

事故の後遺症があった。肉体的なものではなく、心が元に戻らなくなった。明るくて能天気だった私はもういない。人を信用するのがむずかしくなった。あんなに仲がよかったのに、香ちゃんとのつきあいは途絶えた。ほとんど絶交されたようなものだ。悔やんでも悔やみきれない。私が悪い。香ちゃんも左オーライといった、そう心のどこかで思っていた。香ちゃんはそれを感じ取ったのだろう。

そういう、自分のいやなところを夫に見せたくなかった。自分でさえもいやなのだ。夫はもっといやだろう。

「事故を起こしたら平気なわけがないよ。ミニカーがぶつかるのを見るのもつらいだろうし、がまんすることないじゃない」

うん、ありがとう、と答えながら、ほんとうにつらいのは事故を起こしたことじゃないと思った。話さないでいる不誠実に耐えられなくなった。

「同乗者がいたんだ」

おそるおそる話を続けた。

「事故を起こす直前に、彼女が、左オーライっていって、私は左を確認しないで道路に出たの」

目を落とすと、黄色いミニカーが床に転がったままだった。

「事故を起こしたことは一〇〇パーセント私が悪い。なのに、どこかで、左オーライに引っかかってた。どうしてオーライじゃないのにオーライなんていったんだろう。それを彼女はどう思っているんだろう、って考えてしまった」

こうして口に出してみると、一〇〇パーセントといっておきながら、一パーセントの彼女の非を探していたことに気づく。絶交したくもなるだろう。

「きっと、覚えていないんだと思う」

夫がいった。

「何を?」

「左オーライっていったことを。楽しく話してて、確かめもせずに左オーライといってしまって、その直後に事故に遭った。事故のショックが大きくて、たぶん彼女は自分の左オーライを覚えていないんだよ」

そうか。そういう可能性もあるのか。だったら尚さら、私のことが許せなかっただろう。

「もしも覚えていたなら、きっと彼女も謝っていたと思う」

夫がまじめな顔でそういったとき、ふわっと靄が晴れていくような感じがした。自分の中で、事故を起こしたこと、彼女に怪我をさせたこと、左オーライ、絶交、いろんなことがごちゃ混ぜになって、そのまま蓋を閉めてしまった。自分に大きな傷ができたけれど、何に傷ついていたのかよくわからないままだった。

警戒して生きてきたと思う。あのときの、左オーライは何だったのか。それを鵜呑みにしてしまったのはなぜだったのか。それからは、軽く放たれるオーライのようなものに惑わされないよう慎重に生きてきた。私自身が安易な言葉を発しないよう気を張ってもいる。オーライ、だいじょうぶだよ、と無責任にいうことで損なわれるものがあることを知っているから。

「こら、やめろって」

夫の足に、息子がミニカーを走らせている。ブーンブーンと爆音らしきものを口で発しながら、黄色いスポーツカーが夫の足を這い上っていく。

「くすぐったいって」

一向にやめる気配のない息子とじゃれあいながら、夫が笑って私を見た。

「そんなことがあっても明るくてオープンな人でいてくれて、よかったよ」

耳を疑う。私は明るくもオープンでもない。人に対して慎重だ。

「左オーライみたいなものを信じないし、自分でもいわないように気をつけてるんだけど」

そう反論してみると、息子を抱き上げながら夫がいった。

「普段いわない人がオーライっていってくれるから信頼できるんじゃないかな」

「私、オーライなんていったことないと思う」

夫はちょっと首を傾げた。

「そう？　いつもいってもらってる気がしてたよ。僕が失業したとき、いつもと変わらないでいてくれたよね」

そうだっただろうか。

「ぜんぜんだいじょうぶじゃないと思ってた。たぶん、ほんとにだいじょうぶじゃなかった。でも、君が働いていて、子供も元気、僕も元気。まだだいじょうぶだなって。普段はオーライとはいわない、その君が笑っていてくれるから、僕もオーライだって信じられた」

そういうことなら、オーライだ。夫のオーライと、すくすく育つ息子のオーライ。日々のオーライに、私も支えられている。私たちはきっとだいじょうぶだ。

「読売新聞関西版」二〇一七年五月二十日付

四章　自作について

想像より遠くへ

『窓の向こうのガーシュウィン』
集英社　二〇一二年五月刊
集英社文庫　二〇一五年五月刊

ルレクチエという洋梨がある。新潟に住んでいたときに、幻の梨として貴重な一個をいただいた。ラフランスよりもひとまわり大きくて、存在感がある。硬くて、不恰好で、キッチンのテーブルに置いてもあまり様にならない。半月ほど部屋で追熟させて黄緑色の皮が黄色くなったら食べごろです、と教えられた。食べごろがわからなくて逃してしまったらどうしようと不安だったが、その心配は無用だった。香りだ。ちょうど二週間ほどで、マンションの部屋は濃厚な香りでいっぱいになった。今が食べごろだと全力で訴えているようだった。いただいたときには硬かった果肉にも、指を押し返すようなやわらかな弾力が生まれた。剝いてみると、黄金色で、甘くて、ジューシーで、ねっとりと嚙みごたえがある。かすかに発酵しているような香りも混じる。

「おいしいねえ」

夫と幼い息子、家族三人で感激しながら食べた。もっとも、息子はまだ話すこともできず、満面の笑みで拍手するだけだったけれど。

しばらく待ってから食べるとおいしい、と教えてもらわなかったら、きっと私たちは青くて硬いまま、あまりおいしくない果物として食べてしまっていただろう。

半月置いたらおいしくなっているようなこと。一年経ってみたら予想以上に子供が大きくなっていたようなこと。そうして、あのときに食べたルレクチエをちゃんと覚えていて「あの梨はおいしかったね、また食べたいね」などと言えるようになっていたこと。そういうことって、実際にある。

さて、三年だ。単行本から三年経って、このたび、『窓の向こうのガーシュウィン』は晴れて集英社文庫に入れてもらえることになった。三年経ったら文庫になった、はわかる。でも、三年経ったら物語が変わっていた、なんてことあるだろうか。あるいは、主人公が変わっていた、なんてこと。

答えは、「ある」だ。私にとっても初めての体験だった。

もともと私は、小説すばる連載時からこの物語が好きで好きで、毎月書くのが楽しくて、一冊の本にまとまったときは、すごくうれしかった。あちこちでこの物語が好きだと言いふらしたし、この物語を好きだと言ってくれる人に出会えば、ハグして、肩を揉んで差し上げたいくらいだった。

三年が経ち、文庫化にあたって読み返して驚いた。私にはこの物語の展開が読めなかった。忘れていたのではない。主人公の佐古さんが予想外の行動を取ることは知っていた。しかし、思っていたよりも、さらに思いがけない行動を取る。

たとえば、彼女は、場の空気を和らげるためだけに、思いついた甘味やお菓子の名前を口に出す。何の脈絡もなくだ。あんころもち。ガリガリ君。プリンアラモード。可愛らしい天然系のぼけ発言ではない。他にやり方を知らないから、彼女はおまじないのようにお菓子の名前を呟き続ける。

少し遡る。小学生の頃の彼女は、険悪な場の雰囲気を変えるためならおもらしも厭わなかった。知恵もなく、人望もなく、ただ争いごとを避ける術を他に知らないからおもらしをする。それでまわりの人たちが驚いて、気が逸れてくれればいい。そんなふうに考える少女は、実際に小学生の娘を育てている今の私には痛々しくて、いつかどんな形ででも彼女が報われてくれないかと願わずにはいられなかった。

自分で書いたはずの主人公に「願う」というのも、おかしな話だ。あんなにいとおしかったはずの主人公、手塩にかけたはずの主人公が、実は私の意志とは別に動いていたのだなあと思う。まるで、ほんとうの子育てみたいだ。子供と、母親である私。主人公と、作者である私。どちらも別人格だから当然なのだ。こちらの予想をはみ出す行動を取るたびに、おかしかったり、はらはらしたり。

指揮者の小澤征爾さんが、楽譜を最後まで読み込んだらしばらく寝かせる、とおっしゃっていたのを思い出す。別の曲を演奏したりして時間を置いてからもう一度読むと、ワインのように熟成しているのだと。まるで楽譜が熟成するみたいだけれど、楽譜を読んでいる側が熟成するのではないか、と思う。成長や、進化や、変革といってもいいのかもしれない。

とにかく私は久しぶりにこの物語を読んで、主人公の――もしくは、私自身の――熟成を感じた。ルレクチエを食べても手を叩いてよろこぶしかできなかった息子は、今や私の思惑など軽々と超える高校生になった。

きっと佐古さんもそうだ。たったの三年で、彼女は作者のぜんぜん思っていなかったあたりまで、ぽくぽくと歩いていったのに違いない。

「青春と読書」二〇一五年六月号

ハルを育てて

『ふたつのしるし』
幻冬舎　二〇一四年九月刊
幻冬舎文庫　二〇一七年四月刊

ビルドゥングスロマンが好きだ。できれば長篇で、ひとりの人間が成長していくさまをじっくり読みたい。でも、自分で書くときは、短篇に惹かれる。ストーリーにあまり重きを置かず、場面を切り取って鮮やかに描き出す短篇の手法が好きだ。

『ふたつのしるし』は、もともとは、ハルの物語だった。不器用で、社会性が乏しくて、まわりにうまく溶け込めない男の子の物語。共感能力には欠けるけれども、特別に好きなことがあって、集中力もあって、いい友達がいて。想像していると、だんだん彼が育っていくのがわかった。

でも、書き出すまでに時間がかかった。勇気が持てなかったのだ。私にハルの人生を背負い切れるだろうか。その不安はきっと、私にも、蟻(あり)の行列に見入って周囲のことがどうでもよくなってしまう息子がいたせいだ。この子の未来を私が書くわけにはいかないと思った。遥名(はるな)という存在が生まれたのは、そういう経緯だ。ハルの人生の一部をこの子に託そうと思った。そして、遥名の人生も、ハルが分かちあってくれたら。

連作短篇形式で、時空を飛び越えて物語は進む。これもひとつのビルドゥングスロマンだったのかもしれない。書いていると、いつになく緊張し、興奮した。遥名のことはどんどん書けた。まるでよく知っている人間の半生をたどっているみたいだった。ハルのことは息子を見守るような気持ちで書いた。しあわせに生きてほしかった。でも、しあわせってなんだっけ？　何度も考えたことを、この物語を書きながらさらに考えた。対する遥名のしあわせは、もっとむずかしかった。賢くて、器量もよくて、きちんと生きてきた女の子のしあわせって、なんだ？

今も正解はわからない。手探りで書いたから、ハルにも遥名にもまわり道をさせてしまったと思う。でも、その道の端にも、可憐な花が咲いていたり、蟻が行列をつくっていたりしたはずだ。彼らの歩む人生が豊かであれと心から願っている。

『たった、それだけ』
双葉社　二〇一四年十一月刊
双葉文庫　二〇一七年一月刊

私が読みたかった

　こんな物語を読みたい、と強い衝動が湧き上がる瞬間がある。それはにぎやかな街を歩いているときだったり、逆に、人のいない田舎道をひとりで歩いているときだったり、思いがけないときにやってくる。この物語の場合は、家で新聞を読んでいるときに、突然訪れた。

　毎日、つらいニュースや嫌な事件を目にして、暗い気持ちで新聞を閉じるのだけど、閉じてしまえば日常に戻る、というわけではない。私はここで暮らしている。信じられないほどひどいことの起きる社会に生きて、子供たちを育て、小説を書いているのだ。嫌なことから逃げ続けるわけにはいかないだろう。そして、そう思えるのは、ある意味で恵まれた人間なのではないかということも感じていた。厳しい現実を見て、逃げるわけにはいかないと思うことができるのは、それだけ足場の確かなところにいる人ではないか。守るべき人がいたり、同志がいたりする人なのではないか。

　逃げる人のことを読みたいと思った。逃げるには事情がある。でも、事情よりは、逃げようと決めた気持ちを追いたかった。どうしたら逃げられるのか、どんなふうに生きのびることができるのか。読みたい気持ちは、書きたい気持ちにまっすぐつながった。逃げる人を書きはじめたら、逃げられてしまった人のことも書きたくなった。結末は、見えなかった。逃げてどうするのか、逃げたことで少しでもしあわせに近づけたのか。

作中人物がいう。

「逃げてるように見えても、地球は丸いんだ。反対側から見たら追いかけてるのかもしれねーし」

人生には、ときに逃げなければならないようなことが起きるけれども、びっくりするほど素敵なことも、また、起きる。そこを信じられるかどうかが、生きのびる鍵なのではないか。手がかりのようなものを書けた瞬間、ああ、この物語が好きだ、と思った。ほんの少しの風向きで、選べるものは変わってくる。逃げる選択も、逃げない選択も、たぶん、紙一重なのだ。

山の中で暮らした一年間

『神さまたちの遊ぶ庭』
光文社　二〇一五年一月刊
光文社文庫　二〇一七年七月刊

小雨の降る四月の午後、交差点で信号が変わるのをぼんやり待っていたら、不意に強烈な懐かしさに襲われた。

人通りはまばらだったけれど、スーツを着た男性と、高校生の女の子が数人、傘を差して横断歩道の向こう側にいた。何度か瞬きをして、ゆっくりと焦点が合いはじめる。懐かしさの正体を確かめて、ああ、帰ってきたんだな、とそのとき初めて納得した。

細かい雨。信号を待つ人。セーラー服の女子高生と、スーツ姿の会社員。ただそれだけの、なんでもないはずの情景が懐かしいものとして胸に迫ったとき、これまでの環境の特殊さを思った。

一年間、十勝の山の中で暮らした。北海道で二番目に高い山、トムラウシ。日本百名山のひとつにも選ばれている美しい山だ。深い森があり、谷があり、川が流れ、麓には温泉があり、小さな集落がある。牧場があり、学校がある。小中併置校で複式学級、全校あわせて十数人の学校に、まさかうちの子供たちが通うことになるとは思わなかった。買い物には、いちばん近いスーパーまで山を下りて三十七キロ。ガソリンスタンドも、銀行も、さらに遠い。そんなところに暮らすことになるとは。

子供たちは、中三、中一、小四で、家族で山村留学をするなら最後のチャンスだった。えいっと飛び込んだ私たち家族五人を、学校も、集落の人たちも、あたたかく受け入れてくれた。

冬は寒さが厳しく、氷点下二十度を下まわる日が続く。特別豪雪地帯で、十月半ばからもう雪が積もりはじめる。山道は何度か封鎖され、陸の孤島と化した。それでも、いや、それだからこそ、集落の人たちは明るくたくましく仲がよい。集落の子供たちを学校だけに任せず、分け隔てなくみんなで育てようとしてくれる。学校も、先生も、熱い。学芸会も、運動会も、何度もある授業参観も、保護者だけでない集落の人たちの熱気で賑わった。

そのトムラウシでの日々を書き綴った。出発前から、帰ってきた後まで、書いても、書いても、毎日書きたいことがあふれ出た。「小説宝石」に毎月連載したものに、さらに加筆して一冊にまとめた。書き足りない、と思う。ぜんぜん書けていない気がする。あの森の匂いを、秋に胡桃がぼとぼと落ちる音を、エゾシカが群れをなして山を駆ける姿を、毎日見ても見飽きることのない空の青さを、そして集落の人たちのいきいきした様子を。

ただ、読み返してみて、私たち家族五人がそのときどきに話したり、笑ったり、わくわくしたり、困ったり、迷ったりした、その気持ちは少し書けていると思った。何かを変えたくてトムラウシへ行ったわけではない。むしろ、一年山で暮らしたくらいで変わってたまるか、くらいの気持ちだった。でも、変わったことは、たしかにあった。もちろん変わらない部分も。いいとか悪いとかではなく、あんなに楽しい一年間はそうそうないと思う。それで何かが変わったのなら、本望だ。

信号が青になる。舗道から、一歩を踏み出す。帰ってきた、とあらためて思う。山に信号はなかった。女子高生も、スーツ姿の会社員も山にはいない。雨はもう半年近く見ていなかった。十勝の冬、空は青く冴えざえと晴れ渡る。降るとしたら、雪だけだ。

ないものを思う。何もない山の中で、どんなに豊かに暮らしたことか。子供たちはどんなにのびのびと学校生活を送ったことか。

しみじみと懐かしい日々。また行こう、行くだろう、と思う。何もないのに、いろんなことがあった。濃かった。楽しかった。ありがとう、トムラウシ。

「小説宝石」小説宝石から生まれた本　二〇一五年二月号

その答えは

本屋大賞を受賞して変わったことはありますか、と聞かれることがある。私自身は何も変わっていない。だけど、私以外のところが、ずいぶん変わった。まず、忙しくなった。尋常じゃないくらい忙しくなった。忙しいというのはありがたいことなのだろう。それでも、会社や工場のように効率よく拡大生産できればいいのだけど、私自身はひとりしかいなくて、請けた仕事はみんな私がひとりでしなければならない。注文が増えたら、忙しくてどうしようもなくなるのは当然のことだ。

去年の大賞受賞者、上橋菜穂子さんが「忙しい一年になりますよ」と忠告してくださった。歴代の受賞者の中には、本屋大賞なんてもらわなければよかった旨の発言をしている方もいる。何をいっているんだろうと思っていたのだが、今はほんの少しだけ気持ちがわかる。まじめであればあるほど、周囲の期待に応えようとして、どうにもならなくなってしまう。このどうにもならなさは、たぶん、経験してみないとわからない。そんなに大変なら、やめればいい。もうできません、と正直に断ればいいではないか。その判断がつかなくなる。もう少し頑張れると思ってしまう。応援してく

『僕らにとって自由とはなんだ』
リットーミュージック
二〇一六年九月刊

れる人に不義理をしたくない。仕事を断るとは何様か、という批判にも耐えなければならない。小説を書く時間がほしい。家族とゆっくり休みたい。そんなささやかな望みがうまく叶わなくなった。

さて、それなのに、である。誰にも頼まれていないのに、新しい本をつくってしまった。ロックバンドNothing's Carved In Stone（ナッシングス）のオフィシャルフォトブック。ちょうど二年前のこの欄で、彼らのライブを観た話を書いた。以来、CDを買い、ラジオを聴き、ライブを訪れ、好きだ好きだといっていたら、なんと写真集に携われることになったのだ。それには高校の同級生である堀田芳香の力も大きい。写真家として活躍する彼女はナッシングスのデビュー時からアーティスト写真を撮っていた。アーティスト写真というのは、CDのジャケットや、宣伝パンフレット等に使う公的な写真のことだ。加えてライブにも通い、折々の彼らの表情をたくさん写していた。私はただそのお宝写真を見たいと思い、素晴らしかったライブの鑑賞記を読みたいと思い、できれば彼らひとりひとりへのインタビューも読んでみたいと願った。その希望を伝えたら、それが通ってしまった。文章はすべて私に任された。

『僕らにとって自由とはなんだ』というタイトルにしたのは、それがナッシングスの歌の中でことさら印象に残る詞だったからだ。自由とは、いったいなんなんだろう。その答えを、今だからこそ知りたかった。

仲のいい同級生とワクワクしながら仕事ができるなんて、三十年前に実際に同級生だった頃には想像もしなかった。東京でのインタビューを終えて福井に帰るとき、堀田芳香が品川駅まで見送りに来てくれた。いいよ、もう仕事に戻って、というのに、結局、新幹線のホームまで来てくれて、ふたりで歩いた。いよいよ発車時刻になって、新幹線の中と外とで分かれるとき、「絶対、いい本になるよ」と彼女がいった。ほんとうだ、いい本になる気がするよ、と応えて手を振りながら、私にもわかった。ああ、僕らにとって自由とは、これだ。やりたい仕事をやることだ。

本屋大賞をもらって、自由も不自由もごちゃ混ぜになって一挙に押し寄せてきたように感じたけれど、半年が経って私の手に残ったのは、好きな仕事ができるチケットだったのかもしれない。私は自由だったんだ、と初めて思った。

「福井新聞」つらつら紡ぐ 二〇一六年九月二十一日付

ロック愛

ポール・マッカートニーやレディーガガ、マドンナなど数々のロックスターを撮っている写真家の堀田芳香さんって、もしかして同級生じゃないですか？　と聞かれたとき、違います、と答えた。たしかに堀田芳香は高校の同級生だけれど、写真家じゃない。運動神経抜群で、ハンドボール部のキャプテンで、学校祭では応援団をやり、バンドでステージに出て歌っていた。派手な美人で、よく目立った。授業中は隣の席の私の教科書に落書きばかりしていたのに、意外にも、大学を卒業後、大学院まで出て大企業に就職したと聞いていた。

久しぶりの同窓会で再会した。芳香はほんとうに写真家になっていた。ロック好きが高じて会社を辞め、音楽雑誌に転職し、そこから独立したのだという。「なんで写真？」と聞いたら「ロックスターに会ってインタビューするより、写真を撮りたくなるじゃない？」といった。この人の一番かっこいいところを私が撮れると思ったらぞくぞくする、と。それで決まった。私はファインダーを覗く間も惜しい。その人の言葉を、言葉にならない空気を、文章にして伝えたい。ふたりで組んで、Nothing's

Carved In Stone というロックバンドの写真集をつくった。ヴォーカルの拓さんが私たちを見て、ふたりでいると楽しそうな女子高校生みたいだと笑った。

「日本経済新聞（朝刊）」交遊抄　二〇一七年四月八日付

人生に一度しか書けない小説

『静かな雨』
文藝春秋　二〇一六年十二月刊
文春文庫　二〇一九年六月刊

『静かな雨』にあとがきを書けないものかと考えていた。『羊と鋼の森』が本屋大賞を受賞して脚光を浴び、その受賞後第一作と銘打って刊行するなら、ひとことでいいから言葉を添えたいと思った。言葉を添えるといっては少しきれいすぎるか。説明させてほしい、あるいは、言い訳したい、という気持ちに、むしろ近かったかもしれない。

『静かな雨』は、本屋大賞受賞後第一作ではあるが、書いたのは十三年も前だった。私が初めて書いて完成させ、文學界新人賞に応募して佳作に選んでもらった小説だ。ちなみに、そのときに新人賞を受賞したのがモブ・ノリオ氏の「介護入門」であり、その一作でそのまま芥川賞も受賞された。「静かな雨」はその陰でひっそりと佇んでいる感じだった。そして、それでよかった。当時、私には〇歳、三歳、五歳の子供たちがいて、夫の仕事の都合で見ず知らずの土地に住み、家事と育児に孤軍奮闘していた。自分の書いた初めての小説が評価を受けることを期待していなかったし、その余裕もなかった。ただ、書いているとき、楽しかった。こんなに楽しいことがあるのかとびっくりするほど楽しかった。書きたいことは山ほどあった。書いても、書いても、あとからあとから湧いてきて、それをどうつなげていけば一篇の小説として仕上げることができるのかわからなくて悶々としていた。

その「静かな雨」を本にする。言葉を添えたくなったのは当然だと思う。十三年経っている。描かれる社会の様子も変わっているし（そういえば、登場人物たちは携帯電話を使わない）、なにより、私はこの十三年間で少しずつでも進化しているはずだった。一番へただった最初の小説を本にするというのは、やっぱり、迷う。小説家というのは、いつでも自分の一番いい小説を読んでもらいたい。それは一番新しいものであるはずなのだ。

久しぶりに読みなおして驚いた。へただった。へたなのに、小説として、好ましいものだった。自分でいうのはおかしいかもしれない。でも、何かを感じさせるというか、何かを考えさせるというか、思い出させるというのか、ともかく、何か心を揺さぶるものが、この第一作にはたしかに書かれていた。書きたいものがあって、書き方がわからないけれども夢中で書いた、そうしたらやっぱりこうして表れるものなのだと今さらながら思った。

登場人物はとても少ない。主人公の行助は、私であって私でない。こよみも、私であって私でない。だけど、まぎれもなく私の中の人たちだった。外の人を書こうとは思わないのは、今も変わらない。行助のお姉さんの中にも私がいて、リスのリスボンの中にも私がいた。ちょっと涙が出た。私を書くのが小説ではないかもしれないけれど、これだけ私の人生の詰まったものを書けといわれたらもう書けない。一世一代の、人生に一度しか書けない小説だったのだと思う。

日販WEB「ほんのひきだし」二〇一七年一月二十五日更新

双葉を見守る

『静かな雨』

高校生ふたりと、中学生ひとりが、家にいる。三人兄妹はとても仲がいいが、びっくりするほど性格が違う。見た目も違えば、好きな食べものも、将来やりたいことも、特技も違う。

子供というのは種子みたいなものだと思う。生まれつき備わっている力で伸びていく。種にどんな力が秘められているかは誰にもわからない。たんぽぽが咲くといいなぁと願っても、すみれかもしれないし、桜かもしれない。花の咲かない葦（あし）やススキの可能性もある。それは親に決められるものではないし、もしかしたら本人にさえ決められないのかもしれない。親にできることは、あたたかい布団に寝かせて、ごはんを食べさせること。それくらいだと思っていれば、気持ちも軽い。

私が初めて小説を書いたのは、三人目の子がお腹にいるときだった。上の子たちはまだ四歳と二歳で、やっと書き上がる頃に赤ん坊が生まれた。その「静かな雨」という小説を文學界新人賞に応募したのが、デビューのきっかけになった。あのときの赤ん坊が、今や中学生である。種子だった子が育って、ようやく若葉をつけはじめる季節だ。

デビュー作にはすべての種子が含まれている、という話を聞いたことがある。その後その人が書くことになるすべての小説のもとになるものが、すでにそこにあるのだ、と。

そんなわけはないだろう。私たちは日々、生きている。ずっと同じ場所に留まっているはずがない。毎日たくさんのことを経験し、感じ、考え、言葉にしたりしなかったりする。たとえば富士山のようにきれいな形で言葉にできてしまうことなら、小説にする必要もないだろう。そこからぼろぼろこぼれてしまう何かをしつこく胸の中に抱え続け、腐る寸前まで発酵したものが、小説という形で発芽するんじゃないかと思う。

書きたいことはたくさんある。新しい出会いもある。心はつねに動いている。それなのに、デビュー作にその後の運命まで刻まれてしまっているとしたら。これからいくらでも可能性があると信じて書くのに、デビュー作に織り込まれた種子にあらかじめ道が決められているのだとしたら。

それは、予言のようなものではないと思う。予言よりもっと確実なもの。デビューから何年経ってもこだわり続けてしまうものが、小説家にはあるということだ。小説家というのは、つまり、ものすごく往生際が悪い、ということなのだろう。

「静かな雨」は、人の可能性について書きたかったのだと思う。少なくとも自分ではそのつもりだった。でも、どうだろう。可能性の話というよりは、可能性をなくしていく話だったかもしれない。人はどんなふうに生きることができるか。その選択肢をなくした先にたどり着く場所についての話だ。

文學界という雑誌に掲載されたままだったこの小説を、単行本化する提案があった。少し躊躇した。未熟だったという思いがある。いいたいこと、書きたいことは痛いほどあるのに、思うように形にできなかった。もしもその記憶のままだったら、単行本にはできない。まずは冷静に、客観的に読み返そうと思った。

読んで、驚いた。たしかに、たくさんの種子がそこここに埋められている。地中に埋められているだけではなく、すでに発芽して、双葉くらいに育っているものまであった。ああ、ここで書きたかったことが『窓の向こうのガーシュウィン』につながったのだな、とか、この関係を突き詰めたものを『たった、それだけ』で書いたのだな、とか。今になってよくわかる。とりわけ、『羊と鋼の森』にはまっすぐにつながっていた。まったく違う物語なのに、根っこがしっかりとつながっていた。

読み返して一番感情を揺さぶられたのは、作者本人だったと思う。いいことか悪いことかは別として、逃れられない、と感じた。デビュー作が種子であるなら、もうその種子を信じて水をやるしかない。いつか芽を出し、花を開かせるまで、できることなら実を結ぶまで、私はせっせと水をやろう。太陽にあて、風にさらし、種子の行方を最後まで見届けよう。もうすぐ巣立っていくわが家の子供たちを見守るのと同じように。

「文藝春秋」二〇一七年一月号

背中を押される

『つぼみ』
光文社　二〇一七年八月刊
光文社文庫　二〇二〇年八月刊

初めての長篇小説『スコーレNo.4』が刊行されたのは、ちょうど十年前のことだ。『つぼみ』に収められている短篇は十一年前のものからあるから、スコーレよりさらに前に書かれたものだということになる。私のデビュー作となる「静かな雨」を読んで、あるいはその次に書いた「日をつなぐ」という短篇を読んで、声をかけてくれた編集者は、三人。その三人のうちの二人が、光文社の編集者だった。宮下に声をかけていることをお互いに知らぬまま、別々に手紙をくれたらしい。彼女たちのおかげで、スコーレが生まれ、こうしてつぼみが生まれた。

でも、今回、短篇たちを読みなおして感じたのは、そういう懐かしさや感慨とは別のものだ。それとは正反対の、ハッとするような新鮮さを感じたのだ。今ならこんなふうには書かないだろう、と思うところもあった。もしかするとそれは、こんなふうには書けない、のかもしれない。こんなふうには感じられない、ということかもしれない。十一年前の、あるいは五年前の、このときにしか書けないものを書いていたのだと、あらためて思った。

六篇のうち三篇は、スコーレのスピンオフだ。続篇を読みたいという声をいただくことが多かったのだけど、麻子はもう語らないだろうと思った。七葉に聞いても、静かに首を振って断られるだろう。しばらく時間を置いたら誰かが語ってくれるだろうかと待つうちに生まれた三篇だ。ちょっと意外な人物が主人公になって、津川家に関わってくる。

ほかの三篇は、単発で読み切りのものだ。三篇とも趣向も傾向も違っていて、びっくりした。やっぱり、小説っておもしろい。こんなふうに書けたんだな、という思いは、私を励ます。もう、このときのようには書けないかもしれない。だけど、新しく書けることもきっとある。今だから感じること、思うこと、考えることを信じて、私はまた書いていこう。

「小説宝石」小説宝石から生まれた本　二〇一七年九月号

その人の、そのとき

『とりあえずウミガメのスープを仕込もう。』
扶桑社　二〇一八年六月刊

東日本大震災の直後に書いた一編のエッセイを読んだという「ＥＳＳＥ」編集長から連載依頼が来た。食べることにまつわるエッセイを巻頭で、という。どきどきした。エッセイとしては初めての連載だった。毎月食べものの話ばかり書いていけるのか少し不安も感じながら、その年の初夏から書きはじめた。

でも、不思議なことに気がついた。何を書いても食べることに結びつくのだ。何かを食べたときに何を思うか、どう感じるか。それは、その人のそのときを如実に表している。おいしいか、まずいか。それさえも、その人のそのときに左右される。食べるというのはあまりにも日常的なことだから普段は意識しないけれど、だからこそ、耳をすませば多くのことを語ってくれるのだろう。「その人」が私で、「そのとき」は二〇一一年の初夏から二〇一八年の暮れまで。開始当初は中学一年生だった長男がちょうど成人した頃に連載を終えた。

最終回よりひと足先に、約七年分の連載をまとめたこのエッセイ集は、食べものを通して見るわが家のアルバムのようなものになった。読み返すと、そのときそのとき精いっぱいの気持ちで家族に食べさせてきたものや、食べさせることのできなかったものたちがよみがえる。笑ったという感想もたくさんもらったし、泣いたといわれることも多かった。泣けるような話は書いていないつもりだったから、読んでくれたその人のそのときにピンポイントでヒットしたのかもしれない。

おいしいものはもちろん好きだけれど、特別に食にこだわりがあるわけでも料理が得意なわけでもない。それでもこれだけのエピソードがあるということに、私は希望を持つ。何もないと思っていたところに光を当てると、芽が出ている。たぶん、目を凝らしてみないとわからないくらいの小さな芽だ。暮らしの中のささやかなよろこびにしろ、いつか小説に育つかもしれない何かにしろ、私たちの可能性にしろ、きっと人生のそこかしこに発芽しているのだと思う。

この本は「ダ・ヴィンチ」ブックオブザイヤー2018エッセイ部門の第一位に選ばれ（ちなみに文庫部門一位は『羊と鋼の森』だった）、料理レシピ本大賞2019では特別選考委員賞をいただいた。日々の暮らしの中から生まれた芽たちは思いがけず健闘してくれているのだった。

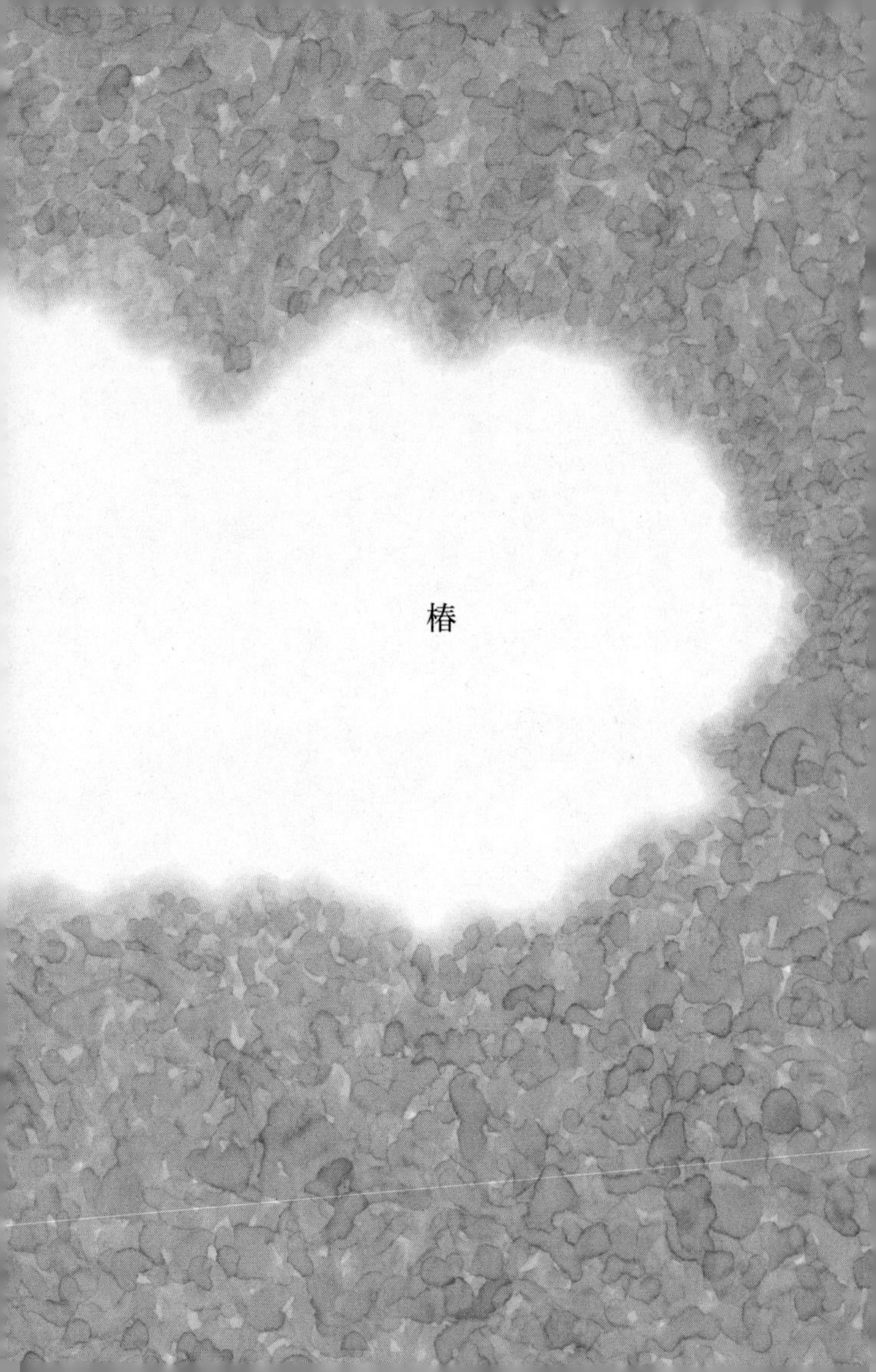

椿

椿

もう会えない、といわれたときは息が止まるかと思った。どうして。どうして。もうすぐクリスマスなのに、ふたりで過ごすのを楽しみにしていたのに、どうしてよりによって今なの。泣きたかったけれど、たぶん、今だから、クリスマスだからこそ、もう会えないのだ。ようやく悟ったら、ふいに田舎のおじいちゃんの顔が浮かんだ。自分でもびっくりした。

おじいちゃんは、穏やかで、無口な人だった。しかたがないよ、と笑うのが口癖だった。そうか、しかたがなかったのか、と思う。——ううん、思えない。あのときああしていれば、こんなふうにいっていれば、と後悔が波のように打ち寄せてくる。それであの人の気持ちが取り戻せるわけではない、と私にももうわかっているのに。

おじいちゃんは、父も母も働きに出てしまうわが家で、赤ん坊の頃から私を見ていてくれた。三食ともおじいちゃんと食べたし、おじいちゃんとテレビを見たし、本も読んでもらったし、ゲームもした。おじいちゃんに育てられたようなものだ。でも、おじいちゃん、ゲームはへただったなぁ。ふふ、と笑ってから、あ、私、久しぶりに笑った、と思った。

おじいちゃんは働き者で、いつも手を動かしていた。畑仕事もしたし、家の中のこともほとんど全部おじいちゃんだった。そうだ、よく裏山の椿も丹精していた。昔、集落がもっとにぎやかで、人もたくさん住んでいた頃、その辺りにも家が何軒かあったらしい。でも、私の物心がついた頃には、もう誰も住んでいなかった。長く放置されていた空き家が取り壊されたのは小学校に上がった頃だったか。すぐに空地は草に覆われて、やがてここに家があったなんてわからないくらいになった。椿だけは残った。誰も見ない椿は、裏山の斜面にひっそりと花を開かせた。太陽の日差しを浴びて、葉を生い茂らせて。おじいちゃんはその椿を大事にした。冬の、ちょうど今頃の季節になると、赤い花を咲かせる。華やかなのに、清楚（せいそ）で、美しかった。

でも、私は、花と同じくらい、葉のつやつやした緑がきれいだと思った。おじいちゃんにそういうと、うれしそうに笑って頭をなでてくれた。山に育つ椿は自由に伸びるようでいて、陰になる枝や葉は日が当たらず病気になりやすいのだと、だからよく見てやらないといけないと訥々（とつとつ）と話してくれた。

家を出て三年目に、仕事に行き詰まって、行き場がなくて、ふらっと実家に帰ったとき、おじいちゃんは何もいわなかった。しかたがないよ、ともいわなかった。ほっとするようで、物足りないようで、居心地が悪かった。しかたがないと私自身が思いたくなかったのだろう。しかたがないことはない、もう少しやれるのだと、あのときの私は思いたかった。

仕事ばかりか、恋も思うようにいかなくて、それがしかたのないことなのか、そうではないのか、今の私にはわからない。おじいちゃんならわかるだろうか。わかったとしても、どうすることもできない。おじいちゃん、と小さな声で呼んでみる。胸が詰まった。私がつまずいても、おじいちゃんにはどうしてくれることもできない。しかたがないよと静かに笑うか、へたくそなゲームに興じるふりをして私の気持ちを紛らわせるか。

考えていたら泣きそうになった。どうしてだろう。自分を一番大事に思ってくれている人のことを、同じ形じゃなくても、同じ分量じゃなくても、いつも思い出せたらいいのに。

椿の剪定(せんてい)をしているおじいちゃんの姿が瞼(まぶた)に浮かぶ。一枚ずつ、丁寧に葉を取り、枝を刈った。いつかあのやわらかい花が、そっと開くように。

やっぱり、帰ろう。今年のクリスマスはお休みだから、おじいちゃんの顔を見に帰ろう。そうして、しかたがないよ、と笑ってもらおう。

NHK「おやすみ王子」第四夜のための書き下ろし　二〇一六年十二月二十四日放映

五章　羊と鋼と本屋大賞

馬のしっぽの話を聞いた。ヴァイオリンには、いい馬のしっぽが必要なのだという。ヴァイオリン本体ではなく、その弦を弾く弓。弓にぴったりの毛質を持った馬がいて、そのしっぽを張ると、ヴァイオリンは素晴らしい音で鳴るのだそうだ。

私は、三歳のときにピアノを習いはじめた。父が転職するにあたって、なけなしの退職金をはたいてピアノを買ってくれたのだ。そのわりに、私はピアノに情熱を傾けることができず、中学生の頃にはすでにピアノから離れてしまった。それでも、父母は毎年一回必ずピアノの調律に来てもらっていた。ピアノを弾かなくなった私には、調律を続けること、いつでもピアノの準備が整えられていることは、かえって重荷だった。やがて私が家を出ても、年に一度の調律は続けられたらしい。

結婚し、子供を産み、福井に帰ってきた私は、実家からピアノを譲り受けた。勝手なものだ。子供たちにピアノに触れてほしいと願ったのだ。私はよいピアノ弾きではなかったけれど、ピアノの音が好きだった。三人の子供のうちの誰かひとりでもピアノや音楽を好きになってくれたらいいなと思った。

住処を変えたピアノのために、調律師の方が来てくれた。ずっと家のピアノを調律してくれていた上田さんという男性だ。彼は、私と同じだけ歳をとったアップライトピアノを丁寧に見て、

「だいじょうぶです、とてもいい音です。まだまだ弾けます」

にっこりと笑ってくれた。うれしかった。上田さんは、実家に最初に来た頃は、まだ二十代に入ったばかりだったはずだ。まじめで、理論派で、ちょっと怖いようなイメージがあったのに、印象ががらりと変わっていた。ピアノを上手に弾かなければ、と思っていた昔の私には、ピアノを楽しもうとする人の言葉は届かなかったのかもしれない。

「この時代のピアノは、今のピアノにはない音を出せるんですよ」

ピアノの材質がいいのだという。決して高級なピアノだったわけではない。でも、当時は、鍵盤の表面は今のような樹脂ではなく、象牙だった。鍵盤の奥につながるハンマーも、組み立てに使われる接着剤も、今とは材質が違ったのだという。

「昔は、いい羊がいたんです」

彼はいった。羊？　どういうことだろう。よくわからなくて聞き返すと、

「ピアノの弦を鳴らすハンマーは、フェルトを固めてつくられています。フェルトは羊の毛でしょう。その羊が、昔は野原でのびのびといい草を食べて育ったんですよ。

今はなかなかそうはいかない」

その途端、私の目の前に、広々とした草原で羊たちがのどかに草を食んでいる様子が浮かんだ。草原に風が吹き、草や葉が音を立てる。そこから音楽が生まれるのを感じた。物語が立ち上がるのが見えた気がした。

調律師の青年が、音楽の森に分け入り、迷いながらも一歩一歩成長していく物語を書いた。別冊文藝春秋という雑誌で連載したのを、上田さんは全部読んでくれて、素晴らしい物語でした、とほめてくれた。彼と話したのはそれが最後だった。四十五年間も私のピアノを見てくれたのに、本の完成を待たずに旅立ってしまった。

羊の毛や、馬のしっぽ。身のまわりにあるもので音を鳴らし、歌を歌い、生を愛(め)で、人とつながり、未来を祈る。それが音楽のはじまりだっただろうと思う。私のピアノの中に森があって羊がいるのだ、私の中にも音楽があるのだ、と上田さんは教えてくれた。

「福井新聞」つらつら紡ぐ　二〇一五年九月十六日付

出会い

アリシア・デ・ラローチャというピアニストがいた。

学生時代、友人に誘われてコンサートを観にいった。もともとピアノが好きだった。でも、特にラローチャが好きだったわけではなく、たしかそのときも、行くはずの誰かが行けなくなって、私にまわってきたのだったと思う。

ラローチャは一九二三年生まれ。二〇〇九年に八十六歳で亡くなっている。私が最初にコンサートを聴きにいったときは、六十代半ばだったはずだ。実年齢より少しだけ老けて見えた。また、ずいぶん小さく見えた。後になって知ったが、小柄で手がとても小さいのでピアノはあきらめろといわれたことまであるのだそうだ。それを努力で乗り越えた。

銀髪のラローチャがピアノを弾きはじめたとき、思わず息をのんだ。聴いたことのないような、自然で、いきいきしていて、明るくて、強くて、やさしい音。それまで聴いてきたピアノとはまるで違う楽器が鳴っているみたいだった。

感激した私は、次のラローチャのコンサートを探して、興行を請け負う音楽事務所に電話をかけ、近くのホールでもう一度コンサートが予定されていることを知った。チケットはありますか、と電話口で聞いた。

「どの辺の席がいいですか？」

音楽事務所の人に聞かれて、

「なるべく前の、ラローチャがよく見える席がいいです」

今だったらとても恥ずかしくていえないようなことを、当時の私は勢い込んで話した。とにかく手元が見える席。少しでもラローチャの表情が見える席。熱意にほだされたのか、その音楽事務所の人が最前列のピアノの真ん前の席を用意してくれた。

目の前で聴くラローチャは、圧巻だった。アンコールで、ファリャの「火祭りの踊り」を弾いた。興奮して思わず立ち上がりそうになった。ピアノでこんな音色が出せるんだ、音に魂があるかのように情熱を発散させられるんだ。ピアノってすごい、ラローチャすごい！

もしかしたら、あれが私にとって最初のピアノ体験だったような気がする。実際には、自分でも三歳からピアノを弾いていたにもかかわらずだ。ピアノってすごい、の部分が時間をかけてじっくりと育って『羊と鋼の森』になった。ラローチャすごい、という部分ももちろん少なからず『羊と鋼の森』につながった。

今度、子供たちのピアノの発表会がある。曲目は自由に選んでいいことになった。

なんと、息子がファリャを弾くという。「火祭りの踊り」だ。驚いた。穏やかな子だ。火祭りの踊りを踊るような激しさは、よくもわるくも持ち合わせていないと思っていた。あのときのラローチャの演奏を息子にこそ聴かせてあげたかった。そう思ってから、いや、と思いなおす。若い頃に私が観て聴いて心を揺さぶられたものは、きっと子供たちの心か身体のどこかにひっそりと受け継がれているのではないか。

それより、息子も十七歳、いつのまにか『羊と鋼の森』の主人公・外村と同じ歳になった。十七歳というのは外村が運命のピアノに出会った歳でもある。

そうか、きっと息子も出会っているのだ。私が知らないだけで。その出会いが彼にファリャを弾かせるほど大きく育ったのかもしれない、と思った。

「中日新聞」心のしおり　二〇一六年四月二十七日付

小さなこと、大きなこと

私の小説は、ささやかで、大きなことが何も起こらない、とずっといわれてきました。そうか、そうなのか、と思っていましたが、十年書いておぼろげに見えてきたことがあります。小さなことと、大きなこと。どちらが大切で、どちらが尊いか、くらべる必要はないのです。ひとりの人間の中に変化が生まれる。それは、小さなことでしょうか。他の誰かから見れば、どうということのない、もしかすると気がつかないくらいのことかもしれません。でも、本人にとってはぜんぜん違います。

『羊と鋼の森』で、主人公がピアノの中に羊を見つけたとき、世界は変化します。彼が慎重に森へ一歩踏み出すとき、情熱を持って駆け出すとき、それを書いている私も変化していました。これでいいんだ、これを書きたいんだ、という確信めいたものが生まれました。

この『羊と鋼の森』でも、大きなことは何も起きていないといわれるならば、この世に起きていることって何でしょう。人が生きていくこと以上の物語がどこにあるのでしょう。鍵盤をぽーんと鳴らすだけで鼓膜にさざ波が立つように、そのさざ波がやがて心を揺らして人を変えるように、私は人と響きあいながら生きていきたい。そういう人の物語を書きたい。静かでも、目立たなくても、人が生きていく奇跡を、そのしみじみとした明るさを、書いていきたいと思います。それが、ささやかな、と形容されるなら、そのささやかさは誇ってもいいのではないかと思うのです。

このささやかな本を1位に選んでいただけて、とてもうれしいです。キノベス、いいなあ。この時季は毎年そう思ってきたけれど、今年は特別な年になりました。ああ、キノベス、いいなあ。ほんとうにありがとうございました。

「キノベス！2016」特別寄稿

本屋大賞受賞のことば

何かが光っていた。何だこれ、というのが最初の感想だった。星だ、と気づいたのは一拍置いてからだ。

その頃、十勝の山の中で暮らしていた。山の夜は闇だ。家から十分も歩かないうちに、前も後ろも上も下もわからなくなる暗闇が広がる。猛吹雪の中で方向感覚を失ってしまう状態をホワイトアウトというそうだが、それと似ていた。白くはなく、黒い。山の夜は真っ黒だった。目の前にかざした自分の手さえも見えなくなった。ただし、月が出ていれば光が届く。星の夜もだ。その夜、車を停めて外へ出た私の目の前にあったのは、幾千万の星の光だった。美しいとは思わなかった。何も見えないのに、星だけがある。頭の上だけじゃない。前にも、横にも、みっしりと星が光っていた。怖かった。宇宙に放り出されたような感覚に襲われた。

一斉に芽吹く緑の勢いに、山の匂いが変わる。風が吹くと木々が揺れ、まるで海鳴りのような音を立てる。そこかしこで鳥が鳴き、羆は爪痕を残す。山の新参者である私は、すさまじい自然に息をのみ、言葉も出ない数週間を過ごした後、突然、これを書かなければ、と思った。そんなつもりではなかった。小説を書くために山の中で暮らすことを選んだのではない。

絵にも描けない美しさ、写真には写らない美しさ、などという。美しさというものは本来、表しようがないのだろう。そこに確かにあるのに、表現できないもの。それを認めたくなくて、目を逸らしてきたように思う。認めてしまえば、私は作家ではなくなってしまう。

でも、どこからどうしていいのかわからなかった。毎日、山を歩くたびに、書きたい。どうしても書きたいと思うのに、自信がない。勇気もない。圧倒的な美しさを書く方法がわからない。ある日、山道を歩きながら、ふと、言葉のいらないものをもうひとつ思い出した。音楽だ。言葉がなくても音でわかりあえる、という体験をしたことが何度もあった。音楽を聴く感動に言葉はいらない。むしろ、ないほうがいいとさえ思う。音楽も、自然も、その美しさは言語を介さず、心を直接震わせる。そう思い込んでいた自分の中に、欲が芽生えたのを感じた。もしかして、音楽と自然を結びつけたら、書けるんじゃないか。

根拠はなかったのに、胸に棲（す）みついた鳥が鳴く。囀（さえず）りがこだまする。カケル、カケル、と。雄大な自然の中にいたから、いつのまにか気持ちが大きくなっていたのかもしれない。囀りはむくむくと育ち、やがて、私の中のたくさんの欲望を飲み込んで成長していった。音楽を書きたい。自然を書きたい。実直さと愚鈍さを書きたい。道端のポリバケツの色がどうしても許せなくて蹴飛ばして歩いて補導された友人の、奇妙な潔癖さを書きたい。才能と可能性について書きたい。ふたごを書きたい。そして何より、師匠と弟子の話を書きたいとずっと願っていたのだ。

音楽と自然が結びついたら、どうしてそういう様々な欲望が噴出することになるのかはわからなかった。でも、書ける、書ける、書きたい、書きたい。書こう、と思った。もう止まらなかった。書いている間じゅう、すごくしあわせだった。

さて、山の中で暮らしていたので、近くに店はなかった。むろん本屋さんもなかったが、山を下りて五十キロほど走ったところに駅があり、その近くに一軒だけあった。本屋の看板は上げておらず、主な商品はお酒と食品だ。雑貨もあった。それでも、初めてその店に入ったときはどきどきした。久しぶりの本屋さんだ。雑誌は豊富にあった。小さいながら文庫の棚もあった。台の上に『海賊と呼ばれた男』上下巻それぞれ一冊ずつが、きちんと並べて置かれていた。

単行本は、それだけだった。その年の本屋大賞に決まったばかりの本だ。衝撃だった。本屋大賞を取らないと、この店には置いてもらえない。潔いほどわかりやすい基準だ。

文庫の棚を覗いてみた。ここには賞を取ったものばかりでなく、いろんな作家の本が並んでいた。小さな棚なので、すぐに見終えてしまった。私の書いた本は一冊もなかった。当然だ。この限られた棚の中に入れてもらえるほど名の知れた著作は私にはない。ここに自分の本があったらどんなにうれしいだろう、と思ったけれど、むずかしいこともわかっていた。

ところが、しばらくして山に作家が越してきたことを知った店主が、私の本を入れてくれた。感激したが、ずるをしている気持ちも拭えなかった。この棚に並べてもらえるのは選ばれた本だけだ。近くに住んでいるからという理由で入れてもらって、それで売れなかったらこの貴重な一冊はどうなる。返品か。返品だ。そう思ったら居ても立ってもいられなくなり、棚の前を行ったり来たりした挙句、自分で買った。

山を離れ、福井へ戻るとき、この店に置いてもらえる本はもうないだろうと思った。実際には、山での一年間を書いたエッセイ『神さまたちの遊ぶ庭』が出たときに、置いてくれたそうだ。感激した。憧れの棚に置いてもらえたのだ。また下駄を履かせてもらった気分ではあったけれど。

本屋大賞にノミネートされたとき、あの店のことが浮かんだ。大賞を受賞すれば置いてもらえる。いや、ありえない。大賞はない。あっさりとあの店のことを考えるのをやめた。代わりに、たくさんの書店員さんたちの顔を思い浮かべた。会ったことのない書店員さんの顔も勝手に思い描いた。どなたが投票してくださったのかはわからない。わからないからこそ、ありがたい。貴いとさえ思う。知らない誰かが応援してくれる。私の本を好きだといってくれる。十勝の青く高い空のように晴れ晴れとうれしかった。

四年前に『誰かが足りない』がノミネートされたときも、そうだった。七位だったのに、嬉々として授賞式の会場に行った。順位はまったく気にならなかった。それくらいうれしかった。だから、今回も、ノミネートですっかり満足した。候補作を全部読んで、自分で予想を立ててみた。『羊と鋼の森』は八位だった。二作の上かよ、というつっこみはあるが、作品の良し悪しだけじゃない。売れ行きや、読者を限定しない幅の広さ、新鮮さ、そこに自分の好みも加えて予想した。

当たらなかった。担当編集者から知らせの電話がかかってきたとき、ものすごくよろこんでくれている彼の手前、わーい、とはいったものの、信じられない気持ちだった。野心というなら、順位ではなく、書けないはずのものを書きたいという、小説に対する野心しかなかった。この物語を書けたよろこびでじゅうぶんだった。それ以上のことはうまく期待できなかった。

「僕はばりばりに期待してましたよ！」

彼はうれしそうにいった。期待って何だっけ、と思った。考えているうちに、思い出した。目の前に広がっていた無数の星。その光に脳天を撃ち抜かれたこと。書きたい、と思ったこと。書ける、と思ったこと。自分の中に生まれる希望。あのわくわく感こそが、期待のすべてだ。

ここに私の本を置いてもらえたら、と願った気持ちは期待ですらなかった。でも、今はちょっと違う。あの店の、そして全国の本屋さんの、たったひとつしかない特等席に『羊と鋼の森』を置いてもらえることを、どきどきしながら待っている。ああ、胸が躍る。『羊と鋼の森』に期待してくださって、ほんとうにありがとうございました。

本の雑誌増刊「本屋大賞2016」

これから何を書いていこう。

　これから何を書いていこう。そう思うことが幾度かあった。『羊と鋼の森』を書いた後、そして本屋大賞を受賞した後、少なくとも二度、その問いを突きつけられたように感じた。

『羊と鋼の森』を書き上げて、それを何か月もかけて直して、直して、やっと一編の小説にまとまったとき、やりきった感があった。今書けるものをすべて注ぎ込んだような気持ちだった。それが錯覚であることを私はもう知っているつもりだ。書ききった感が強ければ強いほど、そこに空いた穴を満たすためのエネルギーが注がれる勢いは大きくなる。だから書ききることは、次の小説を書くためにも大事なことだ。

　それなのに、今回ばかりはなぜか違った。いつまでたっても次のエネルギーが注がれることはなかった。疲れているのかもしれない。体調も芳しくない。こんな状態で、これから何を書いていこう。気が滅入って、ますます小説が書けなくなった。

『羊と鋼の森』が本屋大賞を受賞して、うれしかった。身に余る光栄だった。好きなことを好きなように書ききった小説が本屋大賞に選ばれたのだ。これからも好きなものを書き続ければいいとお墨付きをもらえたようなものではないか。

そう思ったけれど、今度は、好きなものを好きなようにというのがどういうことなのかわからなくなった。できるだけ、深く考えないようにしようと思った。考えれば考えるほどわからなくなる。そういう予感があった。だから、あまり思いつめずに、具体的に好きなものを思い浮かべるようにした。それを書きたいか。小説にしたいか。細部を思い描こうとすると、好きなはずのものは輪郭がすっと薄れた。

受賞後のインタビューでは、次に何を書きますか、と何度も聞かれた。好きなものを好きなように書きます、と明るく答えた。本屋大賞というのはそういう賞だと思う、と。でも、よくわからない。自分の言葉に引っ張られて、好きなものを書く勢いがつくかと期待したのだけれど、どこへ引っ張られているのかわからなくなった。

地元の読書会なるものに誘われていた。福井市の市民グループによる読書会の、今度の課題が『羊と鋼の森』だという。そういう場に作者が交じることが必ずしもよいことだとは思わない。本というものは、作者の手を離れたらもう読者のものでもあると思う。自由に感想をいいあったり、意見を交わしあったりするのがいい。作者の意図を必要以上に斟酌（しんしゃく）したり、作者に気を遣って批判的な意見をいいづらくなったりしても面白くないだろう。しかし、今回、主催者からのとても丁寧で熱心な誘いを受けて、心が動いた。どんなものかとお邪魔してみることにした。

参加者たちの平均年齢は高かった。私の両親くらいの世代が中心で、たまに若い方がちらほら混じり、八十代、九十代の方もいらっしゃるらしい。そして、なんというか、とてもきちんとした方たちの集まりだという印象を受けた。

「私は音痴なんです」といった方がいた。「ほんとうに、恥ずかしいくらい音程が取れなくて、学生時代は音楽の時間が苦痛でした」

少し若い方だった。六十代前半、もしかしたら五十代かもしれない。恥ずかしそうに話す、感じのとてもいい方だった。

「自分が育った頃は戦時中で」といった方もいた。だから音楽どころではなかったのだと。もう少し音楽のことやピアノのことに詳しければ、もっとこの小説を楽しめたかもしれない。そういわれると、なんだかこちらが申し訳ないような気持ちになった。そういってくれる方は、もっと楽しめたはずの小説を、楽しめきれなくて残念だ、あるいは申し訳ない、という気持ちで告白してくれているのだ。それでも、楽しませることができなかったのはこちらにも責任がある。

音痴なんです、といった方も、きっとうまく物語の中に入り込めなかったのだろう。それは残念だけれどしかたのないことなのかもしれない。彼女にとっても、私にとっても。

ところが、彼女は続けた。

「音痴のはずなのに、この小説を読んでいる間は、ずっと私の中にきれいな音楽が流れていたんです」

あっ、と思った。今、とても美しい言葉を聞いた。音痴でも、小説を読んでいる頭の中には完璧な音楽が流れている。なんて素晴らしいんだろう。耳で聞くだけが音楽じゃない。実際には演奏されない音楽も、ページをめくれば響いてくる。

彼女がほんとうに音痴かどうかはわからない。たとえそれが誇張であったとしても、自分が歌ったり奏でたりするよりも美しい音楽が彼女の頭の中に鳴り響いたのだとしたら、それは音楽の力だ。そして、間違いなく小説の力だと思った。

私はピアノをうまくは弾けないし、調律の技術も持っていない。絶対音感もなければ、こつこつと努力し続ける根気さえも持ちあわせていない。『羊と鋼の森』に出てくる人たちとは私は違う。それでも音楽を響かせることはできる。ささやかかもしれないが、たしかな光を感じた。私の書きたいものは、たぶん、私のいるこの場所のすぐ隣にある真実なのだと思う。もしくは、可能性。私はそれを信じている。

これから何を書いていこう、と考えるよりももっと大事なことが、小説の中にある。

私にできることは何だ。私に書けるものは何だ。

自分に問いかける質問のかたちが少し変わってきた。もしかしたら、答えが出る日はそう遠くはないかもしれない。

「別冊文藝春秋」二〇一六年七月号

羊と鋼と本屋大賞――受賞直後の怒濤の日々

三月二十三日（水）

Nothing's Carved In Stone の名古屋ライブに行く。写真家の堀田芳香（高校の同級生）と、長男と三人。芳香はずっと彼らのアーティスト写真を撮ってきて仲がいい。楽屋にも顔を出すという。私は固辞するも、「せっかくここまで来て顔を出さなかったらかえって悪いって」とよくわからない説得をされ、おそるおそる挨拶をすることに。ヴォーカルの村松拓さんに『羊と鋼の森』読みました。めっちゃ沁みました」といってもらって感極まる。楽屋で挨拶なんて百年早いわと思ったけど顔を出してよかった。ほんとによかった。

ＮＣＩＳのライブはすごくかっこいい。いや、かっこいいっていうか、ええと、かっこいい。ドラムもベースもギターもものすごくうまいから、ヴォーカルが自由にのびのびといきいきと歌うことができている気がする。もちろん、ヴォーカルもすごくいいのだけれど、きっとこの先もっともっとよくなるだろうと期待させてくれるところも魅力だと思う（ＮＣＩＳについてはいくらでも書けるし書きたいのだが、延々とライブレポートを書いてしまいそうなので慎む）。

ライブが終わったら名古屋駅にダッシュ。福井へ帰るためには、米原に停車する最終のひかりに乗らねばならない。東京へ戻る芳香と駅で別れ、ホームへ駆け下りたところへ新幹線が滑り込んできた。よかったねぇ、間に合ったねぇ。新幹線が走り出してホッとして、何気なく時計を見て、あれ？　と思う。時間がおかしい。発車時刻にはまだ早い。え？　ということは？　乗り間違えました。だってまさか同じホームから十分も違わないで新幹線が発着するなんて思わないでしょう。そんなのありえないでしょう。と思ったけれども、次の停車駅は京都。やっぱりのぞみだった。福井で暮らしていると、各駅停車でも一時間に二本、東京へ行く特急は一時間に一本、という環境なので、まさか同じホームの同じ番線から新幹線が五分や十分間隔で発車するなんて考えられなかった。隣席の息子に間違えたことを話したら、「あらー」とのんきな声を出した。

「いや、乗るはずの電車、最終だったから。これ、もう帰れないから」

事態の深刻さを語ると、

「じゃあ、京都からどこまで戻れるか、もしくは京都で泊まれるか、調べよう」飄々（ひょうひょう）という。たしかにそれがいい。でも、息子はスマホを持っていない。今月、なぜか解約してしまったのだ。つまり私が調べるのか。京都に着くまでにそれを調べきれるのか、甚だ自信がない。夫に電話をして状況を説明する。すぐにパソコンで調べて折り返してくれた。京都に泊まるしか道はなかった。むすめが電話口に出たので、

「ごめんね、今日帰れないんだって」

謝ると、

「気をつけてね。そんで、八つ橋買ってきてねー」

楽しそうに返されて、ちょっと元気が出た。

三月二十四日（木）

始発の時間に京都駅に戻れば、誤乗証明が出て切符をそのまま使えるという。朝六時に駅……無理だろうと思ったが、その時間に行こうよといつになく強く息子がいうのでそうすることに。ゆっくり朝ごはんを食べて、京都観光をしてから帰ってもいいのではと思っていたのに。

今日が高校の終業式だったのだ。それでも普段なら平気でサボるはずなので不思議に思っていたら、終業式には成績表が配られ、来年度の教科書販売もあるので、休むと面倒なことになるという。何事にもほとんど動じない息子がいうのだからよほど面倒なことになるのだろう。あきらめて六時に駅へ行く。早すぎて売店も開いていなかった。ごめん、むすめ。八つ橋も買えなかったよ。

夜、両親の金婚式。ビストロ後藤でお祝いをする。昨夜、新幹線を乗り間違えて帰れなかったのだと話すと両親に爆笑された。笑うんだ……。

三月二十五日（金）

キノベス！贈賞式。『羊と鋼の森』が、紀伊國屋書店スタッフが全力でおすすめする本の一位に選ばれたのだ。朝から夫とむすめと両親とで上京。東京で伯母と弟と姪、夫の両親とも合流。キノベスにかこつけて、楽しい。楽しいけど、緊張もする。贈賞式ではひとことお礼の言葉を、といわれていた。ありがとうございました、でいいんだと思っていた。でも、私以外の受賞者たちがずいぶん話す。前の方の長めのスピーチを聴きながら、頭をフル回転させる。何を話せばいいかわからないときは、自分が主人公の、ごく短い小説を書くつもりで考えるといい。ぴかーんと浮かんで、紀伊國屋さんのじんぶん大賞を受賞した岸政彦さんの本を絡めた話をした。たぶん、一分半くらい。なんとか話し終えて舞台袖に引っ込むと、そこで岸さんとすれ違った。「宮下さーん！　ありがとうございました！」と満面の笑みの岸さん。なんてオープンな方なんだ。うれしくなって、ハイタッチ。著書に負けず劣らず、岸さんご本人もすごくおもしろい方だった。いっぺんにファンになった。

続いて、椰月美智子さんと編集者の篠原さんと三人でトークショー。椰月さんの話がおかしくて笑ってしまう。椰月さんもほんとうにおもしろい人。私たちはいろいろなところが正反対で、でもどこかがとてもよく似ているからずっと仲よくできているんだと思う。あっ、でもどこが似ているのかはよくわからない。

三月二十六日（土）

夫とむすめと両親とで先に福井に帰ってもらい、私は残って文藝春秋で仕事。取材を受けたり、サイン本をつくったり。夜十時過ぎに帰宅。

三月二十七日（日）

今日から家族で旅行。旅行の計画はいつも夫が立てるので、私はわりと旅程を把握していないことが多い。綿密に練られた日程表を見て、愕然とする。車で福山まで行って、自転車で瀬戸内海の島々を渡って四国へ行く計画。うう－ん……。

三月二十八日（月）

自転車で、しまなみ海道を渡る。

三月二十九日（火）

自転車で、しまなみ海道を渡る。

三月三十日（水）

自転車で、しまなみ海道を渡る。やっと四国。道後温泉にて夏目漱石の若い頃の写真に瞠目。ずいぶんとかっこいいではないか。なんでこっちの写真が有名じゃないんだろう。

三月三十一日（木）

息子が栗林公園をクリリン公園と読んだのが本日のハイライト。

四月一日（金）

うどんを食べる。うどんを食べる。うどんを食べる。三回食べて、うどん満喫。車で福井へ帰る。夜遅くに高速を降り、何か少し食べて帰ろうということになる。何がいいかと聞くと、「うどん」とむすめ。

帰ったら、うちの犬がすねていた。留守の間、実家でかわいがってもらって、絶対いい思いもしていたはずなのに。機嫌を取る。利口なのでなかなか懐柔されない。

四月七日（木）

次男の入学式。長男（三年生）と同じ高校なので、様子がわかってなんとなく安心。しかし、見知った先生に出会うと、反射的に「すみません」と謝りそうになるのはなぜ。こんな母に誰がした（長男だ）。

四月八日（金）

むすめの入学式。先月、次男が卒業したばかりの中学なのに、お世話になった先生方が根こそぎ転任していかれて、アウェイな感じに。むすめは前から二番目だった（背の順）ことをちょっと気にしていた。自分が中学に入学したとき、後ろから二番目だったのを不意に思い出す。背が高くてもべつにいいことなんてない。女の子は小さいほうがかわいいよ、などとむすめをなぐさめそうになって自分でもびっくり。女の子は、なんていう主語を使うようになったらおしまいよ。

帰りに、生徒玄関のところに昨年度の長距離走の十傑が貼ってあるのを見る。なんと、次男の名前が一番上にあった。思わず写真を撮る。知らなかった。そんなに走れるようになっていたのか。彼は幼い頃からずっと走るのが苦手で、中学に入って一念発起し、親がいうのもなんだがものすごくがんばって走り込んで速くなったのだ。でもまさか一位だとは思わなかった。涙が出そうになった。

四月九日（土）

毎年お世話になる写真館で、家族写真を撮る。今年は次男とむすめ、新入学のふたりを中心に。真新しい学生服とセーラー服に身を包んだふたりが笑いあってカメラの前に立つようすを見て、大きくなったなあとあらためて感心する。ほんとうに親が育てられる部分はもう育て終わったように思う。

四月十二日（火）

いよいよだ。本屋大賞の発表会。楽しみましょう、と編集者にいわれていたが、とても楽しめる気持ちになれなかった。どうしても大賞だとは信じられない。私が大賞だとわかったらがっかりされるんじゃないか。不安だった。

でも、会場に着いたら、じわじわと気持ちがほどけていくのがわかった。みんなすごい笑顔だった。編集者の人たちも、実行委員の書店員さんたちも、にこにこにこにこしている。これで私がくよくよしていたら失礼だと思った。ばかなんじゃないか私。素直によろこべよ私。はい。

ヘアメイクのまゆみさんに二十割増しくらいにきれいにしてもらって、控え室で取材を受ける。受けまくる。いい加減話し疲れた頃に、本番が始まる。おかげでスピーチのときは、だいぶ緊張もほぐれていた。でも、舞台の上から見たら、泣いている人がいた。ちょっと、なんで泣いてるの。いやだ、もらい泣きしそう。なるべく見ないようにする。スピーチの間に泣くのはかっこわるいから、とにかく今だけは泣かないで。そう思って必死だった。

いいこともいったはずなのに、「初版六千五百部」と「歴代の受賞者の中で知名度の低さは抜群」というところだけが、このあと何度もテレビで流れることになった。

たくさんの方から祝福を受けて、まるで夢のような時間。笑っている人も多かったけど、泣いている人も多かった。不肖の宮下がやっと晴れの舞台に立ったのだ。そう思うと泣けてくるのだろう。号泣する人までいた。そのたびにもらい泣き。笑ったり泣いたり忙しい。

深夜、急に家族が恋しく懐かしくなって、家に電話。長男が出た。

「テレビ、観たよ」

彼は穏やかな声で続けた。

「いい感じ」

それでふっと気持ちがゆるんだ。

四月十三日（水）

朝から取材。でも午後三時半の新幹線に乗らなければならない。今夜から、夫が長い出張で北海道へ行ってしまうのだ。ちゃんと家から見送りたかった。その気持ちを尊重してスケジュールを組んでくれた編集者と宣伝部の方々に感謝。取材が長引いて、急いで玄関に向かう際、文藝春秋の玄関から猛然と走ってタクシーを停めにいってくれたオール讀物の編集者にも感謝。

四月十四日（木）

福井テレビ「タイムリーふくい」の収録。授賞式の映像を見て、またもらい泣き。汗もいっぱいかいた。

熊本で地震。

四月十七日（日）

夜に東京入りして十八日朝のNHK「あさイチ」に出演するはずが、大地震のために流れる。その知らせを聞いて、少しほっとする。これまで、被災地から離れた場所で暮らす人が自粛するのはなんとなく違和感があった。自粛しても、特にいいことはないように思える。今回は、自粛ではなく、地震について報道するために「あさイチ」の内容が変わったのだけど、それでもほっとしている自分に驚いた。やりたいのに我慢してやらないのではなく、やりたくなくなってしまうのだ。本屋大賞おめでとう、ありがとう、と笑顔でやりとりできる自信がない。こんな気持ち、ジコマンゾクっていうんだ。

ただ、影響力の大きい「あさイチ」の出演がなくなって、営業的には打撃を受けることになる。増刷した分、どうなるの。だいじょうぶかな。もう刷っちゃったんだから心配してもしょうがないかな。ないよね。

四月十八日（月）

上京して、お礼参りの旅へ。今日はその一日目。普段は福井にいるので、書店さんをまわることは地元以外ではほとんどない（地元でもあまりない）。応援してくれた書店員さんにご挨拶したり、サイン本をつくらせてもらったり、果たしてこれがお礼になるのかどうかはわからないが、ありがとうございましたと直接申し上げたかったのだ。ほんとうはもっとまわりたかったけど、現実にはこれ以上は無理、というスケジュール。営業部のリーダー八丁さん（名刺にほんとうにリーダーと印刷してあった）ができるだけ効率よく多くのお店をまわれるよう計算して組んでくれたのだが、十五分しか時間のない予定のお店でサイン本を一〇〇冊頼まれると、燃える。編集の吉田さんと、地区担当の営業さんと（文春は、地区担当と本担当とあともうひとつなんだったか担当が分かれている）ものすごく息の合ったサイン本作成チームができる。このチームでならサイン本作成競争でけっこういい線いけそうな気がする。

最後はＮＨＫ「まいあさラジオ」の収録。ものすごく勘のいい高市アナウンサーに、感激する。

四月十九日（火）

お礼参り二日目。朝、東京駅を出て、中央線で立川へ。それから渋谷へ戻り、横浜へ出て、最後は川崎。今日も十軒。『羊』を大きく展開してくれているお店が多くてとてもありがたい。ずっと応援してくれていた書店員さんと話すのもうれしい。やっと少しだけ恩返しができたような気持ちになる。

川崎から新横浜へ出て、新幹線で帰る。移動距離も長いし、ずいぶん歩いた。お礼参りには、これからはスニーカーで行こうと決めた。

四月二十一日（木）

お礼参りで広島入り。お昼に福山に着いて、そこから九軒。どのお店も『羊』をたくさん積んでくださっていた。個性的な書店員さんたちが多くて、話していてすごく楽しい。夜に懇親会まで開いてくれた。うれしい。ありがたい。名入りの剣玉をお祝いにいただいた。

この日は、TBS「ゴロウ・デラックス」のカメラが同行し、一日中撮影。雨が降って、湿気で髪がぼうぼう。しかも足もとはスニーカー。なんでこんな日に限って収録か。

四月二十二日(金)

朝、広島を発って大阪へ。お昼近くから書店さんを十軒まわる。八丁リーダーが「九軒ですよ」という。あれ、十軒だと思ったけど数え間違いかな。最初のお店で、以前、福井店にいらした店長さんとばったりお会いする。それから、サイン本一〇〇冊つくって、色紙を書いて、『羊』Tシャツにサインを入れ、店内放送を録音。営業さんが「宮下さん早いですね、上手ですね」とささやかな飴玉をくれる。「さあ、あと九軒です、がんばりましょう」。え、あと九軒?

大阪は濃い。イメージだけかと思っていたが、ほんとうに大阪の書店員さんたちは濃かった。私は人の顔と名前を覚えるのがかなり得意なほうだが、それでも一日に何人もの方とお会いするとうろ覚えになることもある。でも、大阪でご挨拶した書店員さんたちは全員脳裏に刻まれた。だって濃いから。みなさんそれぞれおもしろい。本の話をもっとしたい、この人の話をもっと聞きたい、と思うことも何度もあった。でも、時間が足りない。サインを書いて、ハンコを押して、たまに地元のラジオ用に短い録音をしたり。

途中で、「さあ、折り返し地点ですよ」と励まされたときには、すでに何軒目だかわからなかった。最後のお店に向かう途中に、編集の篠原さんが「次の店はサイン本二〇〇冊です」と、さらっという。え？　二〇〇冊？「吉田（途中で篠原さんと交代した）も知ってたはずですが、何もいってませんでした？」。いや、それはいえないわ。私だっていえない。サイン本をつくらせてもらえるのはほんとうにありがたいけれど、最後に二〇〇冊が待っているのを知っていたら、さすがにちょっと気が遠くなってしまったかもしれない。しかも、実際は二四〇冊だったんだけど。

夜は、ＯＨＫ（大阪羊懇親会）なる会合に出る。顔見知りの濃い書店員さんたちばかり（取次さんも）で、楽しい楽しい。笑う笑う。お忙しい中集まってくださってありがとうございました。めっちゃ美人さんがなぜか結婚できないネタを振ってくるので、編集の篠原さんも独身だといってみたが、あまり好みのタイプではなかったらしい。

夜遅く、家に電話。二泊も家を空けるのは初めてなのだ。「ごめんね、明日には帰るからね」というと、むすめが明るい声でいった。

「だいじょうぶ。待ちに待ってるから！」

四月二十三日（土）

朝食の苺のスムージーがおいしい。ホテルのビュッフェ方式の朝食。おかわりするかどうかさんざん迷ってから、電車の時間を考えてあきらめる。

サンダーバードは大阪が始発だし、そんなに混むこともないだろうと高を括っていたが、みどりの窓口で「満席です」といわれる。うそ。なんで。次の電車を調べてもらったら、グリーン車が一席だけ空いているとのこと。その次だとグリーン車も満席。うそうそ。なんでなんで。団体客が指定席を取って、自由席は意外と空いているかもしれないと思い、確かめにいく。若いお嬢さんたちがうれしそうに自由席に長蛇の列をつくっていた。ああ、そうだ、そうだった。週末に嵐が来ると聞いた覚えがあった。そのときは、「植木鉢を屋内に入れて、雨戸閉めとかなきゃ」くらいにしか思わなかったが、実際にこうして巻き込まれてみると、つくづく舐めていたと思う。サンダーバードに乗れない事態になるとは迂闊だった。誰もあの五人組にはかなわない。

四月二十四日（日）

ようやく休みだと思ったらそうじゃなかった。ぜんぜん休みじゃない。むしろまったく休みじゃない。馬車馬のように原稿を書く。ああ、馬が原稿を書いてくれるのなら馬を飼うのにな。馬ってかわいいよな。念のためにうちの犬に原稿を書いてみるかと聞いたら、さめた目で「つまらないことさせないで」と断られる。やっぱりうちの犬は利口なのだ。

「文藝春秋」この人の月間日記　二〇一六年六月号

そこに響く音楽

忘れられない手紙がある。それは、私の書いた『誰かが足りない』という小説に対する、目の見えない読者の方からいただいた手紙だった。あなたの本に出てきた料理があまりにもおいしそうで、どうしても食べたくなりました、と書かれていた。食べたくなってもらえたということが、とてもうれしかった。同時に、新しい疑問も生まれた。文字で書かれたものを読んで——正確には、点字を読んで——おいしそうだと感じてもらえたのは、どの描写が何を刺激したからだろうか。匂いを想像してもらえたのか、味そのものなのか、それとも、その料理の見た目だろうか。それは、記憶の中の味や匂いなのか、味わったことのない味や匂いを想像してもらえたのか。

この読者の方の目が見えないと知ったから気づくことのできた疑問だった。そもそも私たち作家は、何を書いているのだろう。目に見えないものを書いているのではないか。もちろん、料理そのものは目に見える。今、このテーブルに載っている食べものについて描写することは、たしかにできる。だけど、作家が書きたいのは、たいてい、食べものそのものではない。なぜその食べものがそこにあるのか。どうしてそれを食べるのか。あるいは、その食べもののおいしさだったり、それが食卓に載るまでのエピソードだったりする。そして、それらは目に見えないはずである。つまり、目の見える読者も、見えない読者も、小説によって、見えないものを見ているのだ。

目に見えないものを書くというのは、不思議なようでいて、よく考えると実はぜんぜんそうではなかった。登場人物の気持ちや、心の動きは目に見えない。料理のおいしさだって目に見えない。見えないものを見る術に長けた、目の見えない読者からの手紙がことさらうれしかったのはそのせいだろうと思う。

さて、私の『羊と鋼の森』という小説は、音楽を題材にした小説だ。ピアノの調律師を目指す青年が、ゆっくりと成長していく姿を書いた。音楽も、目に見えない。耳では聞こえるけれど、それを言葉にして小説にするという意味では、目に見えないものを形にするのと似た転換が行われていると思う。

この小説にも僥倖があった。耳の聞こえない方から手紙をいただいたのだ。そこには、この小説を読んでいると美しい音楽が聞こえてくるようでした、と書かれていた。

その手紙には、その方のことはあまり書かれていなかったので、途中で聴覚を失った方なのか、ずっと聞こえなかった方なのかはわからない。どちらにしても、すごい、と思った。言葉で音楽を伝える。言葉で聴覚を刺激することができるのだ。正しい言い方ではないかもしれない。言葉で音楽を伝える、というと、音階を、調を、音の長さを、正確に表すことのように思われるかもしれないけれど、私の小説にそういう箇所があるわけではない。ただ、音楽の豊かさ、音楽のよろこびを書いたつもりだった。それが、それこそが伝わったのだと思った。

書かれていることから読み取れる色や形や音や匂い。書かれていないところまで、もっと深いところまでもそれはつながっていく。そこを読んでもらえることが、小説を書く者にとってのよろこびであるように、小説を読む人のよろこびでもあったらいいなと思う。そういうよろこびに満ちた小説を書いていこう、書いていきたい、とあらためて思った。これ以上ないうれしい手紙だった。

わかるようでいて、わからない。わかるわけがないのに、わかってしまう。そういうせめぎあいの中で、小説というものは書かれ、読まれるものなのではないか。耳の聞こえない方の中に響いた音楽が美しいものであったということが、私にとっては望外のよろこびであり、これからの人生への希望にもなっている。

「季刊ＭＩＭＩ」二〇一六年冬号

旅なのか、暮らしなのか

初めて北海道へ旅行したとき、驚いた。空の色が違う。空気の密度が違う。風の匂いが違う。これが同じ日本だろうか、と思った。大きく息を吸って、吐いて、吸って。大学生だった私は、一遍で北海道が大好きになった。

以来、何度も北へ飛んだ。ときにはフェリーで海を渡って上陸することもあった。何年かして結婚してみたら、相手は輪をかけて北海道好きだった。東京生まれの東京育ちの人である。ちなみに私は福井生まれ福井育ち。それなのになぜか夫婦揃って北海道好きで、野球は広島カープ。不思議だ。

子供たち三人が生まれてからも、長い休みには北海道へ旅行した。車で一か月近くかけて全道を走ったこともある。ホテルの狭いベッドにぎゅうぎゅうになって泊まったり、道の駅の駐車場で車中泊したり。車中泊の晩は運悪くものすごく暑くて、北海道のくせに暑いじゃないかとひそかに怒った。窓を開けて寝るのは不用心だし、閉めれば家族五人の熱気でむしむしした。——ああ、若かった。今では車中泊は無理だ。よく眠れなかったら翌日に響くだろうと考えてしまう。旅行の最中に睡眠の質について考えること自体が無粋だ。車中泊というのは若さと健康のしるしであり、つまりはとても贅沢なことなのだと思う。

それから数年して、私たちは北海道の重心にあるトムラウシ山と出会う。ひと目で心を奪われた。神、と彼の地の景色を形容したのは、当時十四歳だった息子だ。神には勝てない。たった一年間ではあるけれど、家族でトムラウシに住んでしまった。大雪山国立公園の中の小さな集落だった。ぎゅうぎゅう寝ていた子供たちは中学生と小学生になっていた。

雄大な山の麓で暮らすというのは、想像を超えて気持ちのいいものだった。今でも夢を見ていたような気がすることがある。たしかに暮らしていたはずだし、生活の実感も痛いくらいあったのに。あれはほんとうに暮らしだったのか、もしかして旅だったのではないか？

神としかいいようのなかった景色を、なんとか言葉で表現できないかと夢中で書き上げたのが、『羊と鋼の森』だ。旅なのか暮らしなのか今でも判然としない、あの美しい山での一年がなかったら、決して書けなかった。旅というのは、非日常でありながら、日常と密接につながっている。私にとってのトムラウシも、旅であり、暮らしであり、人生なのだ。

「ノジュール」旅の記憶（巻頭エッセイ）二〇一六年九月号

そっと手を振る

映画化される『羊と鋼の森』の撮影現場を見学した。森の匂いがした、という一文で始まるこの物語をどう映像化するのか、楽しみな反面、ほんの少し不安でもあった。小説の冒頭から、森の匂いがするのに、そこは森ではない。調律師である主人公たちのいる場所を、ピアノの音色を、どう表現するのか。言葉で音を表すのはたしかにむずかしいけれど、実際に聞こえる音で表現することは、もっと厳しい部分もあるだろう。

その日は、ピアノリサイタルの場面を撮影していた。観客役にエキストラの人たちがたくさん来てくれていた。その人たちが手にしているリサイタルプログラムは、この日のためだけにつくられたものだった。私も一部もらって、驚いた。本物のリサイタルでもこんなに洒落たパンフレットはなかなかない。うれしかった。細部への気の配りよう、力の入れよう。ひとつひとつを大事にする現場は信頼ができる。

ステージではリハーサルが行われていた。ピアニストが情熱的なピアノを弾く。その曲目も、この映画のためにピアノを猛勉強したという橋本光二郎監督が、ベテランの音楽監督と協議して練ったプログラムだ。ちょうど弾かれていたのはベートーヴェンの『熱情』。私はそれをステージの陰で聴いていた。すると、こちらへ歩いてくる人がいた。端正な人だった。きっと調律師だ、と感じた。予感があった。この映画のために呼ばれた腕のいい調律師ではないか。

ところが、それが三浦友和さんだった。顔を知っているはずなのに、三浦友和さんだ、とは思わなかったのだ。それ以前に、彼は調律師だった。風情が、たたずまいが、完璧に調律師だった。

映画のプロデューサーが教えてくれた。

「三浦さんも『熱情』を弾けるんですよ」

『熱情』というのは、ベートーヴェンのソナタの中でも難易度の高い曲だ。役作りで弾けるような曲ではない。そういえば、三浦友和さんは、忌野清志郎さんと高校の同級生で、一緒にバンドを組んでキーボードを担当していたといつか読んだ覚えがあった。当時からピアノがうまかったと清志郎さんが語っていた。ピアノが似合うのも当然かもしれない。

「だから、調律師としての圧倒的な存在感があるんですね。ピアノへの愛情を感じるから」

感心していうと、

「ピアノだけじゃないですよ、映画が決まる前から『羊と鋼の森』も読んでいて、好きだったそうです」

ああ、ありがたい、と思った。この映画はだいじょうぶだ。とても大事にされ、愛されている。私は、もう、そっと手を振っていればいい。がんばってね、ここでずっと見ているよ、と。うれしいような、さびしいような気持ちだ。

映画のことを書いているつもりが、息子のことと重なった。小説が、私が書いたものでありながら、一度手を離れたらもう私のものではないように、子供というのも、この世に生まれてしまえばもう私のものではない。十八年間一緒に過ごした長男は、明日、家を出ていく。小説が愛されて映画として新しく歩きはじめるように、息子も新しく歩きはじめようとしている。自分の人生を一歩踏み出そうとしている。もしも途中でつまずくことがあっても、ふりかえったときに安心できるように、愛されているとわかるように、私はここにいてそっと手を振っていようと思う。

「福井新聞」つらつら紡ぐ　二〇一七年三月二十二日付

六章　緑の庭の子どもたち

２０１５―２０１７

第25回　賞金の行方

小説を書いて暮らしている。よくもまあ、一日じゅうこんなに文字を書いていられるものだと思う。書いている間は、楽しい。うれしい。どきどきする。わくわくする。そして、苦しい。思うほどうまくは書けないからだ。消して、また書く。直して、また書く。ときどきは、どうしてこんなに大変なことを仕事にしているのかなあと思う。長い長い執筆期間のうち、ほんとうによろこびを感じられるのは二分間くらいだ、と話した作家がいた。でもその二分間のよろこびが強烈すぎて、また苦しい執筆に取りかかるのだ、と。

今月、新しい本を出した。『羊と鋼の森』という、ちょっと不思議なタイトルだ。この小説は、二分間ではなかった。もっと、もっと、長くよろこびが続いた。書いている間じゅう、ずっとよろこびを感じていたかもしれない。持てる限りの力と、愛情を込めて書いた。

できあがった本をうっとり眺めて、ぱらぱらページをめくる。目についたところを読む。

「あっ」

　声を上げたら、家族がこちらを見た。

「どうしたの？」

「なんか、この本、すごくいいよ！」

はあ？　という顔で家族が首を傾げる。みんながすごくいいといってくれたらうれしいのだけど、なかなかそんなふうにはいかないから、自分でほめる。自分だけはほめる。だって、ほんとうに好きなものを全力で書いたんだもの。すごくいいと思ってあたりまえだ。

「どうしよう、売れちゃうかも。どうしよう、賞をもらっちゃうかも」

　売れなくてもいいよ、賞なんかなくていいよ、と家族はいつも励ましてくれる。まわりの評価は気にせず、ほんとうに好きな小説を書くほうがいい、と。そのとおりなのだ。ほんとうに好きなものを書くのが私のいちばん大事な使命だ。そのうえで、たくさんの人に読んでもらえたら、いうことはない。

　にこにこと夫がいった。

「じゃあ、もしも大きな賞をもらったら、賞金でキャンピングカーを買おう」

それ、賞金じゃぜんぜん足りないんじゃないか。

「そして、家族で日本を旅してまわろう」

日本一周旅行の費用も賞金から捻出するつもりなのだろう。足りないから。賞金じゃまったく足りないから!

「キャンピングカーはそんなに出番がないと思う」

長男が冷静にいった。

「かわりに、グランドピアノを買ってください」

いや、それも賞金じゃ足りないだろう。

「ワンさぶ子の部屋に、エアコンつけてあげて」

自分のためのものではないリクエストをしたのは、むすめだ。いい子だなあ。ワンさぶ子というのは、うちで飼っている白柴(一歳)なのだ。

「えーと」

それまで黙っていた次男が口を開いた。

「賞金が入ったら、できれば僕たちの進学資金のために取っておいてもらえるとありがたい」

はっとした。心配させて悪かった。賞なんかとらなくてもだいじょうぶなように、子どもたちの未来のためのお金はがんばって準備しようと思った。

第26回　息子の筆箱

息子の筆箱がすごい。ぼろぼろのがたがたになりながら、テープで補修を重ねつつ、使い続けて九年目。なんと小学校に入学したときから中三の現在まで使っているのだ。今となっては元の絵柄も判然としない。初めて使う一年生にも扱いやすい長方形のプラスチック製で、蓋がパタンと閉じて磁石でくっつくようになっている。中三ともなると、その型の筆箱を使っている人自体、ほとんどいないらしい。蓋が取れ、緩衝材が飛び出し、骨組みの部分が崩れ、見るに見かねて新しいものに買い替えを勧めても、まだ使えるから、と断られてきた。

小学校の何年生のときだったか、リサイクルの係になって、ペットボトルのキャップを集めたことがあった。キャップに貼ってあるシールをはがす仕事をした息子は、なぜかそのシールを筆箱の全面にペタペタ貼って帰ってきた。表面だけではなく内側まで、ざっと百枚はくだらないだろう。そのシールは今も貼ってあって、彼の筆箱はますます異様な様相を呈している。高校に入るときには、さすがに買い換えたほうがいいんじゃないかと思う。

「なんで?」

息子はきょとんとしている。なんでと聞かれれば、答えに詰まる。たしかに、使い続けてもいい。本人は気に入っているというより、気にしていない。ただ使えるから使っているだけ、とあくまでも自然体である。

対して、もうひとりの息子は、小学二年生のときに筆箱がバラバラになって、直しようもないほどになった。明確な意志を持って壊さない限りこうはならないだろうという壊れ方だった。

折も折、学校からは、新しいものが欲しいためにわざと壊す子がいる、と注意が出されたばかりだった。そういうことなら言語道断だと思った。息子に聞くと、

「筆箱がどんなふうにできているのか調べたかった」

と飄々といった。ふたつめも、まったく同じ筆箱を買った。息子自身がそれを選んだ。そして小学校を卒業するまで使い続けた。中学校に入ってからは、通学リュックの荷物が多すぎるので、もっと軽くて小さい筆箱がいいと布製のものに買い替えた覚えがある。

そういえば、高校に入ったあたりから、それを見かけない。今はどんな筆箱を使っているのかと聞いたら、あっけらかんと制服のポケットを指差した。

「ここに、シャーペン入れてる」

「うん」

「消しゴムも入れてる」

「うん」

「あと、必要に応じて、赤ボールペンとか、定規とか、印鑑とか、コンパスとか」

コンパスは危ないだろう。角度によっては刺さるだろう。

「ちょっと待って、印鑑って」

息子は素知らぬ顔をした。もしかして、成績表や何か親の承諾が必要な書類に、勝手に押す用の印鑑ではないか。

ほかに、小銭が入っていたり、文庫本や、マスクや、学校からのおしらせがぐしゃぐしゃに丸まって入っていたりする。もはや、筆箱ではない。いや、もともと筆箱ではなく、制服のポケットではあるのだけど。

第27回　武者震い

小説を書いていると、自分がその小説に特化されたコンピュータになったような気がすることがある。最適な言葉を見つけるのではなく、ふさわしくない言葉をはじくコンピュータである。

　自分で書いたものは、頭に入っているつもりだ。どこに、どんな単語が出てきたか。ここで別の表現に置き換えたら、全体にどんな影響を及ぼすか。それを脳内コンピュータが計算する。仕上げに近づくほど精度は上がる。

　あるとき、「武者震い」という単語に引っかかった。物語の山場で、ある人物が武者震いをする。それが急に心配になった。武者震いなんてそうそう出るものではない。もちろん、このとき書いていた物語の中では初出だった。しかし、これまでに書いてきた物語では使っていたのではないか。何人もの登場人物が武者震いをするようだと、薄っぺらく思えてくる。

　脳内で検索し、それでも飽き足らず、既刊本を一冊ずつ確認していく。結果的には、脳内検索の結果が正しかった。記憶の通り、ある人物が大事な場面で一度だけ武者震いをしていた。

　さて、最近のこと。うちには白い柴犬がいる。冬毛に生え変わるこの季節には抜け毛が増えるため、ブラシで梳いてやるのが日課だ。小学生のむすめがそのブラシを持ったときに、不意に私の脳内コンピュータが検索を始めた。

　白い犬。ブラシ。冬の午後。子ども。——何かが引っかかった。

　もう何十年も前ののどかな冬の日がよみがえった。弟の友達が遊びに来ていた。私は小学校の高学年で、五歳下の弟はまだ幼稚園児だった。

弟のクラスには、とても発達の遅い男の子がいた。体つきも明らかに小さかったし、年長組になっても走ることも言葉を話すこともできなかった。遊びにきた中に、彼もいた。何をして遊んでいたのだったか、男の子たちが外から家に入ってきて、ふと見ると、彼だけが戸口のところに立っていた。

私は彼を家に招き入れようとして近づいた。彼は、当時私たちが飼っていた白い犬の小屋の前で、ブラシを手に取るところだった。見ていると、彼はそれを自分の頭にあてた。髪を梳いているのだった。それは犬用のブラシだよ、と教えそうになって、口を噤んだ。彼がそれを髪を梳くための道具だと判別できたことさえ、私には驚きだった。でも、もっと驚いたことに、彼は私と目が合うとにっこりと微笑んだのだった。言葉を話すことはできなかったけれど、その目が「どう？　かっこよくなったでしょ」といっていた。その瞬間、小学生だった私にもわかった。この子はきっと家で毎日おかあさんに髪を梳いてもらって、ほら、かっこよくなったね、といってもらっているのだ。

まぶしかった。大事に育てられた子ども。彼が神々しく見えた。子どもの愛らしさには、その子がそれまでに受けてきた愛情が映し出されているのだと思った。

あれから何十年か経って、彼がその後どうしているのか私は知らない。それでも彼は、私の中の検索機能によって姿を現す。そこでにこにこと微笑む幼いままの彼を見て、しあわせな気持ちになると同時に、武者震いが出る。子どもたちは愛されるために生まれてくる。あのときの子どもが大人になって、そう、今度は大人になった私たちが愛する番なのだ。

第28回 遅刻の理由

仲のいい女友達が、だんなさんの愚痴をいう。ある日、彼が泣いて帰ってきたのだという。

「びっくりするわ、泣きながら帰ってくるなんて」

彼女は憤慨していった。

「心配して理由を聞いてみたら、秋吉やと」

秋吉というのは、あのやきとり屋さんの秋吉だろうか。

「仕事が終わったら秋吉に寄ってやきとりを買って帰るのを楽しみにしてたんやって。でも、急な仕事が入って残業になって寄れんかったんやわ」

「えっ」

まさかホントにそれだけの理由で泣いたわけではなかろう。

「それが、ホントなんやって。秋吉、秋吉、っていつまでもめそめそしてるんやざ」

彼女には悪いが笑ってしまって慌てて付け足した。

「まあ、うちの人も似たりよったりやし」

似たりよったりというか、負けず劣らずである。

うちの夫は、八時四十五分始業の職場に勤めているのにたいてい九時を過ぎても家にいる。どうしてきちんと始業時刻に行かないのかと聞いてみたら、

「だって、朝のミーティングの最後に、ハイタッチがあるんだよ」

憂鬱そうに告白した。

「今日も一日がんばりましょう、ってみんなでハイタッチするんだ。それが恥ずかしくて」

ええっ、まさかハイタッチしたくなくて、ミーティングの終わる時間を見計らって出勤しているのか。それ、あかんやつや。あかんやつやろ。

開いた口がふさがらないが、夫は夫である。ハイタッチしたくなくて遅刻していくのも夫の人生なのだ。私が考えるべき問題は、この夫の血を引く子どもたちのことだ。

もしも、ハイタッチが嫌で子どもが遅刻したら、親はどうすればいいだろう。とりあえず、ふざけているのか本気なのか確認する。そんなことくらいで遅刻するなと叱

る。やさしく説得する。励ます。あるいは、遅刻がどんなによくないかを語って諭す。なぜハイタッチがそれほど嫌なのか原因を考える。ハイタッチが嫌なら嫌だとみんなに話してみるよう勧めるのもいいかもしれない。でも、嫌なのはほんとうにハイタッチなのか。ハイタッチの陰にもっとつらいものが隠れているのではないか。ハイタッチなるものが、私が考えているよりずっと重く厳しく嫌なものだとしたら、それでも行けといえるのか。

子育ては、むずかしい。正解を見つけるのは至難の業だ。ハイタッチひとつ取っても、子どもが何故、どれくらい嫌がっているのか見きわめて、その子の性格も鑑みた上で、時間をかけて話し合って解決策を探っていくしかないような気がする。

幸か不幸か、うちの子どもたちは夫にそれほど似なかった。三人のうちの一人は、ハイタッチはハイタッチ、特に嫌うほどのものでもないと上手に切り替えられるだろう。もう一人はハイタッチを嫌がりつつもがんばって登校するだろう。残る一人だけは、ちょっとあやしい。どの子とはいわないが、ちょっとあやしい。

いや、子どもたちの、ありもしないハイタッチ遅刻のことで悩むのはやめて、今は夫に、遅刻せずに出勤することを勧めておくだけにしよう。

第29回　それから

続きを書いてほしい、といわれることがある。あの小説の主人公は、それからどうなったの？　続きが読みたいと望まれるのはしあわせなことだろう。

私も、小説の登場人物たちが、その後どうしているのか気になるし、知りたいと思う。でも、作中の登場人物たちは、本を閉じても、生きている。書かれた物語はそこで終わりでも、彼らの人生は続いている。どこかで元気に暮らしていて、ある日ばったり会うことだってあるかもしれない。作者にも、生きている彼らの「それから」はわからない。

そもそも小説の中でさえ、こちらが思っている通りに動いてくれるとは限らない。予想もつかない言動で作者を驚かすこともしばしばあって、むしろそれがなかったら、小説を書く楽しみは半減する。そんなだから、書き終えてしまった物語の「それから」には責任が持てない。ただ、「末永くしあわせに暮らしましたとさ、めでたしめでたし」で、ぷっつりと終わるわけではないことだけはたしかだ。あとは読者の方が自由に想像してくださることも含めての物語なんじゃないかと思う。

さて、私が書くものはほとんど小説なのだけど——この欄は例外——そうではない本もある。ちょうど一年前に出したのが『神さまたちの遊ぶ庭』という、北海道のトムラウシで暮らした一年間の物語だ。物語といってもフィクションではなく、ノンフィクションとも呼べない、エッセーに限りなく近い本である。この本に関してだけは、続きがある。登場人物たちは全員実在の人物だし、今もここ福井や北海道で生きている。つまり、「それから」がある。

現実は厳しい、といわれる。お話のようにはうまくいかない、と揶揄(やゆ)されることもある。ほんとうにそうだろうか。もちろん、うまくいかないことはある。でも、うまくいくことだってちゃんとある。思ってもみなかった「それから」に出会うことも、あるのだ。

この本の中盤に、ひとりでトムラウシを出て都会の高校に通っていた、お隣の後藤家のなっちゃんの話が出てくる。山の小さな学校、全員が顔見知りの集落で暮らしていたなっちゃんは、都会の大きな進学校とひとり暮らしになじめなかったのか、学校に通えなくなってしまう。そればかりか、歩くこともできなくなって、車椅子でトムラウシに帰ってきた。まじめで、やさしくて、集落の子どもたちから慕われていたなっちゃん。隣人として、はらはら見守ることしかできなかった。

やがてなっちゃんは、山の麓にある、地元の町の高校に転校する。全校で数十人の小さな学校だが、先生方に情熱があり、生徒たちひとりひとりが大事に見守られているのが伝わってくる学校だ。ここに移って二年生をもう一回やると決めたら、なっちゃんは歩けるようになった。目の前でスキップするなっちゃんを見て、全トムラウシが泣いたものだ。

そのなっちゃんの「それから」。小さな学校で育つ子どもたちの先生になりたい、と話してくれたとき、なっちゃんほどの適任者がいるだろうかと思った。楽しさも、つらさも、頑張ることも、頑張らないことも、身をもってたくさん経験してきた先生。素晴らしいではないか。「合格しました！」とよろこびの連絡をくれたのはつい最近のことだ。あれから二年、なっちゃんは、この春、北海道教育大学に進学する。

第30回　まつげ

なんとなく、顔のどこかがおかしいような気はしていた。鏡を見るたびに、あれ？と思うのだけど、どこが変なのか、なかなか気づけずにいた。

始まりは、直木賞候補だった。突然、家に電話がかかってきて、私の書いた『羊と鋼の森』が候補になることを知らされた。うれしかった。でも、なんだかあやふやなうれしさだった。候補になったからといって、私にできることは何もない。

とりあえず、ワンさぶ子を連れて散歩に出た。いつもの道を歩きながら、ワンさぶ子に「直木賞候補になったよ」といってみた。ワンさぶ子は顔を上げて、「へえ!」といった。

「よかったね」

「うん。ありがとう」

これくらいの感じがちょうどいいなと思った。

散歩の帰りに実家に寄って報告すると、両親がにこにこにこにこうれしそうで、ひとつ親孝行したような気分になった。

その日の夜、続々と帰ってくる家族にひとりずつ話した。みんな、ぱあっと笑顔になった。自分が知らされたときより、ずっとうれしかった。

「これで1ポイント入ったと思っておいたらいいよ」

にこにこしながらも、息子がいった。

「これからゆっくり溜めていって5ポイントくらいになったらいいことあるかも、って思ってたらいいんじゃない」

そうだなあ、と思う。そんな感じでゆっくりいこう。そう思ったはずだった。

キノベス1位の吉報が届いたのはその後すぐだった。キノベスというのは、全国の紀伊國屋書店さんのスタッフが全力でおすすめする、すべてのジャンルの本のランキングだ。その1位に選ばれたという。驚いたけど、素直にうれしかった。

まもなく、王様のブランチというテレビ番組のブックアワード大賞に決まった。これも光栄なことだ。人気のある番組なので、波及効果も大きい。年末最後の生放送に出演してほしいと依頼があり、子どもたちが冬休みに入った朝、ひとりで東京へ向かった。テレビ局のメイク室でマスカラをつけてもらうときに、はっとした。まつげがない。正確にいえば、まつげがとても少なくなっている。どこかがおかしいと思っていたのはこれだったのだ。

抜けたのだ。ストレスによる脱毛症の一種で、まつげが抜けることがあると聞いたことはあった。思いがけない吉報の連続に、私のまつげは耐えられなかったらしい。気持ちと頭と心と身体、うまく折り合いがつかなかったのだと思う。よろこびには、同じ大きさの圧力がかかるのだとつくづく感じた。

お正月が明け、子どもたちの新学期が始まった頃、今度は本屋大賞ノミネートの知らせが届いた。それにあわせて何度目かの増刷がドーンとかかった。あ、またまつげが抜ける、と思った。ようやく短いまつげがひよひよと生えてきたところなのに。

「まつげが抜けちゃうくらい大変なら、賞なんかいらないよ」

息子がいった。

「ママ、まつげが抜けてもかわいいよ」

むすめは精いっぱいのお世辞でなぐさめてくれた。

第31回　4月1日

学校を出てしばらく会社勤めをしていた。はりきって出社して、がんばって働いたけれど、失敗ばかりしていた。一部上場企業の東京本社の海外営業部。今思えば笑ってしまうのだけど、私はその仕事にぜんぜん向いていなかった。でも、そのときの私は、できると思い込んでいた。がんばればなんとかなる、いつかはできるようになると信じていた。

販売実績の集計で何度検算をしても計算ミスをする。打ち合わせの報告書は叙情的だと突き返され、書き直しを命じられる。緊張のためか、大事な会議であればあるほど猛烈な眠気に襲われる。だめだめな社員だった。まわりが辛抱強く見守ってくれてほんとうにありがたかった。よくクビにならずに済んだ、というよりも、むしろかわいがられた記憶しかない。

会社勤めの間にたくさん失敗して、だんだん自分のことがわかるようになった。向いていること、向いていないこと。好きなこと、がんばれること、がんばれないこと。成功したことはほとんどなかったけれど、中でも私が最もなじめなかったことのひとつに、「4月1日」がある。

それまで4月1日というのは、いつも最初の一日だった。幼稚園から小学校へ、一年生から二年生へと、一段上れる日。昨日までとは違う節目の日だった。ところが、会社勤めでは、3月と4月は地続きだ。経理部門ではなかったから決算も関係なくて、初めて4月1日がただの一日になった。そのことに気がついたとき、軽い衝撃を受けた。この先、定年退職までの何十年間、何十回もただの4月1日を迎える。そう考えたら、気が遠くなりそうだった。長い退屈の始まりのような気がした。

退屈だなんて、どれだけ身の程知らずだったのだろう。それを退屈と呼ぶ代わりに、平穏や安泰といいかえればいい。普通の日でけっこう。ただの一日でかまわない。今ならそう思う。要するに、私は会社を辞めたかった。自分の仕事のできなさに飽き飽きし、つまりは逃げたかったのだ。

現在の仕事を始めてからは、4月1日はますます普通の日になった。進学も進級もない。あえていうなら、新しい小説を書きはじめるときが新年度のようなものだ。さあ、書くよ！　と決めたときのわくわく感は、一学年上級生になったような気持ちに近い。書きはじめてから、ああ落第……なんて頭を抱えることもたまにあるけれど。

今年も4月1日が来る。ただの一日でいい、といいながら、子どもたちと暮らすことでまた特別な一日となった。わが家にも、今年の4月1日はふたりの新入生がいる。中学へ入るむすめと、高校へ進学する次男。新しいステージが用意されていることが、まぶしい。次男はもう特にそんなそぶりは見せないが、むすめは明らかにわくわくしている。入学式が楽しみでしかたがないらしい。がんばれ、と心の中で思う。がんばって、そのわくわくを膨らませてほしい。がんばることで初めて、がんばれないことを知ることができる。がんばってもどうにもならないこともあると知るのは、つらいけれども必要なことだ。

4月1日が特別な人も、そうでない人も、新しい春。みんなしあわせに、と願わずにはいられない。なんでもない一日にも、胸いっぱいに春の空気を吸って、新しい一歩を踏み出したい、と思う。

第32回　おいしいコーヒーを

夫はコーヒーが好きだ。

昔は私のほうがコーヒー好きで、なおかつ淹れるのもうまかったから、得意げにコーヒーを淹れて恩着せがましくいったものだ。

「もしも私がいなくなったら、このおいしいコーヒーを飲めなくなっちゃうんだよ?」

すると夫は、礼儀正しく、

「それは残念だなぁ」

などというのだが、実のところ、それほどコーヒーが好きなわけではなく、ミルクを多めに足して一杯飲むのがやっと、という感じだった。

それがなぜか今では夫のほうがコーヒーに目覚めてしまった。ある日入ったお店で、運命の一杯に出会ってしまったのだ。ひとくち飲んで、私たちは顔を見合わせた。家のコーヒーとは味わい深さがまるで違った。以来、熱中して、あちこちから豆を取り寄せては挽いて、目の細かさを変えてはまた挽いて、お湯の温度や抽出の方法までずいぶん試して、ようやく渾身のコーヒーを淹れられるようになったらしい。らしい、というのは、そのこだわりようをちょっと遠巻きに見ているからだ。コーヒーにそこまで一所懸命になれない、と私は思う。でも、おいしいコーヒーは大歓迎だから、毎朝ありがたく淹れてもらう。もう私がいなくなってもコーヒーには困らないんだなあと思いながら。

夫の出張中の朝、コーヒーがなくなって、なにげなくいった。

「おいしいコーヒーが飲みたいな」

すると、むすめがさっと立ち上がって、

「淹れてあげる！」

と、やかんに水を汲みはじめた。

「ええ〜、コーヒーには手を出さないほうがいいと思うよ」

「大事な豆がもったいないし」

息子たちが口々に止める。夫がどれくらい気合を入れてコーヒーを淹れるか知っているからだ。

「お湯の温度とか、何秒蒸らすかとか、わからないでしょ」

息子がいうと、むすめは胸を張った。

「わかるよ！」

そういって、洗面所へ走り、砂時計を持って戻ってきた。歯を磨くときに使う砂時計なのだが、むすめが庭の砂を自分でペットボトルに詰めてつくった。二本のペットボトルの口をセロハンテープで縦に留めてつなげてある。それが経年劣化でかぴかぴになって、砂時計をひっくり返すとその隙間からもわっと砂埃が立つ。かつては四秒計だったそれは、少しずつ砂が漏れて、今ではたぶん三秒にも満たないだろう。

「だいたい、三秒計で何を計るっていうんだ」

あきれて息子がいうのに、むすめは平然といい返した。

「これを十回ひっくり返せば三十秒でしょう。蒸らすのはちょうどそれくらいだから」

へえ、と思った。たしかに夫はそれくらい蒸らしてからお湯を注いでいく。ちゃんと見ているんだなあ。

一回、二回、三回、むすめが真剣に砂時計をひっくり返すのを数えている横で、

「おいおいおいおいおい!」

息子たちがあわてて止める。台所に砂煙が立った。

コーヒーは素敵な味がした。

第33回　授賞式のことなど

ずっと、花の匂いに囲まれていた。『羊と鋼の森』が本屋大賞を受賞して、あちこちから届いた花。部屋に花がたくさんあることが、こんなに優雅なことだったとは。うっとりしながら数日を過ごした。

花はきっとたくさん届くだろうからと、お菓子を贈ってくれた先輩作家もいた。むすめが幼かった頃、「雪やこんこ」という大好きなお菓子の名前がいえなくて、「やん

こ」と呼んでいた。それを覚えていてくれて、お祝いにたくさんの「やんこ」を贈ってくれたのだ。

ステーキ肉を贈ってくれた編集者もいた。息子さんたちお花じゃお腹いっぱいにならないでしょうから、って、ええ、お花は食べません。花とステーキとやんこ。かつてないほど贅沢な宮下家の数日だった。

さて、やっぱり、書いておこうと思う、本屋大賞授賞式当日のこと。そもそも私の本が大賞に選ばれるとは思っていなかったので、候補になってからも気楽に過ごしていた。だから、受賞の知らせを聞いて、とても驚いた。もちろんうれしかったけれど、よろこびよりも戸惑いのほうが大きかった。ほんとうに私の本が大賞でいいのか。みんなによろこんでもらえるのか。授賞式の朝も、まだ不安を抱えたまま上京した。

授賞式の会場には、福井からも書店員さんが応援に来てくれていた。ステージの上に、賞金の10万円の図書カード目録を持って、見慣れた笑顔が現れたとき、不覚にも涙腺が決壊してしまった。晴れの舞台に身内が現れたようなものだ。うれしいのに泣けた。反則だと思った。

福井からは、別の本屋さんの店長さんも来てくれていた。せっかく上京するなら、と観光名所ではなく、気になっている本屋さんをまわったのだという。どこまでも仕事熱心な本屋さん魂に感心する。大手チェーンの福井店にいたふたりとも再会できた。今はそれぞれ大阪と新宿の基幹店で活躍している彼らが、当時の福井に宮下の本をどんどん仕入れてくれたのだ。売れないうちからサイン本もつくらせてくれた。

彼らはもちろん、各地から集まった書店員さんたちが、みんな笑顔だった。おめでとうございます、こんなに楽しみな本屋大賞は初めて、といってくれた人もいた。各出版社の担当編集者たちも駆けつけてくれた。また違う感慨があった。編集者たちはなぜかみんな目に涙を溜めていた。胸が震えた。デビューから十年以上支え続けてくれた編集者たち。あやうくまた泣きそうになって、ぐっとこらえた。

記念撮影をする段になって、ステージの上から会場の無数のフラッシュを見下ろしたら、すぐ下でカメラを構えている人の様子がおかしかった。泣いている。激しく泣いている。こちらが動揺するほど泣いている彼女は、福井新聞の記者だった。小中学校の同級生でもある。泣かないで、と思いながら、こらえきれなくなった。もらい泣きをした。あれ？　私がもらい泣きするのはおかしいような？

授賞式が終わって怒濤の取材を受け、テレビでもその様子が流れた。お祭りのような騒ぎからふと我に返ったら、急に家族が恋しくなった。深夜に近い時間だ。電話に出たのは息子だった。

「観てた？」

短く聞くと、電話の向こうでふっと空気が緩んだ。

「観てたよ。いい感じ」

いい感じ、か。息子らしい、これ以上ないほめ言葉だと思った。

第34回　間違いだらけ

何か間違いがあれば、とりあえず自分を疑うことにしてきた。たとえば、電車に乗って、自分がすわるはずの指定席に誰かがすわっていたとする。そうしたら、自分が間違っているのだろうとまず疑う。指定席券を確認し、確認し、確認する。何度も確かめて、どう見てもここが自分の席だと確信を得てからようやく、その席にいる人におそるおそる切り出してみる。それでも、高い確率でやっぱり自分が間違っているのだ。

席の番号が合っていても、油断は大敵、号車が間違っていたりする。なんと、乗る電車自体を一本間違えていたこともあった。その席に先にすわっていて、一緒に席を確認してくれたおじさんが、電車違いという失敗に同情して車掌さんにかけあってくれた。かけあってくれても、どうにもならなかったのだけれど。

こないだは、ようやく正しい席に着いてホッとして、そうだ、出がけにばたばたしてつけそびれたハンドクリームを塗ろうとバッグから取り出してチューブをひねったら、歯磨き粉だったことがあった。特急しらさぎの車両にミントの匂いが広がって、恥ずかしいやら、おかしいやら。なんだかいろいろ間違っている。

それでも、自分は必ず間違うのだと自覚していれば、慎重にもなるし謙虚にもなる。自分を疑わないよりはマシなような気もする。いや、もともと間違わないのが一番なのはいうまでもない。

このところ、サイン本をつくらせていただく機会が増えた。それはとてもありがたいことなのだが、百冊、二百冊、と延々とサインを書いていくうちに、だんだん頭の中がぼうっとなって、右手が勝手に動いている状態になる。もちろん、楽しく読んでいただけますようにと願いながら書いているはずなのだが、楽しく読んでいただけますようにと頭の中で唱えながら手では自分の名前をサインするというのは、なかなか高度な技なのだ。うっかりすると、自分の名前を書くべき場所に、楽しく読んでいただけますようにとそのまま書いている。だって、そう思って書くんだもの、しかたがない（ですよね？）。

ある日、学校から帰ってきたむすめが頬を膨らませて訴えた。

「今日学校に持っていったおたよりの返事、なんて書いたか覚えてる？」

何を聞かれているのかわからなかった。そもそも私は間違いが多いだけでなく、忘れっぽい。昨日もらったはずのおたよりの内容をとっさに思い出せない。

「なんて書いたんだっけ？」

するとむすめは、怒ってみせるのをやめて、ぷっと吹き出した。

「名前のところ」

ますますわからなかった。私がいつまでも首を捻っているので、むすめはとうとう答えを叫んだ。

「生徒氏名の欄に、宮下奈都って書いてあったよ！」

「えっ」

むすめの名前を書くべき欄に、自分の名前を書いたりするだろうか。……あ、するな、きっと私なら。このところ家でずっとサイン本をつくっていたから、はじめはむすめの名前を書くつもりで「宮下」と書きはじめて、つい勝手に手が動いて「奈都」と続けてしまったのだと思う。ごめんね、と謝ると、むすめはくすくすといつまでも笑っていた。

第35回　育児の地道

ＮＨＫの朝の情報番組「あさイチ」に出演した。「女の花道」というコーナーである。普段、ものすごく地道なところを歩いている自覚があるので違和感はあったが、第一回のゲストが樹木希林さん、第二回のゲストが松田聖子さん。花道にもいろいろあるらしい。第三回のゲストが「女の地道」でもいいかなと思って引き受けた。

キャスターの有働由美子さんが家に来て、いろいろ話した。テーマは育児だった。ベテランならまだしも、私は現在進行形で子どもを三人育てているだけである。この子たちが立派に育ち、素晴らしい人間になったというなら、育児相談に答える資格が私にもあるかもしれないが、彼らがまだ海のものとも山のものともつかないのに何を答えても説得力皆無である。

番組で放送される私の出番は十分。それなのに、視聴者から寄せられた育児のお悩み相談の一通目に答えているうちに、ディレクターが「二十分経過」と書いたフリップを挙げた。全体で十分なのに、一通目だけですでに二十分、しかもまだ答えきれないでいる。相談は五通あると聞いていた。

気が遠くなりそうだった。それでも、お母さんたちの悩みが切実で、なんとかしてあげたい気持ちになった。解決はできなくても、そんなに思いつめないで、といってあげたい。

それで、挨拶ができなかった子の話をした。うちの約一名は、幼い頃、どうしても挨拶をしなかった。私自身、挨拶をするのは当然のことだと思ってきたから、挨拶をしない我が子の気持ちが理解できなかった。子どもは親の言動を見て育つといわれる。親がきちんと挨拶していれば、子どももそれを真似するはずだ、子どもが挨拶をしないのは親の責任だ、といわれるのもつらかった。

でも、そうじゃない、と思う。親が何度もいって聞かせ、何度も挨拶をしてみせて、それでも挨拶しない子はしない。親がどんなにがんばっても挨拶のできない子は現実にいるのだ。そのときに親が必要以上に自分を責めないように、そして子どもを責めないように、と願う。いつかほんとうに挨拶の大切さを知ったら、ちゃんと自分で挨拶をするようになるから。私にいえるのはそれくらいのことだ。

そういう話を有働さんとした。途中で、ふと、気になって尋ねた。

「私の話、いいお母さんっぽくなりすぎてませんか」

有働さんは目を丸くして、顔の前で手を振った。

「全然です、宮下さん。全然いいお母さんっぽくないです。むしろ、それでだいじょうぶなのかなって視聴者から心配されるかも」

有働さんの予想は的中した。放送終了後、厳しい意見をいくつも目にした。あんな母親に育てられる子どもが心配だと書かれているものまであった。私が批判されるのはまだいい。でも子どもまで巻き込まれるのは不本意だった。

くよくよしていたら、友人たちから続々とメールが届いた。

「だいじょうぶ！　ちゃんと真剣に答えてるのが伝わってきた」

「少なくとも、『fu』の読者は宮下家の子どもたちがのびのびすくすく育ってるのを知ってるよ！」

そういってもらったとき、なんだかホッとしてうれしくなった。

ちなみに頑として挨拶をしなかった子は、今ではＮＨＫの取材陣にまで「母がいつもお世話になっております」と頭を下げることのできる子に育った。

第36回　長く使うって

次男が小学校一年生のときからずっと同じ筆箱を使っていることを、以前ここで書いた。それほど愛着があるようにも見えないのだが、壊れたところをテープで補修しつつ、シールも貼りつつ、高校生になった今も同じものを使い続けている。わざわざ新しく買い替えるほど惹かれる筆箱がない、という程度にはあの筆箱に親しみを持っているのだろうとは思う。

中学校に上がるときの物品販売で、通学リュックを買った。何の変哲もない黒いそれを、息子たちは今も兄弟揃って使っている。兄は六年目、弟は四年目ということになる。毎日重い教科書や辞書を入れて酷使し、高校では雨にも風にも負けず自転車通学。よくぞどこも壊れずに保てるものだと感心していたら、次男のリュックがついに壊れた。ファスナーが半分しか閉まらなくなったという。

知人の娘さんが、リュックのファスナーが開いたまま背負って歩いている息子を見かけ、開いていますよと親切に教えてくれたそうだ。彼女によると、息子は、

「ありがとうございます。でも、こういう仕様なんです」

と答えたそうだ。いやいや、仕様じゃないだろう。

その場でその話を聞いていた私の友人たちが笑っていった。

「それ、絶対お兄ちゃんやわ」

安定の飄々兄貴感だが、残念ながら弟のほうだった。どっちもどっちだなぁ。

そういえば、私も古いものを使っている。十五年、二十年前の服を普通に着ているし、三十年前の鞄も現役だ。特別にいいものというわけでもない。ただ気に入って着

たり使ったりしているうちに、捨てるタイミングを逃し、年月が過ぎた。

でも、こうなってくると、むしろ捨てられない。二十年もつきあってきたブラウスを、今さらどうしよう。三十年間も一緒に旅をした鞄をどうして捨てられようか。大切にしているというより、とらわれているようでもあるなぁと思う。息子たちとは逆の志向だともいえる。彼らは物に執着しないから何年でも使うのだし、私は執着するから長く使う。

何かに執着して失敗する話は古今東西、山ほどあった。落語でも、古道具や骨董が出てくると、大抵それに固執するあまり、大きな失敗をしてしまう人たちのことが語られる。道具屋、猫の皿、厩火事……。落語だから笑えるようにできているけれど、どことなくもの悲しくもある。物に執着するとは、つまり欲なのだろう。

それでも、そういうおかしみと、もの悲しさこそが、人間の本質なのではないかと思うことがある。離れられなくて右往左往したり、欲しくて争いになったり、ときには執着を愛と勘違いしてしまうことさえある。だからこそ、それで泣いたり、笑ったり、嘆いたり、遠い昔から繰り返してきたのだろう。

できることなら、執着を遠ざけて生きたい。適当に食べて、適当に着て、さっぱり暮らして、後には何も残さない。そういう生き方がかっこいいと頭ではわかっている。だけど、てんで無理だ。他の人にとっては価値がなくても、私にだけは大事なもの。

そういうものがたくさんある。いつか息子があのボロボロの筆箱を手放すとき、きっと私はそれをゴミ箱からそっと拾い上げ、こっそりどこかにしまっておくに違いない。

第37回　巣立つとき

今月で、この連載も四年目に入った。ぱちぱちぱち。まさか四年も続くとは誰も思っていなかったに違いない。私自身もいつまで書かせていただけるのかちょっとドキドキしていたりする。

さて、連載開始時には、中学生と小学生だった子どもたちも、高校生ふたりと中学生になった。一番上の子は、半年後には高校を卒業して家を出ていく（予定）。「緑の庭の子どもたち」というタイトルであるのに、子どもたちがわが家を卒業していったら、そのときこそ連載終了だろう。末っ子の高校卒業まで、あと五年半。そんなに連載が続いたら大変だ。

先日、友人とごはんを食べているときに、子どもが家を出たときの話になった。友人の息子さんは、進学で東京へ出たのだそうだ。想像していたよりも淡々と送り出して、ほっとして家に帰ってきたら、鏡台の上に置き手紙があった。そこにはひとこと、

「今までありがとう」と書かれていたという。それを見たら涙が止まらなくなったそうだ。三日三晩泣いて、四日目くらいにはすっきりして、五日目からは通常通りの元気さに戻ったとのことだった。

話を聞いただけで、それは泣くだろうと思う。お母さんだけが見る鏡台の上に、こっそり手紙を置いていくなんて、泣かせる。

そんな気の利いたことを、うちの息子はしないだろう。しなくていい。きっと泣くから。そう思いながらも、友人のよくできた息子さんの話を聞いてしまうと、飄々と出ていくだろう息子に複雑な思いを抱く。

さて、当の息子。あるシャツをとても気に入ったという。着るものには無頓着なはずだが、生地がさらりとしていて着心地がいいのだそうだ。

「しかも、このシャツ、超優秀。昨日醤油をこぼしたのに、今日にはシミが消えてたんだよ」

さすがに弟も妹もあぜんとしていた。

「そんなわけないよ」「お兄ちゃんだいじょうぶか」「昨日のシャツと違うの着てる」「っていうかまず洗え」……言葉にならない彼らの心の声が聞こえた気がする。

この夏、息子はしばらく家を空けた。身内のところに滞在するのだし、なにしろもう十七歳だ。心配はしていなかった。でも、電車を乗り継ぎ、飛行機に乗っていくちょっと遠い場所だ。無事に着いたら連絡がほしかった。

ピコッとスマホが鳴った。LINEのメッセージが来たのだ。早い。まだ電車に乗ってそれほど経たないうちだ。

「英語の辞書忘れた。送って」

やっぱり忘れ物か、と思ったが、まぁ、気づいただけよしとするか。するとまもなく、

「ラケットも忘れた。送って」

と来た。バドミントンもやるつもりらしい。高三の夏なのに、ずいぶんのんきである。

それきり連絡が途絶えた。飛行機にはちゃんと乗れたのか、現地で迎えの人とは無事に会えたのか。気になっていたら、「充電切れそう」とLINEが入った。大事なところで充電が切れるのは、まったく息子らしい。連絡はここまでか、とスマホを置こうとすると、またピコッと鳴って最後のメッセージが届いた。

「弁当おいしかった。ありがとう」

たったこれだけで、すべてちゃらだ。置き手紙なんてされた日には大変なことになるな、と思った。

第38回　つい

テレビに出ていた大学生が、自分が受験をするときに母も一緒に勉強をがんばって、自分は東大に、母は司法試験に合格したと話していた。

すごいお母さんだなぁと思う。わが家にも受験生がいる。彼ががんばっている間に私もがんばって何かひとつ成し遂げられたら素晴らしいだろう、と夢想が広がった。

その思いつきを家族に話したら、みんな微妙な顔をした。私は何か思いつくとうれしくてすぐに家族に話してしまう。受けとめる家族も慣れたものだ。あっさり否定したりしたら母のテンションが下がることをわかっているのだろう。このときも、曖昧な笑みを浮かべて受け流していた。

さて、うちはよく家族で本屋さんへ行く。家族で行く必要は特にないのだけれど、自分が行きたいときに家族に声をかけると、だいたい全員が、あ、行く、というので結局みんなで行くことになる。

本を買って帰ってくると、みんな静かだ。手を洗うのももどかしく、居間で銘々が本を開いて読みはじめる。そういうとき、たいてい私は置いてきぼりだ。

畳み残した洗濯物や、洗っていないお茶碗が気になる。そろそろお腹も空く頃だし、晩ごはんは何がいいかな。そんなことを考えて、つい、本を開くのが遅くなる。つい本を読んでしまう、ではなく、つい家事に気を取られてしまう。悪いのは、この「つい」だ。よくない癖だと思う。癖というのもおかしいか。別のいい方をするなら、この「つい」は主婦としての運命みたいなものかもしれない。帰宅するやいなや、買ったばかりの本を取り出して読みはじめることのできる人のことを、うらやましいと思う。誰かが家事をしなくてはならない。ごはんのことを考える人がいなかったら、あとで空腹で困ったことになる。「つい」は必要なストッパーなのだ。

それでも、「つい」の積み重ねで、いつのまにか、情熱をなくしていないか。今すぐやりたい気持ちに蓋をする癖がついていないだろうか。あっ、気づいたらお腹ぺこぺこ！　どうしよう！　と思える自分に、ちょっと憧れるのだ。今は、家族がお腹を空かせないように、もしくは寒い思いをしないように、ぐっすり眠れるように、ついつい考えてしまうから。

何も考えずに本を読みはじめることのできた時間をいとおしく思う。子どもの頃はきっと私にも「つい」なんてなくて、読みたいときに本を読んできた。読ませてもらっていたのだな、と今ならわかる。子どもたちがすぐにやりたいことに取りかかれるように、ほかのことに気を回したり時間を取られたりしなくて済むように、きっと母が――ときには父も――自分の時間を使ってくれていたのだ。

今度は私の番だ。私も子どもたちのために、と思う。だけど、それだけじゃない気持ちもある。たまにはいいじゃない？　本も読みたいし、勉強もしたいじゃない？　やりたいことをやろう。できれば、今すぐにやろう。子どもたちの手が離れたらね、なんて思っていると、きっといつのまにかやりたい気持ちさえ薄れてしまっている。やりたいことをやるのは、若い人たちだけの特権じゃない。だって、若い人たちより私たちのほうが、残された時間はずっと少ないのだから。あまり遠慮しすぎないで、たまには家事じゃない「つい」に没頭してみたい。

第39回　盛岡にて

家族で盛岡に出かけた。もともとは、私の仕事だったのだけど、計画を練るうちに、ぜひ家族で行きたいと思うようになった。

招いてくれた本屋さんが魅力的だった。書店業界きっての面白い店長がいて、名物書店員さんがいる。街にも惹かれた。自然が豊かで、古くからの文化があり、おいしいものもたくさん。遠野には柳田国男、花巻には宮沢賢治、文学的土壌にも恵まれている。

さらに、三陸海岸を案内してくれるという。この本屋さんの店長は、自分でも本を出していて、そこに東日本大震災の後の書店の様子が書かれている。震災からしばらく経って応援に入った店では、書棚の本がほとんどなくなっていた。震災に紛れて盗難にでも遭ったのだろうかと勘繰っていると、真相はまったく違った。棚にあった本が、全部売れていたのだった。どんなものでもいいから活字が読みたいという人がたくさん訪れたのだという。私はそれを読んで、胸が熱くなった。本というのは、衣食住には敵わないと思ってきた。大きな災害があったとき、まっさきに必要とされるものがあり、本は二の次、三の次、もしかすると、二十番目か三十番目くらいかもしれない。そう思い込んでいたのだ。でも、どうやらそうではなかった。厳しい現実があって、生きるのに必死な数週間を過ぎると、人は物語を欲するらしい。実際に、私も、被災者の方からお手紙をいただいたことが何度かある。『よろこびの歌』に励まされた、という声。『誰かが足りない』を読んでやっと心から泣けた、という声。そのたびに、心の中で頭を下げる。大変な状況の下、本を読んで生かされるという声に、作者こそが励まされたのだ。

盛岡は晴れていた。河童沢で河童を探し、思っていたよりもっともっと偉大だった宮沢賢治に驚嘆し、昔食べて感動したおいしい冷麺とスープをいただき、あまり復興が進んでいるようには見えない沿岸部を案内してもらった。そのどれもが私たち家族にとって大きな出来事だったと思う。だけど、一番心に残ったのは夜、みんなで食べたごはんだった。

うちは、私も息子たちも社交的ではない。夫とむすめにいたっては相当な人見知りだ。ごはんを食べるときも、最初は宮下家でかたまって、本屋さんグループはテーブルの反対側にいた。でも、中のひとりが、宮下家の真ん中に移ってきて、にこにこと息子たちの真ん前にすわった。そうして、高校生男子ふたりに、いきなり数学の話を始めたのだった。本を売る仕事をしていても、一番好きなのは数学なのだ、と笑いながら。

専門的な数学の話が始まって、ちょっとびっくりしたのだけれど、意外にも、高校生ふたりは楽しそうに、恥ずかしがり屋のむすめもまっすぐに顔を上げて熱心に話を聞いていた。ときどきは質問をはさんだり、話が脱線したりもしながら、夜が更けるまで談義は続いた。

宿に戻ってからも、兄弟で「シュレーディンガーの猫」について語りあっていたのを見たとき、連れてきてよかった、と思った。若い人たちは、風変わりな大人に面食らいながらもぴしぴし刺激を受ける。考えてみれば、親でも先生でもない大人と話し込む機会自体、ほとんどなかった。短くても、忘れられない旅行になった。

第40回　親ばか

私は幼い頃、両親にかわいいかわいいと育ててもらって、それは今でもほんとうに感謝している。世界で一番かわいい子として育てられても、もちろん途中で自分は世界で一番かわいくなんかないと気づくわけだけれども、しあわせな幼児期を過ごすことができたと思う。

ただ、ちょっと厄介だったのは、親にとっては、わが子だからかわいいという気持ちに、どこに出してもうちの娘はかわいいという親ばかが混じっていたことだ。家の中ではすごくかわいいといわれても、外に出ればそんなことはない。むしろぜんぜんそんなことはない。はっきりいうと、私はかわいくなんかなかったし、世界一でも日本一でも福井一でもないどころか、隣の家の子と比べても負けてるくらいにかわいくなんかなかった。それを、たぶん私はうまく受け入れることができたんだと思う。親に、おまえはかわいいといわれても、そんなことないのにいやだなあとは思わず、はいはいと笑っていられた。

さて、私の子どもがまだうんと幼かった頃、公園でたまに見かけるきれいなお母さんがいた。うちと同じくらいの月齢の男の子を連れていた――と書いて思い出したのだけど、あの頃は、月齢が同じくらいの子を瞬時にして見分けることができたものだ。よちよち歩きをしはじめたばかりの子どもを砂場で遊ばせながら、ほんのふたことみこと言葉を交わすような仲だった。

あるとき、砂場で楽しそうに遊ぶ幼児を見ながら、そのお母さんが衝撃的なことをいった。

「うちの息子、こないだエンゼルランドでジャニーズにスカウトされちゃって」

「えっ」

「もちろん、お断りしたけど。ほら、芸能界なんて、何があるかわからないじゃない?」

得意そうに話すきれいな横顔を見て、私は何もいえなかった。

(ジャニーズってオーディションじゃ……?)(スカウトもあり?)(だとしても、春江で?)(青田買いすぎない? 青田っていうより苗代の苗では? なにしろまだおむつしてるよね?)

いろいろな思いが駆けめぐったが、次に頭に浮かんだ考えがあまりにも思いがけなくて私自身がとても驚いた。それは、ジャニーズはうちの子をこそスカウトに来るべきじゃないか、という憤りにも似た思いだった。うちの、このかわいい男の子を見逃すなんて、ジャニーズはどうかしている。きっと踊れるし、歌えるはず。ああ、もうほんとうに、スカウトマンは何を見ているのかしら。

もちろん、五分くらいで冷静になった。ないわ。ない、ない。うちの子、ぜんぜんジャニーズじゃない。うははは。でも、スカウトされる程度にはかわいいと真剣に思っていたんだなと自分でびっくりした。

今となっては、あのお母さん（その後、すぐに見かけなくなってしまった）のことがわからない。ほんとうにジャニーズからスカウトが来たのか。それとも、極度の親ばかから生まれた妄想だったのか。いや、公園で何度か一緒に遊んだあの男の子が、今頃はジャニーズで活躍しているのだと思ったほうが、ずっと楽しい。どのグループだろう。サインをもらっておけばよかったかも。

第41回　お風呂の楽観

受験生がいると大変でしょう、と声をかけていただくことがある。実はほとんど大変ではないので申し訳ないくらいだ。受験生のいる大変さは、本人の性格や進路にもよるし、親のまじめ度や熱心さによっても、大きく変わってくると思う。

　本人が精いっぱいがんばったのなら、合格しようが失敗しようが、それほどたいしたことではないと私は思っている。どちらであっても、必ず得るものがあると思うからだ。ただ、がんばった本人がうれしいだろうから受かるといいね、というくらいの気持ちなのだ。

　のんきな母親かもしれない。でも、受験至上主義で子どもに接するのは、やっぱり違和感がある。いろんな価値観があるように見せかけて、結局は学歴が一番大事なのかと首を傾げたくなる。

　のんきな母親のもとにはのんきな子どもが育つ。リビングのテーブルで、てきとうに勉強をはじめて、てきとうにやめる。長男が勉強をしている向かいで私が原稿を書き、空いたスペースで次男がゲームに勤しんでいたりすると、末っ子のむすめは場所がなくて階段で宿題をしていたりする。床に寝そべって絵を描いていたりもする。不憫といえば不憫だが、なんとなくうまく棲み分けて、それぞれのことをやっている。もしかして、もっと環境がよければ、もっと子どもたちは伸びることができるのかもしれない。そう思うと後ろめたいような気持ちにもなるのだけれど、たとえ受験に熱心な家に生まれなくても、伸びる子は伸びるのではないか。こっちには伸びなくてもあっちには伸びたり、広がったり、深まったり、いろんな可能性があると私は本気で信じているのだ。

あるとき、模試を受けた息子が、めずらしくまじめな顔をして、

「一年だけ、宅浪、させてもらえるかな」

といってきたことがあった。それまでは、なんとかなるよと余裕を見せていたはずなのに、よほど思うところがあったのだろう。浪人して大変なのは本人だが、親の負担も大きい。塾や予備校の費用は高い。その点、家で自分で勉強するならお金は余分にかからない。生活費も今まで通りだ。

「いいよ」

答えた瞬間、自分でも思いがけない感情が湧き上がった。息子の志望大学は県外にある。宅浪するなら、もう一年この家でこの子と一緒に暮らせる、という、よろこびにも似た感情だった。受験生の母にあるまじき感情だとわかっている。でも、ああ、これが私の正直な気持ちなのだと思い知らされた気分だった。

会話を聞いていた次男がいった。

「今からそんな弱気でどうするの。宅浪なんて考えてないで合格するつもりでやりなよ」

そうだ、それが正しい。次男、ありがとう。だけど、母親には、正論を簡単には口に出せないときもある。一度だけ宅浪をゆるしてほしいといった子どもの気持ちを、

そう簡単に撥ねのけることができるだろうか。

そのあとお風呂に入って、三十分ほどして出てきた長男は、

「やっぱ、いけるわ」

といった。笑顔だった。

「今、お風呂でシミュレーションしてみたけど、やっぱりいける」

あ、この楽観が母を、家族を、そして本人を、これからも救うだろうな、と思った。

第42回　お母さん友達

そういえば、この頃は「公園デビュー」という言葉を聞かなくなった。この言葉のせいで、子どもを公園に連れていくハードルが少し上がった気がする。今でも懐かしく思い出す。ひとりで幼い子どもを連れて、どきどきしながら公園に通った日々のことを。

当時、私たちは夫の仕事の都合で新潟に住んでいて、まわりには誰も知っている人がいなかった。公園で遊んでもひとりぼっちだった。いや、子どもとふたりだったのだけれど、相手はまだ人間未満のようなものだ。お母さんと子どもたちが楽しく遊ん

でいそうな、にぎやかな時間帯に顔を出すのは気が引けた。夕方、日が傾きかけた頃にようやく公園を覗く。あ、ちょっと遅かった。もう誰もいないや。そう思うのもひとりだ。がっかりするような、ほっとするような気分で子どもを遊ばせて、またベビーカーを押して帰る。そんな日々が続いた後、ついに、あるお母さんと子どもが現れたのだった。

おずおずと挨拶をして、照れながらも話すようになって、彼女も昼間の王道の時間帯にはなんとなく気後れして公園に入りにくいのだとわかった。もうそれだけで同志の気分だった。私たちは子どもを遊ばせながら、たまにお互いのこともちょこっと話して、少しずつ人となりを知りあった。

同じ年頃の子どもを持っているという共通点だけで、そう簡単に仲よくなれるわけがない。ずっとそう思っていた。学校に通っているときだって、気の合う人はそうそう見つけられなかった。まして、年齢も違う、育ってきた環境も知らない、趣味も特技も何もわからない、ただ同じ公園に子どもを連れてきただけのお母さんと親しくなれたりするだろうか。

ところが、なれるのである。むしろ、その人のことをほとんど何も知らないからこそ、子どもに対する接し方だけで信頼の念を持てたりするのだ。その一点のみで、人は親しくなれるのだということを身をもって知った。しばらくして私たちは新潟を離れてしまったけれど、今でもそのお母さんとは連絡を取りあい、今年こそは会おうねと毎年いいあう。彼女のことは友達だと私は今でも思っている。

あるとき、出版社の編集者と小説の打ち合わせをしていて、「ママ友」の話になった。

「宮下さん、ママ友と話が合いますか？」

まるで、話は合わないだろうといわんばかりの質問に、むっとした。そして、腹を立てている自分がおもしろかった。私は作家である前に、お母さんなのだと思った。

「合いますよ。お母さんたちって実はすごくおもしろいんです」

お母さんには一足飛びになるものじゃない。みんなそれぞれに生まれて、育って、いろんな人生を生きてきて、今はたまたまお母さんとしてここにいるだけだ。たとえ、どんなに優秀な職業人であっても、子どもを連れて公園に行ったら、そこではお母さんなのだ。

人にはさまざまな面がある。お母さんだったり、娘だったり、会社員だったり、患者さんだったり、先生になったり。どの面もその人の一部だけれど、お母さんのときが、良くも悪くもいちばんその人らしさが色濃く出てくる気がする。だから、お母さんはおもしろいし、お母さん友達は濃いのだと思う。

第43回　カツ代と非ｅｄ組織

むすめが「非ｅｄ組織」なるものの話をしていた。真顔で話しているので、社会科の反政府組織か何かの話かと思って聞いていたら、英語科だった。過去形の話なのだ。動詞を過去形にするとき、原形にｅｄをつけるのが基本だが、たとえばｇｏの過去形がｗｅｎｔに、ｅａｔの過去形がａｔｅになったりする。いわゆる不規則動詞のことをｅｄをつけない＝非ｅｄ組織と呼んでいるらしい。名付けたというより、不規則動詞という単語を知らなくてそう呼ぶようになったようだ。不規則動詞が急にかっこいい影の組織みたいに思えてくる。

英語科より、社会科より、むすめが得意なのは家庭科のようだ。あるとき、オムレツをつくってくれたので、食卓にスプーンを用意していると、

「スプーンじゃなくて、箸で食べるんだよ」

という。スプーンのほうが食べやすいのではないかと聞くと、

「ううん、カツ代も箸で食べてるからね」

カツ代というのは、小林カツ代さんのことだ。天下の料理研究家を呼び捨てにする

とは！　しかし、料理本の表紙に、「カツ代の家庭料理」「カツ代レシピ」「カツ代のケーキづくり」などと大きく入っている。それらの本を愛読するむすめにとっては敬愛の念を込めたカツ代呼びであろう。

うちには料理本がたくさんある。どの本のどの料理をつくってもいいはずなのに、なぜかむすめが選ぶのはいつもカツ代の本だった。ハンバーグ、から揚げ、肉じゃが、マカロニグラタン、餃子、そしてオムレツ。家で作る料理の定番中の定番ばかりだ。たまに、おやっと思うほど斬新だったりおしゃれだったりするメニューのときは、カツ代じゃない。そして、味も、斬新だったりおしゃれだったりする。つまり、おいしい！　とみんなが思えるものはなかなかない。その微妙な反応をむすめは察知する。そして、カツ代に戻る。むすめにとっては、どれをつくってもハズレがないのは、カツ代なのだ。それはカツ代の料理が優れているというだけでなく、レシピの書き方もうまいのだとも思うし、むすめとカツ代の相性もあるのだろう。

昔、NHKの料理番組に出て、スパイス特集だったにもかかわらず、最後までスパイスを入れ忘れて、番組の最後の最後に「あらっ、スパイス、入れ忘れてました！」と笑ったというエピソードが私は好きだ。たぶんむすめもカツ代のそういう大らかさにも惹かれるんだと思う。ちょっとくらい間違えても、カツ代は許してくれる、という。ときどきは、きっとカツ代ならこうすると思う、などといって新たな技を試みたりもしている。

カツ代の使う調味料を揃え、カツ代のつけているデザインに似せたエプロンを縫い、ＹｏｕＴｕｂｅでカツ代の話を聞き、むすめの中のカツ代は膨らむばかりだ。惜しいことに、カツ代は三年前に亡くなっている。それでもやっぱり、カツ代はむすめの中で生きている。ぜんぜん過去形じゃない。カツ代は永遠に非ｅｄ組織には含まれないのだ。

福井の町で十三歳のむすめがカツ代の味を受け継いでつくり続けていることを知ったら、きっとカツ代も天国でほほ笑んでくれるんじゃないかと思う。その様子を想像したら、私はちょっとうらやましくなるのだ。

第44回　映画のこと

『羊と鋼の森』の映画のロケ現場にお邪魔してきた。

そこに山﨑賢人さんが現れたとき、いい意味で裏切られた気がした。イメージにある、恋愛ドラマの主人公のようではまったくなかった。そういえば、「壁ドン」なるものを初めて演じてみせたのは山﨑賢人さんなのだそうだ。そ、そうか、そんな人が

『羊と鋼の森』の主演か、と驚いたのだ。

でも、目の前にいる彼は、ちょっと美しいだけの、普通の青年だった。いや、うそだ。かなり美しかった。でも、きらきらしていなかった。きちんと地に足のついた、駆け出しの調律師に見えた。山の中で育った主人公の気持ちになりきりたくて、クランクインの前にわざわざトムラウシまで出かけたのだそうだ。トムラウシというのは、三年前に私たち家族が一年間暮らした北海道の集落だ。『羊と鋼の森』はそこで書かれた。厳密にいえば、主人公がトムラウシの出身だとは限定していないのだが、物語の舞台だと仮定して訪ねてくれたのだろう。

「遠かったでしょう」

申し訳ないような気持ちになっていうと、彼は笑った。

「でも、空気がキリリとしてて、すごく気持ちよかったです。宮下さんが住んでいた家の前の道もゆっくり歩いてきました」

ギャー。めちゃめちゃ古い家である。道も悪い。いや、それが恥ずかしいのではない。自分が住んでいた家を知られるというのは内臓を見られるような気分だ。あの家で、家族五人で暮らし、『羊と鋼の森』を書き、『ふたつのしるし』を書き、『たった、それだけ』を書いた。濃密な一年間の記録『神さまたちの遊ぶ庭』もあの家で綴った。

「あ、僕、『神さまたちの遊ぶ庭』も読みました。すごくおもしろかったです」

ありがとうございます、とお礼をいいながら、この人めちゃめちゃいい人だ、と思った。普段はあまり本を読まないのだという。それなのにこの二冊を読んでくれたというのは、もちろん作者のためではない。自分が主演する映画の原作だから、そこに関連したエッセイだから読んだのに違いない。どれほど忙しい中で、役作りのために努力しているのかと頭が下がる思いだ。やっぱり第一線で活躍できる人というのは平気で努力のできる人なのだ。

撮影現場を後にし、帰りの新幹線に乗ったところで、トムラウシの友人に連絡した。

「山﨑賢人くん、トムラウシに行ったんだって」

「そうなのよ！」

興奮した様子で、トムラウシのお母さん友達がいった。

「なのに、ぜんぜん気がつかなくて、普通のお客さんみたいに応対しちゃって、写真もサインももらわなくて、あとで子どもたちにあきれられちゃった」

あはは、と声に出して笑った。まさか山﨑賢人さんが、あの山深いトムラウシまで訪れるとは思いもしないだろう。

ところで、福井で待っていたむすめは、手ぶらで帰った私を見て目を丸くした。

「えっ、山﨑賢人と会ったのに、写真も、サインも、ないの？」

ごめんね。お母さん、そんな心の余裕はなかったのよ……。

第45回　漏れていく中に

緑の庭の子どもたち、というタイトルは、連載を始めるとき、家族五人で北海道の山奥の緑深いところで暮らしていたことから生まれたタイトルだった。子どもたちが、大自然の中で緑の中を駆けまわってぐんぐん大きくなってくれたら素晴らしいと思った。北海道から福井に戻ってからも、連載は続いた。タイトルもそのままだった。わが家が子どもたちにとって緑の庭であったらいいなというささやかな願いを込めてのことだ。

あれから四年。中学生だった長男は、この春、大学進学のために家を出た。すごく不思議な感じだ。行ってしまったらさびしいだろう、きっと泣くだろうと想像していたのに、それがない。ほとんど心配もしていない。なぜかと考えて、根拠はないのだけれど、信頼感みたいなものじゃないかと思い当たった。あの子はきっとがんばっているだろうと思う、その信頼感だ。この感覚がどこから来るのか、自分でもよくわからない。このエッセイでもときどき書いてきた通り、家を出た長男はしっかり者ではなかった。がんばり屋でもなかった。のんきで、穏やかで、でもとてもやさしい子だった。信頼するとしたら、私は彼の何を信頼しているのだろう。

長男が出ていったタイミングで、家の片づけをした。いや、片づけをするつもりで、懐かしいものを掘り出してはその都度立ち止まって時間ばかりかかって、結局は何も片づかなかったのだけれど。

ビデオテープも何本か出てきた。久しぶりに、それを観てみた。長男が生まれたときに、実家の両親がお祝いに贈ってくれたビデオカメラで撮ったものだ。当時の私たちは、ビデオテープを買う余裕もなくて、ずいぶん節約して撮影した。延々と写すことができなくて、場面がポンポン移っていく。

それを見ていて気がついた。忘れている。いくつもの場面を、こんな会話や笑顔があったことを、私はすっかり忘れている。運動会、誕生日、ピアノの発表会、何か行事があったときなら覚えている。でも、日常を写したものは、大体が些細な場面で、記憶から漏れてしまっているものばかりだった。

これだったんだなあと思う。たとえば長男について説明するときに、のんきだとか、穏やかだとか、めんどくさがり屋だとか、そういうふうに表せるところから漏れてしまう部分。それが一緒に暮らすうちに、お互いの中に積もっていくのだと思う。むしろ、その漏れているものこそがその人の本体なのかもしれない。そして、うまくいえないけれど、そこの部分を、好きになったり、信頼したり、するのではないかと思う。

画面に映る子どもたちは、八歳、六歳、三歳。ちょうど十年前の映像らしい。びっくりするくらい幼かった。そして、目を疑うほどやりたい放題に楽しんでいた。記憶の中ではおとなしかったはずの子も、思い切りはしゃいでいたし、思慮深いと思っていた子も所狭しと暴れまわっていた。

よかった、と思った。私が思い込んでいたよりも、ずっとのびのびいきしていた。三人で楽しそうに遊び続ける様子を撮る私もずいぶん楽しそうだった。忘れてしまうようなこういう時間がいつのまにか降り積もって、言葉にできない信頼につながり、それが今、離れて暮らす私たちを支えているのだと思った。

第46回　合格体験記

合格体験記を書きませんか、という依頼が来た。息子にではなく、私にだ。この春高校を卒業して大学へ進学した子を持つ作家として、白羽の矢が立ったらしい。

私は合格体験記を信じていない。合格体験記を載せるなら、同じ数だけ不合格体験記も載せるべきだと思う。何が原因で合格したかなんて、簡単にはわからない。もちろん、一日に二十時間勉強したというならそれが勝因だろうけど、その体験記なら一行で済む。

よく、あきらめなければ夢は叶う、などというが、それは夢が叶った人がいっているだけだ。叶った例しか知らないからそんなことがいえるのだ。夢が叶わなかった人にもその人なりの真理があるはずだ。どちらかというと、私はそのほうが読みたい。

そんなようなことを、丁寧な言葉に変換して丁重にお断りした。

「断ってよかったよね？」

事後報告で当の息子に聞くと、

「もちろん。合格体験記なんて意味がないと思う」

「あれは要するに、自慢でしょう」

下の息子も同意する。

とはいえ、万一、お世話になった高校から依頼があればお受けするつもりだった。しかし、来なかった。ふはは。息子自身も、「一〇〇パーセント、ない」と断言していた。当然だ。まったくいい生徒じゃなかった。しょっちゅう学校を休んだし、宿題は提出しないし、補習もさぼった。空いた時間に本を読んだり音楽を聴いたりし、夜は八時間眠る。受験直前になっても三兄妹の中でいちばん先に寝ていた。

そういえば、ある日たまたま兄弟そろって高校を休むことになり、欠席の連絡を入れると、

「おや、今日はお兄ちゃんだけでなく弟さんもですか」

といわれ、思わず、

「弟はほんとうに体調が悪いんです」

といってしまった。失敗した。いくら弟の名誉のためとはいえ、これでは兄はほんとうには体調は悪くないと白状しているようなものだ。

これで志望大学に受かっても、説得力がない。実はこっそりがんばっていました、なんて嘘は書けない。高校としても、あんな生徒をお手本にしてもらっちゃ困る。私が先生でも一〇〇パーセント頼まないな、と思った。

ただ、塾や予備校には行かなかった。通信教育もやらなかった。学校の授業がすべてだった。あとは、地元の本屋さんで問題集を何冊か自分で選んできたくらいだ。小中高と公立校に通い、特別な教育を受けたわけでもない子が志望の大学へ進めるというのは、福井の教育制度がしっかりしているという証ではないかと思う。

母である私は、ちょうど息子が受験生になるタイミングで本屋大賞を受賞し、かなり忙しくなってしまった。家を空けることもしばしばあった。受験が終わったとき、

「受験生の親らしいことをちっともしてあげられなくてごめんね」

私が謝ると、

「放っておいてもらえて助かったよ」

と息子は笑った。放っておくこと。これだ、と思った。がんばるのもがんばらないのも本人。親は黙って信じて見守るしかない。きっと、親にできることはそれくらいのことなのだ。

第47回　やればできるか

初めて眼鏡をつくったのは高校生のときだった。ずっとよかった視力が急に落ちたのだ。なぜだかわからないけれど、当時の私には太陽を見上げる癖があった。癖というのはおかしいかもしれない。若気の至りだ。太陽を直視することで精神が浄化されるような気がしていたのだ。もともとよかった目を、自分で傷めてしまった。眼鏡をかけるときは、罪悪感さえ感じた。

罪ではなかったのかもしれない、と思うようになったのは子どもを生んでからだ。もしかしたら、私の目は悪くなる運命だったのかもしれない。夫の目はそれほど悪くないのに、子どもたちはあまり視力がよくなかった。小学生のうちに学校の視力検査でD判定をもらってくるようになった。正確にいえば、子どもたちのうちのふたりは、だ。ひとりは今でも視力がいい。1・5まで見えるという。

さて、残るはふたりは太陽を見たのか。見ていない、と思う。では、このふたりと、目のいいひとりは何が違ったのか。まず、ゲームが大好きである。激しく動く画面を長時間見ている。また、本を読むのも大好きである。暗い部屋でも、寝転がってでも、ときには移動の車の中でも本を読んでいる。視力が落ちて当然だろう。ところが、目がいいのは、実はこの子ひとりなのだ。ゲームもそれほどやらない、本もこの子ほどは読まないふたりの視力のほうがずっと悪い。

逆の例もある。ゲームと読書が大好きな子は、三兄妹のなかでいちばん几帳面で、幼い頃から一日三回の歯磨きを欠かしたことがない。それなのに、ときどき虫歯ができる。歯磨きをサボる子のほうには虫歯がない。不思議に思って歯医者さんに聞いたら、唾液の量や、歯の嚙み合わせ、そしてなんと性格によっても、虫歯のできやすさは違うのだそうだ。つまり、生まれつき、虫歯になりやすい人がいて、なりにくい人がいる。目の悪くなる体質の人もいれば、いいままでいられる体質の人もいる。体質、あるいは運命。そう思うと、ちょっとがっかりするような、ちょっと気が楽になるようなところもある。

やればできる、という言葉にいつも引っかかる。やればできる。やらないからできない。できないのはやらないから。ちょっと待って、といいたくなる。

やればできるのというのは、半分ほんとうだと思う。やらないよりは、やったほうができる。ただし、ある程度までの話だ。やればできるなら、誰だって何だってできるはずなのだ。

たとえば長距離走は走れば走るほど速く走れるようになる。たしかにそうだ。でも、もともと速い人がさらに努力をすればもっと速くなるだろう。足の速さだけでなく、歌のうまさにも、手先の器用さにも個人差があることぐらい、子どもだってわかっている。積み木を一度で積み上げられる人もいれば、百時間かけてようやくできるようになる人もいる。その場合、苦労して百時間をかける必要はあるのだろうか。その時間と労力を、得意な分野で、やりたいことのために使ったほうがいいのではないか。

だからやらなくていいといっているのではない。ただ、やればできる、という言葉で苦しむことはないといいたい。やってもできないこともある、と知っていて、それでもなお、やってみようと思えるほうがよほど価値があると私は思う。

第48回　忘れないこと

第48回なのだ。丸四年、このエッセイを書かせてもらっていることになる。そんなに長く書いてきただろうか。思い返そうとしたけれど、これまでに何を書いたかぜんぜん思い出せない。なにげない日々のつれづれを綴っているからだろうか。

あらためて、第1回から読み直してみて驚いた。ほんとうに忘れている……。自分で書いたエッセイなのに、ということは実際に自分が経験したことでもあるのに、こんなに忘れているという事実がおそろしい。もしもこのエッセイを書いていなかったら、実際にあったことも、子どもたちの反応も、そのときに感じたり考えたりしたことも、すべて記憶に埋もれてしまっていたことになる。

この連載を始めたとき、子どもたちは中学生と小学生だった。今より子育てが忙しくて、今よりおもしろくて、そして今より大変だった。しょっちゅう誰かが病気になったり怪我をしたり、心配事も多かったし、泣いたり笑ったり怒ったり、感情を揺さぶられることもいっぱいあった。

子どもが三人いると、授業参観や懇談会で誰かが失敗する。それでも、三人分の授業参観や懇談会を掛け持ちして、誰がどうだったんだか、いい具合に忘れてしまった（たまにクラスまで忘れてしまって右往左往したりもした）。

でも、ほめてもらったことは忘れない。子どもたちのいいところを見て、それを伝えてくれた先生や友達やそのお母さんたちのことはいつまでも大事に覚えている。

三人の子どものうちのひとりは、小学生の頃、個人懇談で、本ばかり読んであまり友達と遊びません、と注意されたことがあった。休み時間もひとりで教室に残って本が好きなのではなく、友達がいないから本を読んでいるのかもしれません、とその先生はいったのだった。子どもの何を注意されるのがつらいかは親によって違うと思うけれど、友達がいないかもしれないといわれたのはこたえた。もしもほんとうにそうなら、学校へ行くのがどんなにつらいだろう。元気そうにふるまっていた子どもの気持ちを考えると胸が痛んだ。

涙をこらえて懇談の教室を出たら、次の番のお母さんが気づいて、どうしたの、と声をかけてくれた。うちの子には友達がいなかったのかもしれない、といったら、彼女は力強く首を振った。

「もしもそうだとしても、少なくとも、うちのは友達だから」

「そうかな……」

「絶対にそうだよ」

今でも感謝している。子ども同士が友達かどうかなんて、親にもわからない。それなのに、あえて、絶対に友達だと断言してくれたあのお母さんのことを私は忘れない。

普段は思い出さない、そういう些細な体験に、私も子どもたちも見えないところで支えられてきたのだと思う。できることなら、私も誰かの気持ちを温めるような人になりたい。

ところで、友達がいないのでは、といわれた子には、ちゃんと友達がいた。学校の行き帰りにまで本を読むような子だったけれど、ときどきは友達と遊びに行ったり、家に遊びに来たりもして、ささやかながら楽しそうにやっていた。多くは望まない。元気で、笑っていてくれれば、それでじゅうぶんなのだ。

第49回　緑の庭で

これを書いている今、家族で夏休みの北海道にいる。『fu』に掲載される頃には福井にも秋風が吹き、稲刈りも済んでいることだろう。時間差が生じるのはわかっていて、それでも、ここから書きたかった。ちょうどこの連載が五年目に入る節目の今、まとめて一冊の単行本にすることが決まったのだ。本にするには連載百回分程の原稿量が必要なので、まだあと四年はかかると思っていた。長男に続いて次男も巣立ち、末のむすめも高校を卒業する頃だ。子どもたちがひとりずつ抜けていって、夫婦ふたりになった緑の庭。それも悪くないかもしれない。でも、この辺りで区切って、ほかのエッセイと一緒に本にまとめておきたいと思った。

四年間はあっという間だった。いろんなことが変わって、いろんなことが変わらなかった。進歩や成長ばかりじゃなく、むしろ後退したり、脇道に外れたりもしたと思う。今やっていることが未来につながるかどうかはあまり考えず、ただそのときを精いっぱい暮らしてきたように感じている。いつも先のことを考えて、堅実に、慎重に、よそ見をしないで生きていたら、ほんとうにおもしろいことも見過ごしてしまうだろう。

連載の初期、雪に閉ざされた山の家に籠もって、中三の長男はドストエフスキーを読んでいた。中一の次男はバドミントンを始めたばかりで、ぜんぜん勝てなくて、地区大会でただ一勝を目指していた。はずかしがりやのむすめは小四で、学校であまり喋れない分、家ではいつも絵日記のようなものを長々と書いていた。

今、長男は大学で、必修科目でもないのに、週に六コマもロシア語を取っている。「なんとなく」だと本人はいうが、あの頃のドストエフスキーがつながっているんじゃないかと私は思っている。バドミントンの初心者だった次男は、福井に帰ってきて入った中学の部活でも後輩に負けるくらい弱かったけれど、めげずに続けた。人よりも走ったし、人より筋トレもしていた。いや、それで強くなれたわけでもないのだけど、ずっと地道に続けて、今は高校のバドミントン部で副部長を務めている。むすめは中学で美術部に入り、暇さえあれば絵を描いている。宿題をやりながら、本を読みながら、ほんのわずかな隙に絵を描くというのは、よほど好きなんだろう。

こうして書き出すと、どれもこれもささやかなことだ。子どもたちは、ロシア文学者になるつもりでもなさそうだし、バドミントン選手として生きていけるわけでもない。それでも、あのときに始まったことが、こうして続いて、確実に人生の一部になっている。

この夏、北海道の光る風の中で、懐かしい人たちと会った。たくさん話して、笑って、ふっと気持ちが楽になった。こうして生きていければいいんじゃないか。もう、めんどくさいことやむずかしいことから手を引いてもいいんじゃないか。とりあえず、いろいろ抱えてきたものを、この澄んだ空と森に溶かしてしまえれば。

そう思いながら、そうはできないことを知っている。そうはしたくないということを、私はもう知ってしまっている。私にはまだやりたいことも、やるべき——と私が私に期待している——ことも残っている。福井に戻ったら、またがんばって生きていこう。この先、何が芽吹き、何が花を開かせるのか、わからないけれど、私は私の緑の庭を育んでいきたい。

いまだよ

いまだよ

君の中で眠ってる僕
僕の中でふりかえった君
大きく伸びをして
ほら、太陽が笑った
さあ、いまだよ、いま

僕が走ると風が流れた
風の向こうで君が歌った

ほんとうの僕らはもっと強い
もっと怒る　もっと泣く
もしかして、もっと不まじめ
もっと弱い　もっと笑う

もっと　もっと
どんな僕でもいいと　君が教えてくれた
だって僕も　どんな君でも好きだから

君の中で笑ってる僕
僕の中のただひとりの君

君が歌って僕も歌った
歌の向こうで空が光った

顔を上げて風に手をふろう
ここからはじめよう
夢なんてなくてもいい
こわくない　行こう
いまだよ、いま

「Nコン2017」小学校の部　課題曲

七章　緑の庭の子どもたち

2017—2019

第50回　ペガサスのこと

「緑の庭の子どもたち」を書こうと思っているのに、なぜか、何ひとつ書くことを思いつかなくなるときがある。こんなに白いんだなあと感心するほど、頭の中がまっしろになって、何の手掛かりもなくなってしまう。困る。ほんとうに困る。締切が迫る。

以前にも書いたかもしれないけれど、私の本業は小説を書くことだと本人は思っている。じゃあどうしてエッセイを書いているのかといえば、よくわからない。小説を書くときとエッセイを書くときは、脳みその使う部分が違う。別の脳みそを使って書くのは反則じゃないかと指摘されればそうかもしれない。でも、反則でも書く。本業じゃないけど遊びでもない。反則でもいつも真剣にがんばって書いている。小説を書くのとはまた別の楽しみがあるからだ。

とはいえ、頭の中が白くなったら、何も浮かばない。しばし机を離れて歩きまわる。どこかに書きたいことが落ちてないかな。落ちてない。今までに一度も床に書きたいことが落ちているのを見たことはない。じゃあせめて何か大きめの出来事はないかなあと思うものの、夏休みは終わったばかりだし、越のルビー音楽祭は来週。Nコンの本番は来月、『羊と鋼の森』の映画の試写会ももう少し先だ。

「今月のエッセイは何を書いたらいいかわからないな」

ため息をつくと、息子がふりかえった。そして、

「エッセイって何？」

素朴な疑問を投げてきた。息子にもむすめにも、「緑の庭の子どもたち」は読まないように頼んでいる。ときどき自分たちのことを書かれているのを目にしたら、ちょっと反論したいところや抗議したくなるところもあると思う。

「fuで連載してるやつだよ」

曖昧に答える。自分でもわからない。エッセイの定義ってなんだっけ？　少なくとも、このエッセイは、モンテーニュのいうエセーとはかけ離れている。

「ノンフィクション？」

確認されて、とりあえずうなずいておいた。ノンフィクションといえばノンフィクションだ。でも、そこまで厳密でもない。フィクションではないことはたしかだけれど——などと考えていると、

「つまり、ペガサスは出てこないってわけだね」

息子が真顔でいった。一瞬、意味がわからなかった。ペガサス……？　非実在生物

が出てこないということ、つまりファンタジーではないということを表しているのだとわかるまでに数秒。ふざけているのか、本気でいっているのか、息子のことはいつもよくわからない。

「うん、ペガサスは出てこない」

そう答えた途端、気持ちが軽くなった。ペガサスさえ出さなければ、あとは何を書いてもいいんだ。

「御成敗式目は？」

むすめも加わった。よくわからないけど、御成敗式目も出てこないよ、うん。歴史ものでもないね。

ペガサスも武士も出てこないし、私は勇者ではなく時代も魔界も冒険しないけど、とりあえず家族という仲間がいる。ワンさぶ子も仲間になりたそうにこちらを見ている。ささやかな日常も、案外楽しいのだ。

第51回　未来の記憶

ノーベル文学賞の発表があった日、息子はちょうど体調を崩していた。カズオ・イシグロの受賞は家族の話題になったけれど、息子は早々に寝てしまった。

翌日、彼は学校を休んだ。でも、お昼過ぎには回復したらしい。起き出してきて、本棚からカズオ・イシグロの本を手に取った。わざとそこに置いたのではなく、夏休みに帰省した長男が下宿先に持っていこうとして重くて断念した本が数冊積んであったのだ。中の一冊が、『わたしを離さないで』だった。彼はそれを、蒲団に持ち込んで読んでいた。読み終えると、居間へ来て、ぽつぽつと感想を話した。素直で明るい感想だった。

そのときに、思った。この子はきっと、今日のことをいつまでも覚えている。正確にいうなら、これから先、この本を読んだことすら忘れたとしても、いつか何かの拍子に思い出す。そうして、本の感想とともに、学校を休んでいたことや、そのときの気持ちも、つるつるつるつるっと思い出すのだ。

高校二年生の彼は、こんなささいな出来事が記憶に残るとは思ってもいないだろう。でも、そういうものなのだ。私には今でもあの頃の記憶が不意によみがえることがある。たいていほんの小さな思い出なのに、懐かしいだけではなく、新たな発見――と呼ぶほどでもない気づきみたいなもの――を呼び起こしてくれる。未来とつながる、生きている記憶だと思う。

先日、NHK全国学校音楽コンクールの決勝を聴きに行く機会に恵まれた。子どもたちの輝くような歌声を全身に浴びて、身も心も洗い張りしてもらうような体験だった。終演後、作曲をした信長貴富さんと、作詞をした私と、ふたりでステージに呼ばれた。

「子どもたちの歌声を聴かれて、いかがでしたか？」

マイクを向けられた信長さんは答えた。

「感無量でした。ずっとNコンの小学生の部の合唱曲をつくりたかったので、夢が叶いました」

その瞬間、あっ！と思った。信長さんはすでにたくさんの名曲をつくってこられて、毎年、小中高どこかの学校の自由曲で歌われるような作曲家だ。その人が「夢が叶いました」という。実は、今年の課題曲のテーマは「夢」だった。小さい頃から特に夢というものを持たず、夢について問われるたびに肩身の狭い思いをしてきた私は、悩んだ末に、「夢なんてなくてもいい」と書いた。初めての打ち合わせのとき、信長さんは、「このひとことで、曲がつくれると思いました」といってくださった。とてもうれしかった。だからこそ、信長さんの「夢が叶いました」にびっくりした。

不思議なことに、そのとき、私の夢も叶った気がした。私には特に夢はないとずっと思ってきたのだけれど、合唱曲の歌詞をつくること、それがとてもいい曲になって全国の小学生たちが歌ってくれることは、紛れもなく大きな夢だったと思う。

夢なんてなくてもいい、と書いた日のことははっきりと覚えている。私の正直な告白だったのだから。でも、夢はいつのまにか叶っていく。未来の記憶はつながっていく。いつか、大人になった息子が、ノーベル賞の発表の翌日に蒲団にくるまって受賞作を読んだ記憶がどこかにつながるといいなと思う。少なくとも、しあわせな気持ちで思い出してくれますように。

第52回　怒る話

宮下さんはあまり怒らないですね、といわれる。いえ、そうでもないです、と答えるのだけれど、まぁ、誰しも人前ではあまり怒らないんじゃないかな？　怒ると気分が悪いし、人を嫌な気持ちにさせる。だからつい怒るより楽なほうを選んでしまう。でも、ほんとうは、大事なもののために怒るのはすごく重要なことだと思う。この世の中が何もかもうまくいっているなら別だけど、そうでもなさそうだ。それでも怒らないというのは、しあわせではあるが、少し鈍感な人かもしれない。大事な誰かのために怒ったり、ときには大事な誰かを怒ったりすることは、生きている限り避けて通れない道ではないだろうか。

とはいえ、この連載に登場する私はぜんぜん怒っていない。あたりまえだ。子どもを怒る話をエッセイに書いても楽しくない。それと、うちに限っては、私は子どもたちより偉いわけではないという自覚がある。赤ん坊の頃から見てきてつくづく悟ったのは、子どもたちのほうが私よりよほどよくできているという事実だ。いつも私よりずっとやさしかった。

たとえば、子どもたちが阿呆だったり、乱暴だったり、わがままだったりするときは、だいたい私はその何倍も阿呆で、乱暴で、わがままだ。阿呆だから、阿呆さがわかるし、わがままだから、わがままさがわかる。怒るのが難しい。もちろん、注意したり、叱ったりすることはあるけれど、愚かな子どもたちより母のほうがよほど愚かなのだ。だから、怒るときは、悲しいときだ。

怠けている子をもどかしく思うことはあっても、怒るのは違うだろうと思ってしまう。自分のほうがよほど怠け者だと知っているからだ。今だって、好きなことしかがんばれない。そのがんばりでさえ長続きしない。自分を棚に上げきれない。

幼い頃、三人の子どもたちのうち、ひとりだけ主張の強い子がいた。三人で遊んでいると、その子の言い分が通ることが多いように見えた。人一倍気持ちのやさしい子であるのはわかっていたけれど、あるとき、その子が主張を通したのを私が怒った。〇〇ちそうしたら、その子はとても驚いた顔をし、ほかのふたりは突然泣き出した。

ゃんはなんにも悪くない、ママは怒っちゃだめだ、と泣きながらふたりが訴える。今思い出しても恥ずかしい。私が横暴だった。子どもたちには子どもたちの関係がある。親がちょっと見たくらいで、目についた誰かを裁くみたいに怒るのは、やっぱり間違っている。

それでも、あえていう。ほんとうにやさしい人は、怒れる人だ。自分のために怒るんじゃなく、誰かのために怒るというのは尊いことだと思う。誰かのために怒り、泣き、そしてともに笑うことができたら、素晴らしい。そういうふうに生きていけたらといつも願っている。

この連載がいつまで続くかわからないけれど、現在高校二年生の息子が卒業するときに一緒に卒業するのがいいと思う。来年の春の話だ。息子はこの家を出ていくだろうし、むすめも高校生になる。緑の庭にひとりだけ残った子を書くのは、彼女にとっても窮屈なんじゃないかと思う。それまでの間に、怒った話を書けるだろうか。正々堂々と怒って、読んでくれた方がスカッとするような話を、ぜひ書きたいと思っている。

第53回　冬

夫婦でコンサートを聴きにいった。夫はブランデンブルク協奏曲が楽しみだといい、私はヴィヴァルディの四季の、特に「冬」が聴きたかった。

「冬」を聴くといつも子どもたちが幼かった頃のことを思い出す。なぜかうちの子どもたちはこの曲が大好きで、CDからこの曲が流れるとハッと弾かれるように反応した。途中でバイオリンのソロになると、いてもたってもいられないみたいに立ち上がって踊り出したものだ。「冬」を演奏するコンサートに連れていったら、最前列で食い入るようにバイオリニストを見つめていた。

あれは何だったんだろう。本能的に反応している様子だった。本能だとか、前世だとか、抗いようのないものに司られているみたいな。しかし、運命を感じていたのもしばらくの間で、その後、子どもたちは特にバイオリンに興味を持つわけでもなく、何事もなかったように今に至っている。

今回、夫とふたりで聴いた「冬」は、穏やかな優しい「冬」だった。子どもたちが夢中になった、情熱的な、激しい演奏とはずいぶん違っていた。暖冬だったのだろうか、などと考えてから意外なことに気がついた。演奏しているのは、ヘルシンキの楽団だ。たった七名のバロックオーケストラ。オーケストラとしては世界最小規模なのだそうだ。小さなオーケストラの「冬」は、終始美しかった。そして、和やかだった。ヘルシンキは、フィンランドの首都だ。フィンランドといえば、北欧。白夜のある、冬の長い国のうちのひとつだ。

どうしてヘルシンキのオーケストラの演奏する「冬」が穏和なんだろう。凍える冬を体験してきているはずの彼らにとっての冬が、こんな形で表現されたことが新鮮だった。

「北欧の冬は長くて厳しいから、だからこそ温かみのある、やさしい音楽になるのかもしれないね」

夫と話したけれど、その温かくてやさしい音楽を聴きながら私が思い出していたのは、子どもたちがヘドバン（＝ヘッドバンキング、ロックやヘビメタのライブで音に合わせて激しく頭を振ること）しながら踊っていた姿だ。思い出が鮮やかによみがえるのは、豊かな音楽の持つ力だと思う。今となっては謎の光景だけれど、あれはほんとうに楽しかったなあ。

「僕はいい音楽を聴くと、いろんなイメージが喚起されて、ずっとそのイメージの中にいる感じになる」

夫がいった。どんなイメージだったのかと聞くと、

「ヨーロッパの中世の貴族のお屋敷の中にいる感じ。見てきたみたいに、はっきりと目の前にイメージが浮かんできた」

バロックだから、まさにそんな感じだったのはわかる。

「音楽が演奏されるのを、僕は固定された低い位置から見ていた。あれは前世の記憶だと思う」

うちの夫の前世は貴族だったのかと驚いていると、彼は真顔で続けた。

「僕はその貴族のお屋敷の、演奏会が開かれるサロンのテーブルの脚だった」

「冬」を聴いてよみがえる、踊り狂う子どもたちと、テーブルの脚。どっちもどっちだ。

第54回　選べる未来

子どもたちが小さい頃、風邪を引いて熱を出したりして看病が必要なときに、「ママは昔、看護師さんだったのよ。だから安心して任せて」となだめることにしていた。そうすると幾分おとなしく従ったからだ。「その前は、美容師さんだったのよ」とい

って髪を切ったりもした。ほかにも「英語教師だった」バージョンや、「料理研究家だった」バージョンなどもあった。子どもたちは幼い頃こそ信じていたようだったけど、そのうちに疑いの目を向けるようになり、あるとき、私がたった一枚の絆創膏を貼るのに苦戦しているのを見て、「ママって、ほんとうに看護師さんだった……？」とつぶやいて以来、過去の職業については一言も言及しなくなったのだった。

北海道の山奥で暮らしていたときは、近所に床屋さんも美容院もなくて、私が家族じゅうの髪を切っていた。ちなみに、自分の髪は切れないので一年間伸ばしっぱなしだ。ところがある日、卒業式を前にした息子が、「髪をきちんとしてきなさい」と先生に忠告された。登校中に通りかかる集落の人たちから「おーい、寝癖ついてるよー」と毎朝のように笑われていたから、寝癖をなおしていけばいいのかと思ったら、きれいに切りなおしたほうがいいということだったらしい。一年間、腕によりをかけて散髪してきたのに、などと憤慨したのは私だけだったようだが、息子は不ぞろいの髪のまま、「これでだいじょうぶです」と笑顔で押し通して卒業した。

ともかく、子どもたちの美容師役や、看護師役、英語の先生役、さらには料理研究家役だったりした人生はとても楽しかった。現実には、いろいろな職業を経験するのはむずかしいのだけれど、たまたま私は小説家なので小説の中にさまざまな職業の人を書いてきた。化粧品会社のアドバイザーだったり、会社の経理だったり、額装屋さんだったり、調律師だったり。実際にはそれらの仕事はしていないし、もちろんできるわけもないのだけれど、それぞれの仕事に魅力を感じ、尊敬の念を抱いてきた。

今、子どもたちは、将来なりたい職業を早くから意識させられる。そこを目指してがんばるよういわれることも多い。看護師になりたいのに服飾専門学校に行ってしまうとか、ロボットを開発したいのに文学部に入ってしまうとか、そういうふうに選択を誤るとなかなかやりたい職業にたどり着けないからだ。でも、でも、本気でロボットをつくりたいのに文学部へ進む人がいるだろうか。それは、文学部が間違っているのではなく、ロボットをつくりたいという設定にエラーがあったんじゃないか。看護師が目標なのに服飾専門学校に入ってしまう人がもしいるなら、その人はほんとうは服がつくりたいということではないか。看護師になるという目標のほうに無理があるということなのだ。今、服が好きなら、服をつくる進路を選んだほうがいいと思う。

漠然とイメージした職業に向かって、今の興味を切り捨てるのはもったいない気がする。今知っている職業なんて、たかが知れている。今掲げられる目標は、自分史上最も未熟な今現在の目標なのだ。やりたいことをどんどんやって経験を積み、考えを深め、努力を重ねた先に見えてくるのは、また違う未来なんじゃないか。進化した先に選ぶものは、今見えているよりもっと明るい未来だと私は思う。

第55回　エジソンを育てる

エジソンの幼い頃の話を、小学校の教科書で読んだ覚えがある。この子は手に負えませんと小学校一年生で放校処分になった事件だ。どうして1＋1＝2なのか、どうしてリンゴは赤いのか、納得がいくまで先生に聞きまくったという。その探求心が後の発明王の基になった、という話だった。

探求心だけなら放校にまではならなかったと思う。エジソンは教室にじっと落ち着いてすわっていることのできない子どもだったらしい。現代であれば、ある種の障害として振り分けられていたのかもしれない。

アインシュタインも大変な子ども時代を過ごしたらしいし、野口英世も相当なものだったという。どこまでが事実かはわからないけれど、後の偉人たちは、なんだかとんでもなかったようなのだ。昔の本では、その辺は曖昧に描かれていた。ちょっと問題もあったみたいだけれども偉人だからそれを乗り越えて素晴らしいことをした、というニュアンスだ。

でも、ほんとうは違うだろう。問題は乗り越えられたわけではない。幼くして放校処分になるほどの問題を抱えているからこそ、彼は彼だった。能力というのは、裏表なのだ。何かにものすごく集中できる人は、集中しすぎて他のことがどうでもよくなってしまうのだろうし、何かがひらめく人は、ひらめきすぎて人の気持ちは読めない。人の気持ちを慮る子どもであったなら、ひらめいてもそれを形にするまで突き進むことができず、さまざまな障害に挫折していたかもしれない。障害とは何か、とも考えてしまう。自分の中に障害があるのか、外にあるものが障害となるのか。

どちらを取るか、という話ではない。選べる能力ではないのだと思う。大事なのは、それをどう育てるか、ということだ。本人はもちろん、周囲の人間がその特徴をどのようにとらえて、どう扱うか。それでその子がいわゆる問題児のままなのか、エジソンになるのか、決まるのだと思う。もちろん、エジソンにならなくていい。きっと、ものすごく大変な人生だから。でも、エジソンになれるかなれないか、それさえも自分で選べることではないのだろう。

先日、仕事できれいな女優さんに会った。思わず見とれるほど美しい人で、たぶん私の手放しの賞賛のまなざしが彼女にも伝わったのだろう。とても気さくに話をしてくれた。いつ自分が美しいことに気づきましたか、と聞いてみた。

「子どもの頃は自分の顔が嫌いでした。みんな私の顔を見るんです。そして顔について必ず何かいう。化け物、といじめられたこともあって、普通の顔になりたいと毎日思っていました」

想像もできなかった答えだった。化け物、という単語はきつい。美しすぎる顔は、美しさを認識できない子どもから怖れと残虐性を引き出すのだろうか。

「家族が、あなたはおかしくない、きれいだ、といい続けてくれて、ようやく自分を肯定できるようになったんです」

彼女は鮮やかな笑顔で答えてくれた。美しささえも、マイナスになるのか。欠点に見えることや、障害と呼ばれるものは、あやふやな輪郭で誰の中にもある。それらに気づいて、受けとめて、愛情の砦をつくることが、親にできるせめてもの子どもの人生へのはなむけだと思った。

第56回　受験生、ふたたび

あっというまに、わが家にまた受験生がいる。それも、ふたりもだ。ひとりは、大学受験。もうひとりは、高校受験。

以前、ここで受験生について書いたときに、あとでいろんな意見をもらった。おおむね私は受験生という単語に否定的だ。便宜上使うことはあるが、そもそも高校や大学を受験するのに、その前の年の春から受験生を名乗るのはちょっと気が早すぎるように思う。

そんなことを書いたら、受験を甘く見ないほうがいいと、やんわりと釘を刺してくる人が複数いたのだった。べつに甘くは見ていない。いつだってがんばることは大事なのに、受験生だけを特別扱いするほうが甘いような気がしてしまう。

そもそも私がこれまでの人生で出会った人の中で、ほんとうに頭がいいと感じた人は大学を出ていなかった。私の観点が偏りすぎているのだろうか。頭がいいことと勉強ができることはまた別だと感じる。

とはいえ、勉強をすることが今の社会を生きる上ではささやかな武器になるのも事実だ。社会でたくさんの問題と闘っていくには、武器は多いほうがいい。そしてもちろん、社会にとっても、学び、究め、問題を解決していく若い力はとても大切だ。勉強は自分のためでもあり、自分のためだけではない。確実に社会の力にもなっていく。

ただ、子どもたちが子どもたち自身で、そのことに気づかないと意味がない。親がいくらなんとかしようと考えたって、それだけで動くほど子どもはやわじゃない。赤ん坊の頃から、親のコントロールなど軽々と超えてきたではないか。もしも親の指示通りに受験勉強をして進学する子どもがいたら、むしろ心配なくらいだ。高校や大学で何をしたいのか、その先にどんな人生を歩んでいきたいのか、自分で考えるしかないのだから。

さて、この春、受験を終えた人たちに、そしてそのご家族には心からの「お疲れさまでした」を贈りたい。努力は裏切らない、などというけれど、受験で結果が出るかどうかは努力だけの問題ではない。どうしたっていろんな要因が絡んでくるし、運にも左右される。そしてそれはたぶん受験だけの話ではない。どんなに努力しても失敗することはある。そういう理不尽をなんとか受け入れていく訓練を、受験期間を通してやっているのかもしれない。がんばることはとても大事なことだけれど、がんばっても望み通りの結果が出るとは限らないと知ることもまた大事なことだと思うのだ。

ただし、そのためには精いっぱいがんばることが必要だ。努力して初めて、努力自体が大事だったのだと知ることができる。いい結果も、よくない結果も、受けとめる土壌ができる。そしてもうひとつ。万一不本意な結果になったとしても、言い訳をしないことも重要だと思う。これから失敗なんていくらでもするのだ。受験ごときで言い訳をしていたら、この先すべて言い訳を用意するようになってしまう。それはけっこうつまらないことだと思うのだ。失敗したら、悲しくても、悔しくても、受け入れていくしかない。それが必ず次につながっていく。

一見失敗に見えるようなことも、実は運命の女神様がほほえんで「あなたのしあわせな人生のために必要な道はこちらです」と示してくれているのかもしれないと私はときどき思うのだ。

第57回　手を放す

映画『羊と鋼の森』がもうすぐ封切りになる。

試写会の後に監督とのトークイベントをし、新聞や雑誌の取材をたくさん受け、出演俳優である三浦友和さんとの対談まであった（ふふ、役得）。これまで私は十数冊の本を出してきて、それぞれにプロモーションも多少なりともあったのだけれども、こんなに精力的なものは初めてだった。原作者にできることなど何もないと思いつつ、原作をとても大事につくられた映画だということが伝わってきてうれしかった。

映画を観てどう思いましたか、と何度も聞かれた。どうやら、原作者というのは、原作から離れようとする映画を不満に感じたり、想像とは違う主人公に首を傾げたり、解釈しがたいエピソードが挿入されていることに異を唱えたりするものらしい。私に関していえば、それらはぜんぜんなかった。まったく素晴らしい、もうひとつの『羊と鋼の森』だったと思う。完成した映画を観た私が手放しでよろこんでいるので、辛口の批評もちょっとくらいは聞きたかったらしい記者の人たちは、質問に困って曖昧に笑っていた。

長い時間と労力をかけて小説を書いて、一冊の本になる。私ができるのはその辺りのことまでで、あとはもう、とにかく手に取って読んでくれる方に恵まれますようにと祈るばかりだ。読んでくれた人によって小説の響き方はさまざまだと思う。好きだった、おもしろかった、といってもらえたらすごくうれしいけれど、そういう感想ばかりでもないだろう。でも、それでいいのだ。私にできる限りのことはやった、と思うからだ。できる限りの力を注いだら、手を放す。あとはもう私の力の及ばないところなのだ。

本でさえそうなのだから、本からさらに派生して、映画になってしまったら、私は一ファンとして見守るくらいのことしかできない。本を読んでくれたひとりひとりの中に森が広がっていて、映像化されることでまた別の世界の森を見せてもらえるのだと思う。それがとてもよくできていたら、ただ素直にうれしい。原作者の手柄などなくていい。

試写の後、一緒に観た息子と、映画の感想を話し合った。あの場面がよかったとか、あのときのあの人の表情に味わいがあったとか、話しているうちに、

「あのエピソードは原作にもあるの？」

息子が聞いた。

「読んでないんだ?!」

一緒にいた編集者たちが驚いたような笑ったような顔になった。

「われわれはみんな熟読しちゃってるから、読んでない人の意見って新鮮で貴重だなぁ」

すかさずフォローされたけれど、私自身がかねがね子どもたちに私の本を読まないよう釘を刺しているのだ。子どもに読まれると想定していたら、無意識のうちにお行儀のいいことを書いてしまいそうだから。

「あのシーンはちょっと意外だった」

息子が指摘したシーンは、数少ない、原作を派手に膨らませてあるシーンだった。読んでもいないのに、母が書くには意外だと思ったというのが――そしてそれが正解だったというのが――やっぱりちょっとうれしかった。もう手を放したはずの息子は、離れて暮らしていても、ちゃんと私の息子だった。

第58回 胸を打つ言葉

仕事でご一緒したピアニストの金子三勇士さんは、素晴らしいピアノを弾く上に、お話もとてもおもしろい。まだ二十代なのに、年齢だけなら倍は生きている私の何倍もの濃い体験を重ねてきたのだろうと想像させられる。六歳でハンガリーにピアノ留学することを自分で決め、十一歳でハンガリー国立リスト音楽院大学へ飛び級で入学する。早熟な分、さまざまな体験を自分のものにして、それが音楽の深みになっているのだろう。

その頃の私といえば、六歳でも十一歳でもランドセルを背負ってぼーっと小学校へ通っていた。いろいろ考えたり感じたりすることはあっても、「福井の小学生」という、与えられた枠の中で笑ったり泣いたり怒ったりしていた。金子さんがぼーっとしていなかったかどうかはわからないけれど、少なくともピアノを愛し、ピアノに関してだけはぼーっとしていられなくて、自分を鍛え、いろんなチャンスにもめぐりあって、それをつかんできたのだと思う。何かを好きになる気持ちが強ければ強いほど握力もジャンプ力も強くなって、ぴょんぴょん跳ねていける。私は本を読んだり文章を書いたりするのが好きだったけれど、親元を離れてまで修業したいと思うほどの気持ちはなく、研鑽を重ねて飛び級するような気概もなく、やっぱりぼーっとしていたのだと思う。そうしたら、作家としてデビューするまでに、生まれてから三十七年もかかってしまった。ちょっとのんびりしすぎだったかもしれない。

金子さんと話していると、経験に裏打ちされた印象的な言葉がどんどん出てきてうれしくなる。ものすごい速弾きを聴いて、つい、「そんなに速く弾いて、手は疲れませんか」と聞いてしまった。すると、「手は疲れないんですよ」という。手には力を入れないのだそうだ。どちらかというと、身体を支える下半身が大事なので、できるだけ毎日走るなどして足腰を鍛えているそうだ。私は、ピアノは手で弾くものだと思っていたから、身体の使い方を根底から覆させられた。たとえばまったく別の職業の誰かの話を聞くときに、この人は身体のどこを使っているのだろうかと考えたりするようになった。また、逆に下半身を過酷に使う競輪選手のような方は上半身の筋肉をどう意識しているのだろうかと想像したりもする。印象的な言葉というのは、私の中に腰を下ろし、ものの見方を少し幅広くしてくれたりするのだと思う。

先日、息子の通う高校の懇談会があった。クラスごとに先生のお話を聞き、保護者同士でも話し合う。今回は、自己紹介の際に、子どものいいところ含めて話してください、といわれた。これがよかったのだと思う。三十数名の保護者たちが話す「わが子のいいところ」はどれも可愛らしくて、やさしくて、ときどきは吹き出すようなものもあって、とても楽しかった。見たことのないお子さんの顔まで思い浮かぶようだった。なにより、それを話すお母さんやお父さんたちのはにかんだ顔がとても素敵だった。

すごい人の言葉も貴重だけれど、親が子どもを思って紡ぐ言葉は、なんと胸に沁みるのだろう。短い言葉に愛情があふれていて、何度も胸を打たれた。それがいつまでも心に残って、あたたかな気持ちにしてくれている。

第59回　蛍

蛍を見たことがない、と子どもたちがいうので驚いた。まさかそんなはずはない。ええと、たしか、鯖江だ。河和田のほうに見に行ったではないか。と、遠い記憶を引っぱり出す。だいぶ前だった気もするけれど、蛍の舞う川べりの道をゆっくりと歩いた。私は赤ん坊を抱いていたような気がする。でも、誰の手も引いていなかった。――ということは、子どもがひとりだったのだ。つまり、あれは少なくとも二十年近く前の記憶か。次男とむすめはそのときはまだ生まれていなかったことになる。

「ごめんね」

思わず謝った。蛍さえ見に連れて行ったことがなかったのか。

私が小さい頃は、家の前にも蛍がいた。小さな川が近くにあったせいか、家の前の草むらにも蛍がひそんでいて、ぽーっと光ったり消えたりしていた。そっと手の中に包んだときの、指の隙間から漏れる光の感じ、そして手をひらいたときに夜空にふわっと飛んで線を描くような光の感じ。あれを見たことがなかったとは。

そうだ、子どもたちに蛍を見せよう。正直にいうなら、誰より私が見たかった。子どもたちはそれぞれに試験があったり大会があったりし、大人は仕事が忙しくて、ちょうど蛍の飛びそうな日に雨が降ったりもする。もう、この日以外にない、という日に勝山を目指した。

勝山では友人家族が案内してくれた。特別な名所ではなく、普通の川や田んぼ脇の道を歩く。わあっ、と声が上がる。蛍の小さな光が、水の上にいくつも明滅していた。そうだった、こんなふうだった、と思う。草や水や土の匂いがするんだった。人間の大きな声や、近所を通る車のライトで、蛍はどこかへ行ってしまうんだった。なんだかとても懐かしいことをたくさん思い出した。

月の細い夜に、ずっと川面の蛍を眺めていたから、帰りの車に乗ったときにいろんなものがまぶしく感じた。カーナビの明かりも、スマホの画面も、妙に明るく見える。暗い夜道が減ったのだから、蛍が減ったのも当然かもしれない。

「蛍、きれいだったねえ」

「かわいかったねえ」

などと話しながらの帰り道、こういうなんでもない会話も一緒に記憶に刻まれるといいなと思う。それから、はっとした。もしかして、私は思い出づくりってやつをしているんじゃないだろうか？

　昔、思い出なんて、意識してつくるものじゃないと思っていた。今もそう思っている。楽しいことも、つらいこともあって、後で気がつくと、うまく紗がかかったいい思い出ができている。そういうものだろう。覚えておきたくて、記憶に残したくて、意図的に何かをするのは本末転倒ではないか。

　それなのに、今年が最後だ、といつのまにか意気込んでいた。高校三年生の次男と一緒に蛍を見に行けるのは今年が最後。もちろん、そんなことはない。来年も、再来年も、十年後でも、見に行きたいときに一緒に見ればいい。それでも、来年の春には家を出るであろう息子のことを考えると、たぶん、もう機会はなかなかないだろうと思ってしまう。あの夜の蛍が、彼の心のどこかに止まっていて、いつかひそかに光ってくれたらいいなと願ってしまうのだ。

第60回　スーパーバラの思い出

　古い日記帳が出てきたらしく、むすめがおもしろそうに読んでいた。やがて、あるページを開いて、大笑いしながら私のところに持ってきた。

「読んでいいの？」

「いいよ、昔すぎて別人が書いたようなものだから」

そのページには、幼いむすめの字で臨場感あふれる学校の様子がつづられていた。「きょうふのスーパーバラ」。恐怖？　スーパーバラ？　そこには、まったくわからなくて立ち尽くした、という内容が書かれていた。

「スーパーバラって、なんだっけ」

質問するのと同時に、記憶がよみがえってきた。たしか、九九だ。バラというのは、たとえば3の段の順番をバラバラにして、3×7＝？　3×3＝？　3×9＝？　と、どんどん答えていく。スーパーバラになると、段までバラバラにされて、81種類の掛け算がランダムに出る。ひとりずつ当てられて、それに答えていく。そういえば、むすめはこの方式がとても苦手だったことを思い出した。もともと、すごく緊張するタイプなのだ。スピード感を持ったまま次々に当てられ、そのスピードに則って答えなければならないのは、むすめにとっては緊張の極致でつらかっただろう。

「スーパーバラのときは緊張していつも足が震えてたよ。声も震えてた」

足や声が震えるほど緊張していたのか。でも、今となっては懐かしい話なのだろう、むすめは笑いながらいった。

「しかも、8の段をひとつも覚えてなかったから、8の段が当たりませんようにってずっと祈ってた」

「えっ⁉」

気が小さいんだか大きいんだかわからない話だ。緊張して震えるくらいなら、九九くらい覚えておけばよかったのに。8の段がわからないとわかっていたなら、祈る前に練習すればよかったのだ。

失敗することももちろんあっただろうけど、あまり大きくつまずくことはなく来たと思っていた。九九が覚えられなくて震えていたとは知らなかった。九九なら小学二年生だろうから、むすめの危機は今から七年くらい前のことだ。私は何をしていたのだろう。もしかしたら当時からうすうす気づいていたのに、ちゃんと見てあげていなかったのだろうか。

三人目ともなると、だいぶ肩の力を抜いて育てたようにも思う。ちょっと抜きすぎていたのかもしれない。

「スーパーバラをやるときの先生の顔だとか声だとか、だんだん自分の番が迫ってくるときの泣きそうな気持ちだとか、今でもはっきり覚えてる」

「学校、つらかったの？」

おそるおそる聞くと、むすめはにこやかに首を振った。

「そのときはいやだったけど、今はアホすぎて笑える」

その笑顔を見て、ちょっとびっくりした。そうか、アホだったのか。親や先生に叱られるのでもなく、友達に指をさされるのでもなく、未来の自分に笑いながらアホだったと指摘してもらえるむすめはけっこうしあわせに生きてるんじゃないかな、と思った。

第61回　はぴねすダンスの功罪

何度か福井に来て、子どもたちと舞台をつくっている演出家が、今年、集まった子どもたちの様子を見て驚いたという。

「今年の子どもたち、ひとりで前に出たり、踊ってみせたりすることに抵抗がないように見えますが、どうしちゃったんでしょう」

特別な劇団やダンスグループから集めたわけではない。いつもと同じように公募で集まってきた普通の小学生たちだったという。そのうちのひとりが、とても上手に踊ったのが、はぴねすダンスだったそうだ。

もうすぐ開催される福井国体のためにつくられたはぴねすダンスは、小中学生がみんな踊れるよう体育の授業で何時間かかけて習うそうだ。つまり、現在の小中学生はほぼすべての子どもたちがはぴねすダンスを踊れるといっていい。

それが、もともと恥ずかしがり屋が多かったはずの福井の子どもたちが、人前に出ることや体を動かすことに抵抗を感じなくなっている理由ではないか、というのだ。おもしろいなぁと思った。地元での五十年ぶりの国体を盛り上げるためのダンスだけれど、それを踊ることでダンスに対するハードルが下がったり、ちょっと行動的になったりする子が出てくるのなら、うれしい副産物ではないか。

ちょうど夏休みで家にいたうちの子どもたちにも聞いてみた。

「はぴねすダンスって知ってる？」

上のふたりは知らないと首を振った。末っ子だけは、知ってるよ、という。

「もしかして、踊れたりするの？」

「うん……まぁ……踊れる……かな……」

踊ってみせてといわれるのを前もって全力で断ろうとしているのが表情からわかる。この子は幼い頃から人前に出るのが非常に苦手で、ダンスを踊るなんて考えられない子だった。

「はぴねすダンス効果で、子どもたちが踊りやすくなってるみたいなんだって」

「ふーん」

それからしばらく考えていて、

「でもね、それでも踊りたくない子はいるんだよね。そうすると、踊れない子はますます居場所が狭くなるだろうし、はぴねすダンスの効用を推し出して、みんなが踊る方向に進んだりしたら困るよね」

めずらしく筋の通った意見を述べた。たしかにそうだ。はぴねすダンスは見ているぶんには楽しいんだけど、楽しそうに踊るのって素人にはけっこう重労働だ。子どもたちがみんな笑顔でにこにこ踊っているのを見て、いいなあ、すごいなあ、とは思うものの、自分が踊るとなったら話は別だ。

でも、いろんなことをやってみる機会はいい。ダンスが苦手だと思っていたけど、「踊ってみたら案外楽しかった！」でもいいし、「やっぱりだめだった」だとしてもいいと思う。

はぴねすダンスは無理でも、はぴねす読書とか、はぴねす絵画とか、はぴねす手芸、はぴねす料理、そういうインドア派向けのものもあればいいなと思う。読書や絵画で国体にどう協力できるかは、これから考えないといけないのだけど。

第62回　アップデート

アイロンが壊れた。調子が悪いのをなんとか騙し騙し使ってきたものの、ついに熱くならなくなってしまった。

結婚したときに、夫が持ってきたものだ。初めてひとり暮らしをしたときに買ったものだという。三十六年も前に買ったものだったのか。愛着はあるけれど、新しいものに買い替えよう。そう思ってアイロンを見にいって、びっくりした。いまどきのアイロンって、形が変！　コードレスはわかるとしても、持ち手も、スチームの出る場所も、想像と違っていて、もはや同じアイロンではない。私の中のアイロン像がはっきりとアップデートされた瞬間だった。

アップデートといえば、ヘクトパスカルを思い出す。天気予報でよく聞く、気圧の単位のことだ。

「ママの頃は、ミリバールっていったんだよ」

ヘクトパスカルという単語を初めて聞いたときは、くしゃみの音みたいだと思ったし、今もまだ慣れないでいる。正式にヘクトパスカルに切り替わったのは一九九二年だというから、もうずいぶん経つ。新しいものを取り入れることができずに、いつまでもミリバールといってしまう自分のアップデート機能が不安になる。

先日、近くの学校の運動会を覗いたときに、少し気になることがあった。救護係と、来賓の接待係が、全員女子だった。聞けば、女子だけが希望したわけではなく、初めから女子だけに割り当てがあったそうだ。女子だけが、救護と接待。引っかかったが、もしかしたら男子には力仕事が割り振られていたのかもしれない。そう考えて自分を納得させようとしたら、一緒にいた次男が、それはちょっとおかしいんじゃないかな、といった。

「男子に力仕事が与えられていたかどうかは、この際、関係ないよ。もし男子に別の仕事があったとしても、性別で強制的に分けることに問題があるわけだから」

たしかに、そうだ。どの仕事をするかは、自分たちで選べばいい。接待や救護をやりたい男子がいたかもしれないのに、自動的に性別だけで決められてしまうのは、今の時代にそぐわないと思う。

ただ、ちょっとおかしいなと思っても、わざわざ声を上げるほどのことでもないし、波風を立てるのもいやだし、まあいいかと思ってしまう。たぶん、それがよくないのだ。学校生活の中に男女の役割分担が平然と盛り込まれていたら、無意識のうちにそれが当然だと刷り込まれてしまう。それではいつまでも性差についての意識は変わらないままだ。後に続く人たちのためにも、少しずつでも、アップデートしていかなければならないのではないか。

「ママの頃は、男子が級長、女子が副級長って、初めから決められてたんだよ。その頃に比べたら、ずいぶん男女の決めつけは減ってきてると思う」

誰かが声を上げてくれたおかげで、世の中はアップデートされてきたのだろう。

ところで、むすめの宿題を見ていたら、√の問題で苦戦していた。ママ、教えて、というので、うーん、ママはちょっと……と言葉を濁したら、

「ママの頃は、もしかして、まだ√はなかったの？」

むすめに真顔で聞かれてしまった。いやいやいや、ママの頃にも、√はあったんだけどね！

第63回　だいじょうぶ？

だいじょうぶだよ、というエッセイを書いてほしいと育児雑誌から依頼があった。子育てを頑張っている全国のお母さんたちに、そんなに心配しなくてもだいじょうぶだよ、とエールを送ってほしいとのこと。どこかで私のエッセイを読んでくれたらし

い。大らかな子育てをしている人にぜひお願いしたいとのことだった。大らかかどうかはともかく、せっかくの依頼だったけれど、お引き受けすることはできなかった。だいじょうぶだなんて、私にはいえない。だいじょうぶかどうかなんて誰にもわからないのだもの。命にかかわること以外はたいていだいじょうぶ、と基本的に思ってはいる。それでも、子どもが高熱を出したといっては右往左往し、友達と喧嘩をしたと聞いては落ち込み、そういうことすべてが、今となってはどうやらだいじょうぶだったらしいとわかるけれども、もしかしたらだいじょうぶじゃない可能性だって大きかった。うちはたまたま運がよくてだいじょうぶだっただけで、だいじょうぶじゃなかった例もたくさん見聞きしてきた。簡単にだいじょうぶだなんていえるわけがない。

もちろん、だいじょうぶだよ、といってもらいたい気持ちはとてもよくわかる。これでいいのかわからなくて迷っているときに、だいじょうぶだといってもらえたらどんなにほっとするだろう。やさしいお母さんに、だいじょうぶ、痛くないね、といわれれば、転んで擦りむいた傷もすぐによくなる気がするだろうし、失敗したってだいじょうぶだからね、といわれたら、明日には笑える気がする。

だけど、だいじょうぶだといってほしくないときもある。ずいぶん昔、幼かった息子たちが、ある大会に出て、思いがけず早くに負けてしまったことがあった。勝てるはずだった試合の場から戻ってきた息子に、なんと声をかけていいかわからなくて、だいじょうぶ、だいじょうぶ、と私はいった。励ましなのか、なぐさめなのか、よくわからなかった。いちばん動揺していたのは私だったかもしれない。すると、息子は、無邪気な顔で私を見上げて、

「何がだいじょうぶなの？」

といったのだった。答えられなかった。責めるふうでもなく、ただ純粋に尋ねているのがわかった。だいじょうぶかどうかは、この子自身が決めることだ、と思った。親はそれを見守るしかないのだ。それをつくづく思い知らされた瞬間だった。

もうすぐ、私の大好きな海外のアーティストが来日する。4大ドームで、9公演。まずは十一月に東京と大阪だ。しかし、次の名古屋が年明けの一月、福岡は二月だった。それぞれ、センター試験の一週間前、国公立二次試験の一週間前にあたる。どうしてよりによってこんなタイミングなんだろう。うちには受験生がいるのだ。

「え、ぜんぜんかまわないから、行ってくれば？　だいじょうぶだよ」

彼は当然のように、だいじょうぶ、といった。ありがとう。その気持ちはうれしい。でも、ぜんぜんだいじょうぶじゃない。四万人も集まるドームのライブになんて行ったら、私が浮かれる。浮かれまくる。風邪だってインフルエンザだってもらってきちゃうかもしれない。それでもだいじょうぶ？　いや、だいじょうぶじゃないだろう。さすがにのんきな母も悩みどころなのだった。

第64回　祝成人

振袖のレンタルを選ぶのが大変だったという話を、お母さん友達から聞いてはいた。美容院の予約や、写真館での前撮りを決めるのも、混んで大変だったそうだ。ずいぶん早くから準備に動いていた女の子のお母さんたちは大変そうだな、と思っていたのだ。成人式なんて、まだまだ先の話なのに、と。

ちょっと勘違いをしていたみたいだ。意外とすぐだった。年が明ければ、成人式。そして、なんと、わが家の長男も今度の新成人に含まれるのだった。信じられないけれど、息子が二十歳。まさか自分が成人の母親にいつのまにかなっていたとは、気がつかなかった。

「青天の霹靂」

というと、

「ありえん。二十年もかけて成人するのに忘れるわけないわ」

お母さん友達に鼻で笑われたが、ほんとうにびっくりしたのだ。

本人ものんきだった。中学卒業時の名簿で連絡が来るらしい、と聞いて、

「じゃあトムラウシ？　ひとりで成人式？」

と笑っている。彼は北海道トムラウシの山の中の中学校を卒業している。その年、三年生は彼ひとりだった。後に、ちゃんと住民票の住所に案内が来ると聞いたのだけれど、大学の試験前だし、成人式には出ないで大学に戻るつもりのようだ。

私も成人式には出ていない。若い頃は、成人がことさら重要な節目だとは考えていなかった。それでも、家族でお祝いをしてもらい、誂えてもらった振袖を着て、すまして写真に収まっている。ありがたいことだったけれど、以降、その振袖をほとんど着ることはなかった。もうすぐむすめに譲れると思うと、ちょっとホッとする。着なかった罪悪感が少しだけ和らぐ。

ちなみに夫は、成人祝いに森鷗外全集をリクエストして贈ってもらったのだそうだ。立派な函に入った全36巻のそれは、今もわが家の本棚にある。未来の家族にも読み継がれる本というのは、とてもいいお祝いだったと思う。ただし、夫はまだそれを読んでいないらしいことはこっそり明記しておこう。

今どきは、成人のお祝いに何を贈るのだろう。夫と相談したら、ベルトがいいんじゃないか、という。

「ベルトって、ズボンにするベルト？　どうして？」

聞くと、

「ヒロト（仮名）はいつもベルトを探していたから」

いや、それは、高校生の頃の話でしょう。制服のズボンのベルトを、なぜか毎朝探していた姿を思い出す。そして結局ベルトをしないまま登校していくのだ。どうして毎日繰り返すのか、前日のうちに用意をしようとは考えないのか、今思っても不思議だし、おかしい。ともあれ、高校をとっくに卒業した息子は、さすがにもうベルトを探していないと思う。

定番だけれど腕時計はどうだろう。それとも、ほかにほしいものがあるだろうか。本人に確かめてみた。

「えっ、いいよ、べつにお祝いはいらない。よくここまで育てました、って親がお祝いをもらってもいいくらいじゃない？」

なかなか感心なことをいう。そう思ったら、そのすぐ後に、にこにこと付け加えた。

「腕時計のかっこいいやつがいい」

第65回　まわり道の途中

ときどき、ほんとうに何も書くことが浮かばないときがある。一年に一度くらいの割合だろうか。まっしろな原稿用紙を前に、何時間すわっていても一文字も書くことを見つけられない。困ったものだ。いや、困ったものだなどと他人事のようにつぶやいていられるうちはいいのだけれど、やがて締切というものがやってくる。

今回は、友人の思いがけない病気が引きがねだったように思う。物語と違って、このエッセイは日常と地続きだから、何を書こうとしてもそちらに意識が持っていかれてしまう。

「どうしても、書くことが思いつかないんだよ」

家族に告白してみると、みんなおもしろがって一緒に考えてくれようとした。

「一月末に出る号？　じゃあ成人式の話は？」

それは先月すでに書きました。

「二月号なら、受験の話だね」

うちには受験生がふたりもいるのに、なまなましすぎるでしょう。

「いっそのこと先に自由にイラストを描いてもらって、それに合う文章を書くことにしたら？」

無茶振りすぎて、イラストレーターのおまりさんが泣くわ。

「バレンタインは？」

「チョコもらえないのに？」

「……」

どうしたものかと話しているうちに、次男がいった。

「サスペンスにしてみたら？」

一瞬静かになった後、みんな笑顔になった。いいかもしれない、と思ったのだ。fuに短いサスペンス。新機軸ではないか。

「僕が容疑者だね」

嬉々として手を挙げたのは夫だ。汚れ役を買って出たつもりかもしれないが、容疑者ってことは、被害者じゃないってことだ。なんだか微妙にあつかましい気がする。

「じゃあ、誰が殺られるの？」

私が聞くと、殺しだとは決まっていない、失踪くらいでいい、そもそも人的被害のない犯罪もある、などと家族全員から非難を受けた。

「いつのまにか家族がひとり多いっていうのはどう？」

長男がいった。うむ、それだ、ミステリの幕開けだ。まさになぜ、君が今ここにいるのか。東京の大学生のはずだが、まだ学期は修了していないし、それどころか後期試験目前ではないか。それなのに、なぜ今ここに？　宮下家のこの謎が解けるのはいつだろう。連載終了までに、無事に答えは明かされるのだろうか。

どうやら、長男はやっと自分のやりたいこと、やるべきことを見つけられたようで、その準備のために実家に戻って来たらしい。とりあえず、兄が家にいることで、家の中がとても明るい。弟にも妹にも笑顔が増え、ワンさぶ子はよろこび、私も楽しい。ただし、お米は早く減る。

サスペンスは特にいらない。でも、人生はドラマだなと思う。いろんな人がいて、いろんな道がある。脇道を歩くのもいい。曲がってもいいし、引き返してもいい。私自身もずいぶんまわり道をしたけれど、それがぜんぶ今につながっている。子どもたちが新たな道を見つけてくれたら、なんだか親の私までうれしくなって、つくづく人生を楽しませてもらっているなあと思うのだ。

第66回　不覚の母

一筆啓上賞の最終選考会があった。選考委員として参加するのは三回目だ。今回のお題は「先生」。長くて四十文字の手紙文から、さまざまな物語が立ち上がる。粋なドラマを見せてもらっているようだった。

選考会の場でときに議論になったのは、作者が先生をどう思っているのか、ということだ。尊敬や慕情だけではない、いろんな気持ちがそこに込められている。選考委員ひとりひとりの読み方もそれぞれまた違う。「先生」というと、思い浮かべるのはだいたい共通した像かと思っていたけれど、そうでもなかったみたいだ。懐の深い先生もいれば、頭の固い先生もいる。いいときに出会える先生もいれば、不遇のタイミングで出会う場合もある。

先生でさえ、こうも違うのだ。家族、お母さん、子ども、とひとくちにいっても、千差万別だ。人は自分の思い浮かべる像が一般的だと思ってしまいがちだけれど、たとえば家族にしても、ひとつひとつに色があって、形があって、それぞれに違う。ひとつの家族もまた時期によって姿を変える。

先日、次男がセンター試験を受けた。特別なことではない。二年前には長男も経験済みだ。だから、気持ち的には余裕だと思った。なにしろ、受けるのは私ではなく、息子なのだ。応援しつつ温かく見守ることくらいしか、親にできることはない。

それなのに、それだけのことがむずかしかった。ただ待っていること、ただ見守ること。長男のときには曲がりなりにもできていたつもりだった。たぶん、長男と次男の性質の違いもあるのだと思う。幼い頃から、緊張しない長男とガチガチに緊張してしまう次男、失敗を笑える長男と泣いてしまう次男、がんばらない長男とがんばり屋の次男……という対比、もしくは呪縛みたいなものが存在していたと思う。

長男のときは穏やかに見ていることのできたセンター試験も、次男の番になるとそわそわしてしまう。心配もするし、緊張もしてしまう。もちろん、次男のほうはそんなことを望んでいないに違いない。もっとどっしり構えて、いつも通りにしていてくれたほうがありがたかったはずだ。

頭ではわかっているのに、うまくいかない。センター試験を控えたある日、ごはんのしたくをしながら、不意に涙がボロボロ出た。わけがわからなかった。落ち着いてから考えてみるに、私は、どうやら不安だったらしい。結果を望んでいるわけではない。大学には行っても行かなくてもいい。だけど、本人が望むなら行かせてやりたい。努力が報われてほしい。そんなことを勝手に願ってしまっていたようだ。お母さん歴二十年、ベテランとまではいえなくても中堅と呼ばれても差し支えないだろうとひそかに自負していた。甘かった。人ひとり成人させたくらいで中堅とはおこがましい。まだまだ、まだまだ知らないことわからないことだらけだ、と思う。自分の気持ちさえわからないのだ。センター試験ごときで、まさか動揺するとは不覚だった。

この号が出るのは、ちょうど国公立大学の二次試験の頃だろう。きっと私はその頃には笑っている。どんな結果になっても、彼はだいじょうぶ。ちゃんとしあわせに生きていける。それだけは信じている。

第67回　モフモフとチョコと松島と

ちらり、ほらり、と出てくるのが、身体の不調である。半世紀も生きていればしかたあるまい（ちょっとサバ読んだ）、と思うのだけれど、身体だけでなく、心や頭の不調も出てきていたりするのだろう。以前ならしなかったような失敗をしたり、以前なら難なくできたはずのことに疲れてしまったりもする。幸い家族は寛容で、「まぁ、ママのことだから」と緩やかに流してくれているのがありがたい。

それでも、同年代の友人や知人たちにも、同じように不調は来るらしい。病気にかかる人が急に増えた印象がある。それも、入院や手術を伴う病気だったりして長引いているのを見ると、心が痛む。気も滅入る。私が気を滅入らせてもどうしようもないし、何の役にも立たないと思うのだけれど、気分が落ち込みはじめると、そういう理屈ではなくなって、どんどん落ち込んでしまう。

以前だったら、寝てしまえばよかった。一晩ぐっすり眠ればたいていのことはなんとかなった。いや、今もなんとかなるはずだった。しかし、朝、目が覚めても爽快とはいかない。やっぱり気持ちは沈んでしまう。

そういうときは、ワンさぶ子をモフモフするに限る。モフモフ、モフモフ〜、と両手で撫でているうちにワンさぶ子の身体からほわほわっとしあわせ成分が醸成されて、それが私をなぐさめてくれる。それなのに、今日のワンさぶ子は眠かったらしい。今ひとつ気乗りしないふうにモフモフされていたけれど、そのうちに、もういいでしょ？　じゅうぶんでしょ？　といわんばかりの一瞥をくれて、段ボールでできた自分の部屋に入ってしまった。むむぅ、ぜんぜんじゅうぶんじゃなかった。

ワンさぶ子がだめなら、チョコレートだ。だいたい私はチョコレートで回復する。あら、やばいんじゃない？　っていうくらい食べる。そのうちに、チョコレートの回復成分が効いてくる。それがカカオなのかポリフェノールなのかは知らない。たぶん、おいしさ効果だ。ともかくチョコレートの何かが私を励ましてくれる。濃いめに淹れたコーヒーがあれば、効果は倍増する。

それでだいぶ元気が出てきたら、とどめには、斎太郎節だ。

「まつっしまぁ〜あぁの」

から始まるあの歌が、なぜ効くのかわからない。でも、口ずさめば私の中に沈んでいた何かが少しずつ軽くなっていくのがわかる。

「さぁよぉ瑞巌寺ほ〜ど〜の〜」

大きな声で歌っているうちに、いつのまにか元気が出てくるのである。ただし、家族には怪訝な顔をされる。今の若い人は斎太郎節を知らないらしい。

「……どうしたの?」

どうしたのじゃない、今、母は自分を元気づけているんだ。そういおうとして、子供たちの顔を見たら、途端に感情があふれ出した。病気になってほしくない。元気でいてほしい。いや、生きていてくれさえすればいい。友人に対する気持ちのはずが、子供たちに対して爆発した。

「受験なんてどうでもいいから、生きていてさえくれればいいから!」

突然いい出して、わが家の受験生たちを困惑させたのであった。

「まぁ落ち着いて」

子供たちは笑っていった。

「チョコレートでも食べる?」

第68回　最終回

この春から北海道で暮らしている。街ではなく、大雪山国立公園の一角に位置する山の中だ。

——六年前にこの連載が始まったときの書き出しだ。長男が十四歳、次男十二歳、長女は九歳だった。この六年間、いろいろなことが起きて、いろいろなことを書いた。楽しかったなあ、と思う。翌年には緑あふれる北海道の山から福井へ戻り、現在子どもたちは二十歳、十八歳、十五歳。この春から次男も家を離れ、ここ福井にはもう末っ子しか残っていない。

うちの母はこの連載を楽しみにしていたらしい。そして、何十年か前の自分の子育てのことを語るのだ。彼女は、子どもが失敗をしないよう、いっしょうけんめい育てた。転ぶ前に先回りしてできるだけ守ろうとしたのだそうだ。でも、孫たちを見ていると、ほんとうは、失敗をしたり、つまずいたりすることで成長し、人生が豊かになっていくのではないかと気づいたのだそうだ。いや、その、母が子育てを間違えて過保護気味に守ってしまったという子どもの成れの果てが、この私ですから！　たしかに私は優等生っぽく育った。いつも最初に学級委員をするような子どもだったのだ。それなのに忘れ物が多かったから、母はそういうところを直そうとして、がんばってくれたのだと思う。忘れ物を学校まで届けてくれることも何度もあった。それが間違いだったとは私は思わない。なぜなら、そんなふうに労力を使っても、子どもはちゃんと失敗するし、間違いもする。親が守ろうとしたって、守り切れるものではないのだ。

この春、受験が思うようにいかなかった子どもに、この辺でいやな思いをしておくのも大事なことだと思う、と話した。挫折という言葉は使わなかった。受験がうまくいかないことくらい、挫折のうちに入れなくていいというのが私の考えだ。受験の失敗は、必ず糧になる。うまくいった子よりも、ひとつ大事な体験を手に入れたと思ってもいいくらいだ。でも、私の話を聞いていた子どもは、「べつに受験くらいうまくいってもよかったんだけど。いやな思いなんて、これまでにもいっぱいしてるから」と平然といったのだった。

胸を衝かれる思いだった。子どもは親の知らないところで失敗も間違いもして、いやな思いもたくさん味わってきているのだ。自分もそうだったのに、親というのはわが子に関しては的外れなことをいってしまうみたいだ。返す言葉をうまく思いつけなかったけれど、子供はちゃんと大きくなっているのだと思った。

しあわせばっかりの、楽しいことだらけの人生なんてあるわけがなくて、そんなことはよくよくわかっているはずなのに、つい子どもたちにはしあわせばっかりで生きてほしいと願ってしまう。そんなことは無理なのだ。しっかり生きようと思えば思うほど、この世は楽しいことばかりではないと気づいてしまうだろう。

「自分がしあわせかどうかなんて考えるのは年をとってからなんじゃないかなあ」

子どもがいった。たしかに、そうなのかもしれない。ただ、年をとった私は、自分がとてもしあわせだと思う。だって、覚えているから。子どもたちの、かわいかった顔、歌った歌、やさしかった瞬間、泣いた理由、よろこびの声。そういういいものをたくさん覚えていて、これからもときどきその記憶を取り出してみては、生きる力にしていくのだ。

単行本　二〇一七年十二月　実業之日本社刊
文庫化にあたり、「その人の、そのとき」(四章)、「七章　緑の庭の子どもたち
2017－2019」を新規収録しました。
初出
「緑の庭の子どもたち」　月刊「fu」二〇一三年十月号～二〇一九年五月号
その他については、各エッセイ、作品の文末に、発表された媒体を表示しました。

実業之日本社文庫　最新刊

井上ひさし
野球盲導犬チビの告白
打率四割七分四厘を残した盲目の天才打者登場！　謎に満ちた彼の生い立ち、驚愕の打法の秘密を、一匹の盲導犬が語る、奇想あふれる物語。（解説・菊池雄星）
い15 1

伊吹有喜
彼方の友へ
「友よ最上のものを」戦中の東京、雑誌づくりに情熱を抱いて歩む人々を、生き生きとした筆致で描く感動傑作。第158回直木賞候補作。（解説・瀧井朝世）
い16 1

倉阪鬼一郎
きずな水　人情料理わん屋
順風満帆のわん屋に、常連の同心が面白そうな話を持ち込む。ある大名の妙案で、泳ぎ、競馬、駆ける三種を三人一組で競い合うのはどうかと。江戸人情物語。
く4 8

沢里裕二
極道刑事　キングメーカーの野望
政界と大手広告代理店が絡んだ汚職を暴くため、神野が闇処理に動くが……。風俗専門美人刑事は、体当たりの潜入捜査で真実を追う。人気シリーズ第4弾！
さ3 12

知念実希人
崩れる脳を抱きしめて
研修医のもとに、彼女の死の知らせが届く……。愛した彼女は本当に死んだのか？　驚愕し、感動する、恋愛ミステリー。著者初の本屋大賞ノミネート作品！
ち1 6

堂場瞬一
1934年の地図　堂場瞬一スポーツ小説コレクション
元大リーガーのディックが二六年ぶりに京極の前に現れた。突然の来日の目的は!?　日米史の〝暗部〟に切り込む傑作エンタメ・サスペンス！（解説・池井優）
と1 16

実業之日本社文庫　最新刊

西川 司
異邦の仔 バイトで行ったイラクで地獄を見た
何者かに爆弾を仕掛けられ命を狙われた男の脳裏には、数十年前の中東イラクでの出来事が――テロリストの正体は⁉ 実体験を基に描いた迫真のサスペンス！
に8 1

西村京太郎
二つ（ダブル）の首相暗殺計画
総理大臣が入院している大病院の看護師殺人事件の裏に潜む、恐るべき陰謀とは⁉ 十津川警部が秘められた歴史と事件の扉をこじ開ける！（解説・山前 譲）
に1 23

三浦しをん
ぐるぐる♡博物館
人類史から秘宝館まで、博物館が大好きな著者がときに妄想を膨らませつつお宝や珍品に迫る。愛と好奇心が渦を巻く興奮のルポエッセイ！（解説・梯 久美子）
み10 1

宮下奈都
緑の庭で寝ころんで 完全版
愛する家族とのかけがえのない日々を、母として、作家として見つめ、あたたかい筆致で紡ぎ出す。単行本未収録のエッセイ二年分を追加収録した贅沢な一冊！
み2 4

モノカキ・アエル
くちぶえカルテット
―これが、私の「音」。声がコンプレックスな少女が、口笛を通して仲間と共に成長する爽やかな青春小説。Vtuber小説家、モノカキ・アエルデビュー作。
も9 1

星新一、森茉莉ほか
猫は神さまの贈り物〈小説編〉
わがままで、ままならない、猫といういきもの。作家は、そこに物語を見出してきた。思わず頬ずりしたくなる、個性と愛に溢れた猫小説集。（解説・井上荒野）
ん9 1

実業之日本社文庫 み24

緑の庭で寝ころんで　完全版

2020年10月15日　初版第1刷発行
2021年9月25日　初版第2刷発行

著　者　宮下奈都

発行者　岩野裕一
発行所　株式会社実業之日本社
〒107-0062　東京都港区南青山5-4-30
CoSTUME NATIONAL Aoyama Complex 2F
電話［編集］03(6809)0473［販売］03(6809)0495
ホームページ　https://www.j-n.co.jp/
ＤＴＰ　ラッシュ
印刷所　大日本印刷株式会社
製本所　大日本印刷株式会社

フォーマットデザイン　鈴木正道（Suzuki Design）

ISBN978-4-408-55624-6（第二文芸）